捨てられた花嫁ですが、一途な若社長に溺愛されています

◇第一章

　ステンドグラスから降り注ぐ夕暮れ刻の陽光が、蜜色に揺れて煌めいている。チャペルの中央に伸びるバージンロードの両サイドには白薔薇が添えられ、間を繋ぐシルクのドレープが美しい流線を描いている。

　荘厳な光景にほう、とため息を一つ落とした柏木七海(かしわぎななみ)は、父である柏木稔郎(かしわぎとしろう)の腕を離れると、赤い絨毯の向こうに佇んでいた佐久慎介(さくしんすけ)の手に白いグローブを嵌めた指先を乗せた。

　花婿である慎介は七海より三歳年上の三十歳で、同じ会社に勤める上司でもある。部署は違うが社内の親睦会で意気投合し、二人きりで会うようになって三回目のデートで告白され、その半年後にプロポーズされた。

　天然パーマの髪を明るく染めていることと元々童顔であることから若く見られがちな慎介だが、こうして白いタキシードに身を包むと洗練された凛々しさを感じる。ただし、しっかりと緊張はしているようだ。

　そう――七海も稔郎も慎介も、全員が緊張している。厳かな儀式ならではの張りつめた空気を、今日のために丹念に磨いてきた肌で直(じか)に感じとる。だがどんなに緊張していても、神父の宣言により式が始まればあとは流れに従うしかない。二人の元を離れた稔郎が親族席の一番手前に移動すると、チャペルの中に祝福の鐘の音が響き渡った。けれど。

(全然、実感湧かないな……)

純白の装いと、美しい光景と、優美な音色。目の前で粛々と聖書の一部を読み上げている神父。二人を祝うために結婚式に参列してくれた多数のゲスト。

すべてがつつがなく進行しているはずなのに、ちゃんと緊張もしているのに。

どうしてだろう……何となく現実感がない。何かが抜け落ちているように感じてしまう。

(式のプランも、この後の披露宴の準備も、ちゃんと確認した……はず)

七海の心の隅に潜んでいる不思議な違和感。言葉に言い表せない引っ掛かり——それが突如として現実化したのは、誓いのキスをするために慎介がベールを外した直後だった。

膝を曲げて頭を下げていた七海が元の姿勢へ立ち上がった瞬間、チャペルの中に可愛らしい女性の声が響き渡った。

「ま……待ってて っ!」

「!」

厳粛な空気を打ち破る思いもよらない発声に、弾かれたようにパッと顔を上げる。

声がした方向へ顔を向けてみると、全員が整列して長椅子に着座する中、新郎のゲスト席の最後方で一人の女性が立ち上がっているのが目に入った。

(だ、誰……?)

年齢は同年代か、少し年下だろうか。ベージュのパーティドレスに黒いショートボレロを羽織り、パールがあしらわれたカチューシャを頭にのせた小柄で可憐な女性が、なぜか目にうるうると涙を浮かべてこちらをじっと見つめている。

七海には見覚えのない女性だ。新郎側のゲスト席に座っているということは、慎介の友人なのだろうか。招待客のリストは数回チェックしてうっすら把握しているものの、まさか挙式の最中に大声を出して進行を中断させるような人がいるとは思ってもいなかったので、素直に驚く。

一瞬、急な体調不良に陥って助けを求めている可能性が頭を過った。だがその女性に苦しさや辛さを訴える様子はない。

「愛華ちゃん……」

「まなかちゃん？」

ならば一体どういうつもりで……と首を傾げる七海の目の前で、慎介が動揺を隠しきれないといった様子で苦しげな声を絞り出した。彼が何かを呟いたので表情を確認しようとしたが、その直後に立ち上がった例の女性――愛華と呼ばれた女性がわぁっと泣き崩れた。

「わたし……わたしっ！　やっぱり慎介さんが他の人と結婚するの、耐えられない……！」

「えっ……？」

愛華が発した衝撃的な台詞に、思わず声がひっくり返る。どういうこと？　と慎介に問いかけようとしたが、その直前に両手で自身の顔を覆った愛華が、くすんくすんと嗚咽を漏らし始めた。

「わたし、慎介さんがいなきゃっ……生きていけないのに……っ」

しん、と静かな空間の中に、愛華の冗談としか思えない訴えが響く。

冗談だと思うに決まっている。今この瞬間が何のための時間なのか、この挙式のためにどれほどの準備期間と労力を費やしているのか、同じ女性である彼女に理解できないのだろうか。

そもそも、彼女は慎介とどういう関係なのだろう。披露宴からではなく挙式から招待しているとなれば、それなりに親交がある間柄のはずだ。

七海自身が招待したゲストについてはしっかりと把握しているが、慎介が招待した相手の顔と名前までは完全に一致していない。最後に確認した挙式の参列者リストを頭の中に用意した七海だったが、その中身を思い出す前に、慎介が七海の前から一歩後退した。

「七海、ごめん。……俺、自分の気持ちに嘘はつけない」

「は、はい……？」

慎介がふと放った一言に七海の思考が完全停止する。

驚愕の台詞に目を瞬かせる。だがその意味は頭に入ってこない。全然、理解ができない。

「俺やっぱり、愛華ちゃんが好きだ。だから七海とは……結婚できない」

「ちょ……え？　ちょっ……!?」

そう言ってくるりと踵を返す慎介の姿に、全身からサッと血の気が引く。白いドレスの中で足が震える。いつも履いているヒールより少し高さがあるせいか、下半身にぐっと力を入れていないとそのまま力が抜けて崩れ落ちてしまいそうなほどに。

「まってまって、どういうこと!?　全然、意味がわからない……！」

震える身体に力を込め、七海に背を向けて愛華の元へ駆け寄ろうとする慎介を呼び止める。今は大事な挙式の真っ最中なのだ。この状況で七海を一人残して、彼はどこへ行くつもりなのか。

七海の呼びかけに一応は足を止めてくれる慎介だが、こちらを見てはくれない。彼の目にはもう愛華しか映っていないらしい。

それでも必死に頭を働かせる。七海だって、黙って慎介を見送れるわけがない。

「私たち、結婚式は今日だけど、もう夫婦なのに……」

一応、言葉は選んだ。二週間ほど前に婚姻届を提出した七海と慎介は法律上すでに夫婦となっているのだから、包み隠さず表現すれば、彼が七海以外の女性を選ぶことは『不倫』と同義である。

だがこの結婚という祝福に満ちた場面で、そんな不吉なワードは間違っても口にしたくない。それが温かな家庭を築いていく最初の一歩となるこの場所で発していい言葉じゃないことぐらい、気が動転している七海にだって判断できる。しかし表現を選んでぎりぎり修正可能な道を模索する七海と異なり、慎介が発した言葉はひたすらに無情だった。

「夫婦じゃない」

ぽつりと呟いた言葉で、七海の動きが再び停止する。ざわざわとどよめいて事態を見守っていた周りの空気も、一瞬フッと静寂に包まれる。

「実は婚姻届、まだ出してないんだ」

「え……ええっ……!?」

「決心がつかなくて……。だから俺が覚悟できたら、そのときに出せばいいかな、って」

「いやいや、何言って……！」

あまりにも自分勝手な言い分に、急激な目眩と頭痛に襲われる。胃まで痛くなってくる。

(いいわけないでしょ！　それ結婚記念日変わっちゃうじゃない！)

二人で話し合い、ちょうど一年前に恋人として付き合い始めた十二月十二日を結婚記念日にしようと決めていた。だがその日は平日で、仕事で忙しい七海が役所の受付時間内に窓口へ向かうことは、どう考えても不可能だった。

昨今はオンラインや時間外でも受け付けてくれるが、別件で役所近くに用事があるから自分が出してくる、という慎介に任せていたのに……まさか、まだ婚姻届を提出していなかったなんて。

確かに、慎介は不思議な印象を受ける人だ。物静かで口数もそれほど多くなく、いつもミステリアスな雰囲気を纏っていて——その独特な空気感が彼の魅力の一つだと思っていた。とはいえ特別に根が暗いというわけでもなく、仕事はできて性格も優しいし、家事も率先してやってくれる。

総務部総務課システム係の長というポストに就いていることもあり、同じ会社に勤める総務部長である七海の父・稔郎も、彼の穏やかな性格と的確な仕事ぶりを買っていた。だからこそ父もすんなりと結婚を認めてくれたというのに、まさかこんな状況に陥るなんて。慎介が七海以外の女性とも繋がっていて、この大事な場面で七海の手を離して別の女性の手を取ろうとするなんて。

「ごめん、七海」

「いや、あのね、ごめんじゃなくて……」

振り向きざまに澄んだ目で謝罪をされても困る。七海には彼が何を思っているのか、何を言っているのか、まったく理解できない。付き合い始めて一年、プロポーズされてからは半年という期間では、お互いを理解するには短すぎたのだろうか。愛を育む時間が足りなかったのだろうか。

「愛華ちゃん……！」

「慎介さん！」

七海が途方に暮れているうちに、傍を離れた慎介がゲスト席の後方へ辿り着く。等間隔に並んだ長椅子の間から転がり出てきた愛華の手を取ると、お互いじっと見つめ合う。

そのまま微笑み合ってチャペルの扉から出て行ってしまう二人を制止しようと口を開きかけるも、七海にはかけるべき言葉が紡げない。

――結婚の実感なんて、湧かないに決まっている。

きっと慎介は、最初からこの結婚に乗り気じゃなかった。なぜなら愛華の手を取った瞬間に彼が見せた幸せそうな笑顔は、七海には向けられたことのないものだった。

確かに、彼はいつも優しかった。常に穏やかな笑顔を浮かべていた。けれどどこか他人行儀な印象があって『結婚式の準備なら俺がやるよ』『仕事が大変なら無理しなくていいよ』と、必要以上に七海を気遣うような素振りばかりだった。

（慎介さんはやっぱり、出世のために私と付き合ってたのかな……）

七海と慎介は職場内恋愛だった。部署は違ったし親睦会で話をするまで接点もなかったが、以前から父である稔郎は慎介を優秀な人材だと褒めていた。慎介も父を尊敬していると言っていた。

そう、慎介が欲していたのは七海の愛情ではない。彼が本当に望んでいたのは、上司である七海の父・稔郎の関心だったのだ。もちろん仕事に真面目で公明正大な父は、娘婿をえこ贔屓することはない。だが慎介は上司の娘である七海に、その価値を見出していたのだろう。

（私は、慎介さんの本命じゃなかった）

そう思うとこれまでは微かな違和感だった疑問が、不思議と胸の奥に馴染んでいく。腑に落ちる、というのはきっとこういう感覚だろう。

優しく穏やかな態度を崩さず、仕事が忙しく中々デートに行けないことに不満を言わず、結婚式の準備を手伝えなくても文句さえ言わない。慎介だって忙しいはずなのに、いつも七海の都合を優先してくれる。奇妙なほど優しかった理由に気づき、今になって妙に納得してしまう。

七海は愛されていなかった。出世の足がかりにさえなれれば誰でもよかった。彼が本当に愛していたのは愛華というあの女性だった。あるいは七海を愛せなかったがゆえに、可愛らしい彼女に気持ちが移ったのかもしれない。

正解はわからない。しかし今は、それどころではない。

（このあとの披露宴、どうしよう……）

視線を落としてぐるぐると考える。

披露宴には七海の友達も、慎介の友達も、もちろん職場の人も招待している。今からすべてキャンセルしたとして、二人のためにやって来た人たちにどう説明して何と謝罪すればいいのだろう。どんな顔をしてこの状況を伝えればいいのだろう。

泣きたい気持ちを懸命に堪えて顔を上げると、目をまん丸にして呆然とこちらを見つめる父と、着慣れない留袖の袖で口元を覆ってわなわなと震えている母の姿が目に入る。

（お父さん……お母さん……）

なんという親不孝をしてしまったのだろう、とひどい後悔に苛まれる。

もちろん晴れの舞台を台無しにした一番の原因は慎介と愛華にあるが、この状況を想定して未然に防げなかった責任は七海にもある。少なくとも慎介ともっとちゃんと話し合いをしていれば――彼の気持ちを理解していれば、こんなありえない事態は回避できたはずなのに。

心の中で『ごめんね』と繰り返していると、壇上で状況を見守っていた神父からおろおろと声をかけられた。

「あ、あの……とりあえずご新婦様は、退場され……ますか？」

「あ……」

そうだ。両親への謝罪やゲストへの説明、披露宴のこともあるが、そもそも今は挙式の真っ最中である。花婿が消え、しかも戻って来るつもりがないとわかりきっている以上、まずはこの場で執り行われている挙式の続きをどうするか、七海が一人で決断しなければならない。

しかし決断も何も、選択肢なんて一つしかない。やることは全部決まっている。

この場に集まってくれた親族や親しい友人に誠心誠意謝罪し、今夜の挙式と披露宴、そして二人の未来に先がないことを伝えてすべてを終わらせる。ただ、それだけのことだ。

父のエスコートで入場して一人で退場する花嫁なんて、いい笑い者だな……と思いながらバージンロードの終着点で正面を向く。そのまま謝罪の言葉を述べて頭を下げようと息を吸い込んだ瞬間、またも意外な音がチャペルの中に響いた。

「待ってくれ」

今度は、男性の声だった。新婦のゲスト席から立ち上がったその人物を視界の端に捉えた途端、息を吸いかけていた七海の呼吸が止まった。

「えっ……」

発する寸前だった言葉が間抜けな声に反転するが、男性に七海の困惑を気にする様子はない。中央の通路に歩み出た人物が、バージンロードの上を進んで悠々とこちらへ向かってくる。

少し光沢のある黒のスリーピーススーツとよく磨かれた黒い革靴だけは、七海もあまり見慣れない。けれど普段と違うのは服装だけで、左サイドを後ろに軽く流した髪型も、すこしつり上がった目も、すっと通った鼻筋も、形が綺麗な口元も、もちろん凛としてよく通る声も、いつもと同じ。

「社長……？」

七海が毎日、慎介や稔郎よりも多くの時間をともにしている相手。秘書として付き従っている七海の上司。我が社の顔ともいえる若き社長、支倉将斗が優雅な足取りで七海の傍へ歩み寄ってくる。

将斗の足の長さなら約十歩の距離が、あっという間にゼロになる。そうして目の前に立った将斗が突然のことに困惑して硬直する七海に――否、この場にいる全員に思いもよらない宣言をする。

「佐久が柏木と結婚しないなら、俺がする」

将斗は艶と深みのある低い声質だが、普段の話し口調は至って穏やかだ。しかしたまに聞く大きな声には身体の芯に響くほどの重さが感じられるので、秘書として傍に身を置く七海でさえ少し驚いてしまう。その珍しく大きな声で突然告げられた一言にびっくり仰天して、高身長の将斗をぽかんと見上げる。

「え……っと？　社、長……？」

だが七海と目が合っても、将斗はにやりと口角をつり上げて微笑むのみ。驚きに瞠目して動けなくなった右手を掬いとると、おもむろに身を屈めて顔の位置を下げてくる。

将斗の唇が白いグローブ越しに七海の手の甲に寄せられる。音もなく口づけを落とした将斗が、そのまま視線だけで七海の顔を覗き込んできた。

「柏木。俺と結婚してほしい」

ゆっくりと――けれど確かに紡がれた求婚の言葉と熱い視線に、どくんと心臓が跳ねる。しかし驚きすぎて意味はスッと頭に入って来ない。ただ困惑するだけで、声の一つも発せない。

固まって動けなくなった七海に小さな笑みを残すと、一度視線を外した将斗が新郎席の最前席に座る一組の男女に視線を向ける。彼らは先ほど七海を置き去りにしてこの場を立ち去った佐久慎介の両親、新郎の父親と母親だった。

「構いませんよね、佐久さん？」

突然話題を振られた二人がオロオロと視線を彷徨わせる。土壇場になって息子が挙式の舞台から逃亡し、しかも事情を一切聞いていなかったとなれば、彼らも困惑の真っ只中にいることだろう。そんな彼らに対しても、将斗は一切の遠慮がない。

「まあ、花嫁を置き去りにした花婿一家に、拒否する権利はないと思いますが」

ばっさりと切り捨てる将斗の言葉に、慎介の父が言葉を詰まらせる。他人に指摘されて初めて、己の息子の非常識さを思い知ったのだろう。しかし将斗を見つめる慎介の父の視線は、見ず知らずの他人に糾弾されるいわれはない、とでも言いたげに不機嫌だ。

「あの、あなたは一体……？」

「私は支倉建設で代表取締役社長を務めております、支倉将斗と申します」

「取締役……社長⁉」

慎介の父も、目の前にいる人物が息子が勤める会社の社長だと、ようやく気づいたらしい。

そう。支倉将斗は七海や稔郎、慎介が勤務する『支倉建設』の社長である。

支倉建設はオフィスビルや医療施設、商業施設といった規模の大きな建設事業から、マンションやアパート、個人の住宅や別荘といった細やかな建築事業、さらには都市開発事業や環境エネルギー事業まで幅広く手掛ける、日本屈指の総合建設会社だ。

そして秘書課に在籍する七海の現在の配属先こそが、社長秘書——つまり七海と将斗は、勤務時間の大半で行動をともにしている『ビジネスパートナー』なのだ。

「ご子息は柏木を置いて、別の女性とどこかへ行ってしまいましたよね？　それなら異論はないはずです。——彼女は、俺がもらいます」

将斗がきっぱりと宣言した瞬間、新婦のゲスト席の後方から複数の女性の歓声が上がった。その声が七海の高校時代からの友人たちによる興奮と歓喜の声だと気がついたが、当の七海本人としてはまったく喜べない。将斗の突然の謎発言と謎行動に、理解が追いつかず反応もままならない。

目を見開いたまま固まっていると、振り返った将斗が再び七海に近づいてきた。

その堂々とした態度と余裕を崩さない微笑みに圧倒されて一歩後退する七海だが、やはり将斗の足が長い。あっという間に距離を詰められたと気づく暇さえなく、耳元に将斗の唇が近寄る。

「話を合わせろ」

「しゃ、社長……？」

七海の顔のすぐ横で、七海にしか聞こえないほどの声量で穏やかに告げられたのは、いつもと同じ絶対命令だった。秘書の懸念や心配など気にもせず、意見や忠告も端から聞く気はない——圧倒的な威厳と風格で他者を魅了する、堂々たる姿。自信の表れ。

「ずっと、柏木が好きだった」

「……え」

「君の口から結婚することになったと聞かされて、諦めていたんだ」

そんな将斗がいつになく真剣な表情で語ったのは、思いがけない熱烈な告白だった。

瞠目して停止する七海の手を今一度掬い取る将斗だが、今度は手の甲へのキスはない。その代わり手首を掴んでぐいっと身体を引き寄せられ、そのままドレスごと腰を抱かれる。

ゼロになった距離といつになく真剣な表情に、またも心臓が飛び跳ねる。

「でも破談になるなら、もう遠慮はしない。絶対に幸せにするから、俺と結婚してくれ」

将斗の宣言と同時に、ゲスト席の後ろの方で再びキャアァと歓声があがる。だが急展開の連続と思いがけない将斗の真剣な表情に、七海は何も反応できない。ただ硬直することしかできない。

固まった七海の様子を確認した将斗が、表情を緩めてやわらかな笑顔を向けてくる。あまり見慣れない微笑みを間近で見つめてハッと我に返った七海だが、明確に返答する前に将斗の視線は七海から外れていた。

チャペルの正面を向いた将斗が、成り行きを見守って狼狽えていた神父に式の再開を促す。

「続けてください」

「で、ですが……」

予定になかった展開に慌てふためく神父だったが、ほどなくして従うべき相手を見定めたらしい。普通ならどう考えても式場を予約してサービス料を払っている七海の意見を優先すべきだと思うが、つい先ほど耳にした『支倉建設社長』の肩書と将斗の纏うオーラや威圧感に屈したのかもしれない。

コホン、と咳払いを一つ残すと、そのまま挙式の進行を再開する。

「それではご新郎様——病める時も健やかなる時も、富める時も貧しき時も、あなたは妻・七海を愛し敬い慈しむと誓」

「誓います」

尋ねられた文言に頷くことで合意を示す『誓いの言葉』は、新郎が新婦に永遠の愛を捧げるもの。それをあっさりと受け入れて認めた将斗の横顔を呆然と見つめる。

（なんで食い気味……？）

一切の躊躇いがない将斗の態度に疑問が湧く。だがちらりと目線だけでこちらを見た将斗は、七海の困り顔を見つけても小さな笑みを零すだけ。その表情は『異常事態に異常事態が重なったせいで混迷の極みに達した己の秘書を、ここぞとばかりにからかってやろう』と考えているようにしか見えない。

「病める時も健やかなる時も、富める時も貧しき時も、あなたは夫……を愛し敬い慈しむと、誓いますか？」

神父は将斗の正確な名前がわからなかったのだろう。プランにも打ち合わせにもない展開なのだから、当然といえば当然である。ふわっとぼかされた将斗の名前と表現に何と返答していいのかわからず「ええと」「あの」と口籠もっていると、隣にいた将斗がぽつりと何かを呟いた。

「七海」

「は、はいっ？」

それが自分の名前だと気づいた七海は、驚きのあまり咄嗟に声を発してしまう。

将斗は秘書である七海をいつも名字で『柏木』と呼び捨てており、これまで下の名前で呼ばれたことは一度もない。その驚きもあって、声が見事に裏返った。

「あ、まって！　今のちが……！」

しかし七海の発声を肯定と捉えたのか、訂正する前に神父が次の段階に進んでしまう。よもやこの状況が面倒くさくなったのでやけくそで適当に済ませたのではないか、とすら思う七海だ。

やはり今からでも中断すべきか、とりあえずやり過ごすべきか、と考えているうちに、挙式のすべてが終わる瞬間を迎える。指輪交換の行程をまるっと飛ばしたせいもあるだろう。高身長で男性らしい体つきの将斗と、細身で中性的な印象の慎介の体格が明らかに違うことから、指輪のサイズも異なると神父が判断してくれたことはありがたい。正直、今の七海は慎介と相談して購入した結婚指輪を左手の薬指に嵌める気にはなれなかったから。

神父に後ろへ振り返るよう促されたことで、新郎と新婦が揃って退場するタイミングになったのだと気づく。だが新郎の親族やゲストにも、新婦の親族やゲストにも、どんな顔をしていいのかわからない。それに未だ状況を受け入れられず、七海自身も困惑している。このまま振り返って誰かと目が合うのが怖い。

俯いたまま困っていると、動けなくなった七海の腰に将斗の腕が回ってきて、ぐいっと強く抱き寄せられた。

純白のドレスの中に矯正下着を仕込んでいるせいで、腰は普段よりも細く見えるはず。その腰と将斗の身体が密着したので、ハッと顔を上げる。

目が合った将斗は優しい微笑みを浮かべていた。普段仕事をしているときと同じく強引で尊大で、それでいて逞しく凛々しい、いつも通りの笑顔で。

「七海。俺が必ず、幸せにするから」

「！」

けれどはっきりと告げられた言葉は、今まで一度も聞いたことがない。

そもそも名前で呼ばれたこともなかった七海はたった一言で挙動不審になるが、

「ほら、腕組め」

と当然のように指示されると、不思議と気持ちが落ち着いてくる。というより、このありえない状況下でも呼び方以外は普通でいられる将斗の神経の図太さに、動揺している方が馬鹿馬鹿しくなってくる。

「抱っこされたいか？　していいならするが」

「結構です！」

まるでこの事態を楽しんでいるようなからかいの笑みと態度に、つい苛立ちを含んだ声が出る。だが将斗は七海の様子を見ても一切笑顔を崩さない。

（どうしてそんなに楽しそうなんですかっ！）

そのまま歩き出した将斗の腕にどうにか掴まり、慣れないヒールの上で震える脚を必死に動かして、バージンロードの中央をゆっくりと移動する。

チャペルの中にいる人々がどんな表情をしているのか確かめるのが怖くて、右にも左にも視線を向けられず、顔も上げられない。そんな中で七海が唯一目を向けることができたのは、毎日のように顔を合わせて見慣れを通り越して見飽きたはずの、将斗の楽しげな横顔だった。

チャペルを出てすぐ隣にある控室に誘導されると、そのまま将斗と二人きりで取り残される。どうやら介添係の女性は、担当のウェディングプランナーを呼びに行ってくれたらしい。扉が閉まって空気がシン、と静まり返ると、それまで黙っていた将斗が盛大に吹き出した。

「ふはっ！　ハハハッ……！」

身体をくの字に曲げて腹を抱える将斗に、恥ずかしさで消え入りたい気持ちを抱く。

「おま、結婚式の真っ最中に花婿に逃げられるとか……！　くくく……」

「笑わないでくださいません……!?」

チャペルを出るまでは真剣な表情を崩さずにいてくれた将斗だったが、やはり内心では七海の悲劇を面白がっていたらしい。いつもずぼらでいい加減な将斗を叱ってばかり、なんの面白味もなく地味で真面目一辺倒な七海のありえない失態に笑いが止まらない、といった様子だ。

「ああ、そうだな。悪い悪い」

涙が滲みそうになっている表情を悟らせまいとそっぽを向くと、笑いを引っ込めた将斗が謝罪の言葉を零した。そのままそっと伸びてきた将斗の手が、丁寧に編み込まれて綺麗に結い上げられた髪をぽんぽんと撫でる。

「あの場から逃げずに一人で乗り越えようとしただけで、柏木は十分えらいよ。さすが俺の秘書だ。泣かずによく頑張ったな」

「社長……」

いつも七海をからかってばかりの将斗の慰めに、今度は別の意味で涙が滲みそうになる。

顧客や取引先の前ではシャンとしているくせに、社長室に戻れば不真面目でぐうたら、一切のやる気が感じられなくなる将斗なのだ。

慰められたところで反発心が生まれて、見栄を張りたくなるだけ。——そう思っていたのに、七海の虚勢と悔しさを受け止めてくれる大きな手とそこから感じる温度に、ぼろぼろに砕かれた心が少しだけ潤う気がした。

しかしこれ以上将斗の手を煩わせるわけにはいかない。七海としてはあの場を乗り切る手助けをしてくれただけでも十分ありがたいのだ。ここから先は自分の力で、この非常事態を乗り越えなければならない。

「空気を壊さず挙式の場を切り抜ける知恵をお貸し頂き、本当にありがとうございました。後ほど改めてお礼をさせて頂きたいと思いますが、先にプランナーの方と相談をしてきてもよいでしょうか？　今からキャンセルが間に合うかわかりませんが、とりあえず披露宴の中止を……」

とにかく今は、この後に予定していた披露宴中止の対応をしなければならない。挙式に参列してくれたゲストはもちろんのこと、披露宴から参加予定の親族や友人、仕事の関係者やお世話になっている知人が大勢いるのだ。

花婿がいない以上、披露宴は行えない。ならば七海をはじめとした柏木家、そして慎介を除いた佐久家の面々は、ここまで足を運んでくれた人々に事情を説明して参列者全員に謝罪をしなければならないだろう。

「は？　おまえ、何言ってるんだ？」

ところが七海の決意を聞いた将斗は、なぜか不機嫌な声を発する。いかにも不服そうな口調を不思議に思って顔を上げると、将斗が呆れた表情で七海を見下ろしていた。

「中止にする必要はない。披露宴もこのまま続ける」

「は……はい……？」

思いもよらない将斗の発言に思わず声がひっくり返る。

理解が追いつかないまま首を傾げると、七海に一歩近づいた将斗が口の端をニヤリとつり上げた。

「柏木、さっき俺と結婚するって誓ったよな？」

「え……？　でも、だってあれはその場しのぎの嘘で……」

「俺がそんな無意味な嘘つくわけないだろ。本気に決まってる」

「!?」

将斗の衝撃的な発言に再び固まってしまう。

何かの冗談だろうか？　今の七海に、将斗の悪戯や遊びに付き合っている時間はないというのに。

「参列者の大半は、結婚相手が変わってもさほど問題には思わないだろ？　柏木の友人や親戚は佐久じゃなくても祝福してくれるだろうし、おまえも佐久もうちの社員なんだから、仕事関係者はみんな俺のこと知ってるしな」

「慎介さんの親族や友人にしてみたら、社長は他人じゃないですか……」

もうどこからツッコミを入れていいのかわからない七海は、とりあえず最後の言葉だけを拾って反論を試みた。しかし将斗は七海の意見を聞いてもため息をつくばかり。

「花嫁置いて逃げた奴の身内のことまで、俺が知るかよ。そいつらが参加したいならすればいいし、帰りたいなら帰ればいい」

どうやら将斗は、本当にこの後の披露宴も続行するつもりらしい。唖然とする七海の前で、腕を組んだ将斗が小さく唸る。

「あとは俺の身内か。まあ、呼べば今から来る奴もいるだろうが、そこはいなかったらいないでもいいだろ」

「社長……？　ご自身のお立場、わかっておいでです……？」

あくまで披露宴開催の方向で話を進めようとする将斗の提案に、驚き半分呆れ半分の気持ちで問いかける。だが将斗は七海の懸念も軽く受け流し、続行を前提に状況の立て直しを図ろうとする。

「俺の立場なんて大したものじゃない。それより今から披露宴をドタキャンして、式場や参列者に迷惑をかける方が問題だ。中止にすれば結婚を報告してきた奴らにも白い目で見られる。会社としても外聞が悪いし、縁起も悪い。おまえはもちろん、普段から一緒にいる俺までいい笑い者だ」

確かに、将斗の言い分も一理ある。

『柏木七海』は支倉建設の代表取締役社長である『支倉将斗』の秘書を務めている。就職した初年度から秘書課へ配属となり、一年目は先輩秘書に付いて勉強と研修、二年目は人事部長の秘書補佐を勤めていたが、三年目に当時の社長秘書が産休に入ったことにより七海が後任として抜擢された。以来二年半以上、膨大な仕事量に食らいつき将斗にこき使われてきた七海は、社内外を問わず『将斗の女房役』として認識されている。七海自身にもその自覚がある。

つまり将斗の成功は七海の成功であると同時に、七海の失態は将斗の失態にもなりうるのだ。七海が結婚式をキャンセルして多くの人に迷惑をかければ、将斗の社会的評価にも影響する——と言われれば、絶対にあり得ないとは言い切れない。

「だから柏木。俺に恥をかかせたくないなら、おまえは今夜を乗り切ることだけに集中しろ」

「で、ですが……」

「別に難しいことじゃない。いいか？　おまえは想定外の事態に乗じて思いもよらない求婚をされた花嫁だ。片想いをこじらせた上司からの突然の申し出を断れず、俺の想いを受け止めざるを得なくなった秘書として振る舞えばいい」

「社長が、私を……？」

将斗が提示してきた偽りの設定に、訝しげに首を傾げる。どう考えてもあり得ない、明らかに嘘だとわかる作り話に言葉を失っていると、七海の表情を確認した将斗が一瞬表情を曇らせた。

「っ……そういう設定、だ」

ほんの少しムッとした表情を見せた将斗が、何かを言いかける。だがそれは呑み込むことにしたらしく、代わりにため息交じりで『設定』の一言を吐き出された。いつも強気な将斗にしては珍しいややや弱腰の態度が気になる七海だったが、今はそれ以上に気になることがあった。

「ですが、それでは社長が……」

七海は将斗の女房役として認識されているが、未来永劫、何をするにも運命共同体というわけではない。確かに結婚式の最中に花婿に逃げられ、方々に迷惑をかけて謝罪して回ったなど、醜聞もいいところだ。懇意の取引先や仕事関係者にも結婚の報告をしているのだから、彼らが七海を心配したり、逆に面白おかしく騒ぎ立てられることもあるだろう。

だがだからこそ、今回の件と将斗が無関係であると印象づけておきたい。業務上将斗の都合に七海が巻き込まれることはあっても、七海の事情に将斗を巻き込むことなど決してあってはならない。自分の失態が原因で将斗のプライベートを奪うことだけは、絶対にしたくない。

将斗にもその意図は伝わっただろう。しかし確かに通じたと思ったのに、彼は七海の意思とはまったく違う方向へ舵を切った。

「わかった。じゃあ少し時間を空けて『やっぱり上手くいかなかった』と言って離婚すれば、納得するんだな？」

「え？　……はい？」

「まあ確かに、今の時代バツの一つや二つ、さほど珍しくはないもんな」

「いえ、そういう意味じゃ……！」

将斗の的外れな提案に狼狽する七海だったが、口を開いた瞬間、控室の扉がコンコンとノックされた。室内に響いた高い音にハッと振り返ると、扉の外から『柏木さま……？』と不安そうな女性の声が聞こえてくる。声の主は今回の挙式と披露宴の企画から準備、実際の進行まで一手に担ってくれているウェディングプランナーのものだ。

「とにかく、披露宴を台無しにして参列者を失望させたくなかったら、ここは俺に任せてくれ」

女性の声を聞いた将斗も、秘密の作戦会議を一度引っ込めるべきだと悟ったらしい。有無を言わさずそう宣言した将斗が、扉に向かって歩き出す。

そんな将斗が扉を開ける直前、ふと首だけでこちらへ振り返ってニヤリと笑った。

「ま、その前に乗り越えなくちゃならない修羅場があるんだけどな」

「え……？」

意味深な発言と同時に将斗が扉のドアレバーをがちゃりと引き下げる。扉を開いた先に広がっていた光景を目の当たりにした七海は、彼の言葉の意味をすぐに理解した。

将斗の言う通り、そこは修羅場の真っ只中だった。

「これは一体どういうことですか、佐久さん！」

「わ、我々だって混乱してるんだ！　まさか慎介がこんなことをしでかすなんて……！」

「私たちだって、まさか七海がこんな仕打ちを受けるとは思ってもいませんでしたよ！」

（お、お父さん……大激怒してる！）

友人たちや他の親族たちはチャペルがあるフロアを出て、ホテルのロビーや披露宴会場であるホールへ先に移動したのだろう。その場に残っていたのは七海の両親と慎介の両親だけだったが、両父親たちは今にも掴みかかりそうなほどの苛立ちと興奮——まさに一触即発状態だった。

緊張の現場を目にした七海も言葉を失って立ちすくんだが、そこに堂々と足を進めたのは他でもない将斗だった。

「まあまあ、柏木部長。少し落ち着いてください」

「！　支倉社長……」

総務部長である稔郎にとって、社長である将斗は二回り年下の上司である。目上の者にまで迷惑をかけたと知ると、それまで憤慨していた父の激昂が少しだけ和らいだ。

そもそも将斗が披露宴からではなく挙式から参列していた理由は、彼に披露宴で祝言の挨拶をお願いしていたからだ。七海と慎介の結婚を職場の代表、そして共通の上司として見届けるはずだった将斗にとんだ無駄足を運ばせてしまったとあれば、稔郎も申し訳ないと地に額を擦りつけたくなることだろう。

「このたびはお見苦しいところを……。身内の問題に社長を巻き込んでしまい、お恥ずか……」

「頭を上げてください。柏木部長はこれから、俺の義父(ちちおや)になるのですから」

謝罪の言葉を並べて深々と頭を垂れる稔郎に、将斗がさらりと言い放つ。堂々とした台詞に驚いたのは、将斗以外のその場にいる全員だった。

「……え」

「はい……？」

七海と稔郎の声が重なると同時に、全員の動きが停止する。

だが場の空気が変わっても将斗の笑顔は変わらない。

「先ほどお伝えした通りです。俺の仕事は柏木に――七海さんに支えられることで成り立っています。彼女の溌剌とした仕事ぶりと秘書としての優れた能力、自分の都合よりも上司の仕事や体調を優先して気遣ってくれる健気さと優しさ……不甲斐ない俺を叱咤激励してくれる強さに、毎日助けられています。そんな七海さんに、俺は以前から惚れ込んでいました」

「え、ちょ……しゃちょ……？」

「けど自分の感情を自覚した矢先に、恋人がいると聞かされました。だから諦めていたんです。ですが七海さんが結婚しないというのなら、俺はこの機会を逃したくない」

「……」

少し困ったような笑顔を浮かべて照れくさそうに内心を吐露する将斗だが、この場にいる人々の中で七海だけは彼の本音を知っている。

将斗の言い分はすべてフェイクだ。披露宴を土壇場でキャンセルするという最悪の事態を回避すべく、自ら考えた作戦をより信憑性の高い事実に見せるために言葉のトリックを使っているようなもの。事実を知る七海にしてみれば、詐欺に近いとさえ思う。

（確かに、この状況でそれっぽい作り話を噛まずにスラスラ言えちゃうのはすごいけど……）

七海しか見ていない場所では完全にだらけきっていて、来客用のソファに寝転がったまま起きやしないし、書類仕事からは逃亡しようとするし、すぐに七海にじゃれついてくる。これが大企業の社長だなんて、世も末だと思うほどだ。

　だが一度仕事のスイッチが入ると、別の意味で手に負えない。集中力はどこまでも持続するし、相手がどんな大企業の重役であろうと決して屈さない。自分に有利な取引を進める話術や交渉術にも長けていて、本気になった将斗を横目で見るたびに虎視眈々と獲物を狙う獣のようだと思う。

　将斗を一言で表現するならば『やる気のない天才』だ。彼は相手が誰であっても、絶対に爪や牙を見せない。柔和な態度で、紳士的な姿勢で、優しさの権化みたいな笑顔で相手に近づいていく。

　それは今だって同じだ。ずっと惚れていた、けれど七海の幸せを願って身を引いていた、なんて切ない表情で語られれば、皆あっさりと信じるだろう。つい数分前まで偽装結婚の作戦を立てていた七海ですら、危うく信じそうになるぐらいだ。

「柏木部長。この場をどうか、俺に任せてくれませんか」

　将斗の豹変ぶりと咄嗟の演技力に呆れ半分感動半分の気持ちで立ち尽くしていると、将斗が稔郎に向き直った。

「俺がどんなに本気でも、心を込めて七海さんへの想いを語っても、この状況では七海さんも柏木部長も奥様も、すぐには受け入れられないでしょう。あんな事があった直後に別の男の言葉を信じられないのは、当然だと思います」

　将斗の言う通りだ。どれほど熱烈に想いを語られても、急遽新郎を交換して披露宴まで続行するなんて、いくらなんでも無理がある。七海も十分傷ついているが、それは両親だって同じこと。挙式の真っ最中に花婿が結婚を放棄したさっきの今で、別の男性との結婚など考えられるはずがない。

まして代わりに名乗り出た相手は、大企業の御曹司で会社のトップに君臨する『社長』なのだ。上司と秘書という間柄のため日々の接点は多いが、ごく一般人である七海との結婚を簡単に決めていいはずがない。

「ですから態度で示します。今夜の披露宴、俺が支倉建設の体裁と柏木部長の面子を保つためにも、全身全霊をかけて必ず成功させます」

「……！」

そう思っていた七海たち親子の前に将斗が並べたのは、あろうことか『会社のイメージの損失』と、総務部長という立場にある稔郎の『社会的責任』だった。

稔郎も察したのだろう。ここで結婚式と披露宴が失敗するようなことがあれば、努力家で責任感の強い稔郎の社会的地位が脅かされるかもしれない。取引先や顧客の耳に入れば、祝言の挨拶をする予定だった将斗や、彼が背負う支倉建設のイメージダウンにも繋がりかねない。

（……違う）

否、本当はそれすら些末事にすぎない。将斗に稔郎を脅すつもりがないことを――将斗の言葉にそれよりも深い思考と感情が含まれていることを、おそらく今の一瞬で稔郎も正確に読み取った。

将斗が本当に心配しているのは、支倉建設の体裁や稔郎自身の立場が危ぶまれることではない。彼は周囲の者が辛い状況に陥ることで、結果的に『七海が悲しむこと』を危惧している。父や上司が後ろ指をさされたり非難されたりする姿を目にすれば、七海が苦しみ、自責の念に駆られるかもしれない。その状況を何よりも憂いている、と匂わせているのだ。

「私は……」

将斗の言葉は、稔郎の不安を揺さぶる火種としては十分すぎる威力があった。七海を傷つけたくないという点においては、愛娘を想う稔郎の親心と片想いの相手を慮る将斗の思惑は完全に一致している。そこを突かれた稔郎の動揺が、七海にもひしひしと伝わってきた。

物静かで厳格な父の困惑の表情を見ていると七海もまた動揺してしまう。父にこんな思いをさせている自分が、ただただ不甲斐なく情けない。

「もちろん七海さんを困らせることがないよう、最大限に配慮してフォローします。ですから……そうですね、一年の猶予をくれませんか」

「一年の、猶予……？」

将斗の提案に稔郎が顔を上げる。

「ええ。一年かけて、七海さんに惚れてもらえるよう努力します。その間、俺が七海さんの幸せと笑顔を保証します。けれどもし一年経っても俺が七海さんに相応しくないと判断されるのであれば、そのときは潔く身を引きましょう」

将斗の真剣な横顔を見ているうちに、彼の真意を知る七海までドキドキと緊張してくる。将斗の言葉と態度はすべて演技だと知っているのに、まるで本当に七海に恋焦がれていて、熱烈に求愛されているように錯覚するのだ。

「もちろん俺の片想いですから、同居してほしいとは言いません。別居でも実家暮らしでも構いませんし、プライベートで会うときはご両親の許可を頂く形でも……」

「わかりました……」

「え、お……お父さん!?」

真剣に言い募る将斗に根負けしたのか、稔郎が将斗の言葉をぽつりと遮った。その瞬間つい大声を出してしまう七海だったが、改めて父の表情を確認するとそれ以上の言葉は出てこなくなる。

「私の体裁なんて、本当はどうでもいいんです。私はただ大事な娘に……人生に一度きりの晴れ舞台で、みじめな思いをさせたくないだけなんです」

「お父、さん……」

父の姿が小さく思えた。それに寄り添う母の姿はさらに一回り小さく感じた。それぐらい父と母を驚かせて深く傷つけてしまったのだと思うと、慎介の顔を平手打ちしたい気持ちよりも、自分の頬を自分で殴りたい気持ちが勝る。晴れの舞台でこれ以上ない親不孝な状況を作り上げてしまった自分が許せなくなる。

ぐっと手を握って俯いた七海だったが、隣に歩み寄ってきた将斗に肩を抱かれたことで我に返った。顔を上げると同時に、さらにその肩を強く抱かれる。

肌が露出している寒さなのか、後悔なのか、それとも『将斗の妻』という突然やってきた想像だにしない大役に怖気づいているのか。入り乱れる感情に揺れて無意識に震えていた身体に、ふとぬくもりを与えられる。将斗の温度で、ゆっくりと平常心を取り戻していく。

「たとえ急ごしらえの披露宴になっても、俺の気持ちだけは本物です。七海さんを悲しませるようなことだけは、絶対にしません」

「……七海は、どうなんだ」

ふと稔郎に声をかけられたことで、自分の意思を訊ねられていることに気づく。

――一瞬だけ、迷う。

心の中は荒れていた。社長にそんなことはさせられません、と言いたかった。だがもう時間がない。家族を悲しませたくないという気持ちは、七海も両親に負けないほど強く持っていた。

「社長……よろしく、お願いします」

「――決まりだな」

一つの宣言を残した直後、将斗の瞳の奥に小さな光が宿った。その瞬間を彼の腕の中から見つめていた七海も、条件反射的にピンと背筋を伸ばす。

「披露宴の開始を一時間遅らせます。参列者には受付で事情を説明して、参加するかしないかはご本人たちの判断を尊重してください。会場の装飾や装花、料理や飲み物はそのままで結構ですが、プログラムが大幅に変更になるので席から式次第を回収します。内容を見直したら変更箇所を伝えるので、進行係と介添の方に共有を。それからブライダルサロンにあるもので構わないので、俺が着れそうな衣装の用意をお願いします。あとは知人に頼んで『それらしい』ムービーを作らせるので、届いたらすぐに確認を。柏木部長は参列者への事情説明と挨拶の準備をお願いします」

「えっ、あ、あっ……」

ウェディングプランナーは将斗の秘書ではない。七海のように慣れていないのだから、メモも用意していない相手にそんなに一気に指示するのは止めてあげたほうがいいのでは……と思ったが、見れば将斗の関心はもう次に移っている。

ブライダルサロンの責任者の男性と話しているのは、参加人数が増えた場合や直前の変更に関わる追加費用のことらしい。全面的に自分が負担する、という将斗の提案に口を挟もうとした七海だったが、そこで将斗がふと言葉を切った。

彼が七海の肩から腕を解いて向かったのは、慎介の両親の元だった。

「佐久さん」

「は、はい……」

稔郎と異なり、佐久家の両親はどちらも支倉建設とは一切関係のない仕事をしている。それでも息子が勤める会社の社長相手だ。将斗に何を言われるのかと不安になって縮こまる二人だが、将斗がかけたのは意外な言葉だった。

「息子さんのこと、あまり責めないであげてください。自分の気持ちに正直になるのが遅くて後悔したのは、俺も同じですから」

「支倉社長……」

「それに彼も、うちの大事な社員です。七海さんを傷つけたことは許してあげられませんが、周りに迷惑をかけたことは仕事で挽回できます。状況が状況なだけに後ろ指をさされることもあるでしょう。ですが自分に正直になった息子さんの意思を、ご両親だけは受け止めてあげてください」

佐久夫妻には、将斗の言葉が天から赦された証のようにさえ感じられただろう。七海の両親に負けず劣らず小さくなって縮こまっていた二人が涙を浮かべて深々と頭を下げる。

「寛大なお心に感謝します。本当に、倅が申し訳ございませんでした……っ」

将斗はそれ以上何も言わず、会釈だけを残してブライダルサロンの責任者との打ち合わせに戻っていく。ただし振り向いた瞬間に将斗が発した台詞を、近くにいた七海だけは聞き逃さなかった。

「俺の方が感謝してるさ」

「……社長？」

音は聞こえたが意味はわからない。七海が首を傾げると、将斗がまたやわらかな笑顔を浮かべて傍に寄って来た。どうやら誤魔化されたらしい。

「さて、柏木。方針が決まったからにはやることが満載だぞ。いつもは俺が支えてもらってばかりだが、今夜は俺がおまえをサポートする」

「え……えっと……」

「俺がおまえを『愛され花嫁』にしてやる。だから佐久のことは、披露宴が始まるまでにちゃんと忘れとけ」

にこやかな笑顔で言い放つ将斗に、困惑のまま曖昧に頷く。

今の今まで目の前に両親がいたのに失礼だとは思うが、実をいうと急展開の連続に胃が痛み、早い段階で慎介のことは頭の中から抜け落ちていた。というより他に考えなくてはいけないことが多すぎて、今ここにいない慎介のために情報処理の領域を空けておけなかった。

しかし将斗は、七海が今も慎介のことを想っていると認識しているらしい。完璧な偽装夫婦になりきるためには慎介が邪魔だと言わんばかりに……七海の心を占領する存在が疎ましいと言わんばかりに、七海の身体を抱き寄せて耳元に悪戯を囁く。

「ちゃんと忘れて——早く俺に惚れてくれ、七海」

「!?」

耳元で囁く将斗の声が、低くて甘い。変更準備が始まって慌ただしく動き回るスタッフたちの喧騒の中でも、将斗の声だけがやけに鮮明に聞こえる。心臓の奥まで、直接届くみたいに。

(っ……ただの、演技だから)

どきどきと緊張したまま立ち尽くす七海にふっと微笑みを残すと、その場で支倉建設の会長である将斗の父に連絡を取り始める。将斗の「今夜これから結婚する」という冗談みたいな報告に、スマートフォンの向こうからは『冗談を言うな』と当然すぎる怒声が聞こえてきた。だが「相手は柏木だ」と告げると、なぜか『それならいい。俺も今からそっちに行く』と返されたらしい。

いや、よくはないでしょう——と思う七海だったが、最後の砦ともいうべき将斗の父親からあっさり許可が下りてしまったことで、突然の『偽装溺愛婚』が完全犯罪になってしまった。

そこから数時間、七海はウェディングドレスに身を包んだまま途方に暮れることとなる。

そうして急遽花婿をすげ替えて執り行われた披露宴だったが、将斗の采配により本当に一時間遅らせただけで間に合ってしまったのだから驚くほかない。突然の変更でパニックになることも想定していたが、親戚の一部に『招待状と名前が違う』と首を傾げられたことと、職場の仲間に腰が抜けるほど驚かれたこと以外、七海の招待客にはほとんど影響がなかった。

将斗の友人や親戚も一部は参加してくれたが、大企業の御曹司である将斗の結婚式となれば、本来は著名人や親交のある人を呼んでもっと盛大かつ華やかに行われたことだろう。一人申し訳なさで縮こまる七海だったが、当の将斗と遅れてやってきた彼の両親はずっと嬉しそうな表情だった。

結局何が何だかわからないうちに披露宴を終えた七海は、ほとんどの時間を放心状態で過ごすこととなった。

＊　＊　＊

怒涛の披露宴を乗り越えた七海は、本来慎介と宿泊する予定だったセミスイートルームのベッドに身を投げ出し、呆然と天井を見つめていた。

披露宴の予定を一時間後ろ倒しにしていることから、同じホテルのバーを貸し切って行う予定だった二次会は、すべてキャンセルさせてもらうことになった。事情が事情なだけにホテルの人も嫌な顔はせず、『通常営業に戻すだけなのでお気になさらず』と七海の心労を慮ってくれた。

そのため予定通り二次会を行っていた場合と比較すると、むしろ本来のスケジュールより早く今日の日程を終えたことになる。だが心や身体は正直なもので、七海は今にも魂が抜け出てしまいそうなほど疲労困憊状態だった。

参列してくれた人々に謝罪と挨拶を済ませ、ホテルやブライダルサロンのスタッフにも丁寧にお礼を伝え、先ほどようやくドレスを脱いだ。その後宿泊予定の部屋に戻ってシャワーを浴びると、疲労以外の大抵のものはお湯と一緒に流れ落ちていった。だが七海の元に残ったものもある。

「さすがのおまえも、体力の限界か？」

「！」

足元から声をかけられ、ベッドの上にがばっと起き上がる。視線の先にいたのは、七海の後でバスルームを使っていた上司――つい先ほど追い詰められた勢いで結婚した相手、文倉将斗だった。

いつも左サイドに軽く流してさわやかに整えている髪が下ろされていると、どことなく幼い印象を受ける。だが備え付けのバスローブを纏うと、大人の余裕ある色気も感じられる。

ちぐはぐな印象に瞠目する七海だったが、肌に纏わりついていた汗と困惑と緊張がシャワーの水圧で剥がれ落ちたおかげか、我に返って最初に感じたのは将斗に対する感謝の気持ちだった。

ベッドの上に正座した七海は、シーツの上に三つ指を揃えると勢いよく頭を下げる。

「社長。本日は本当に……本当にありがとうございました。上司である支倉社長に多大なご迷惑をおかけしましたこと、深く反省しています」

七海は今夜、将斗の機転に助けられた。披露宴を直前でキャンセルして大勢の人に迷惑をかけるという最悪の事態を免れたのはもちろんのこと、七海自身、そして稔郎を守ることができたのも、すべて将斗のおかげである。

「無事に乗り切れたことはすべて社長のおかげです……！　このお礼は必ず……っ」

「ストップストップ」

七海が頭を下げたまま丁寧に礼を重ねると、ベッドサイドに仁王立ちになった将斗にこつん、と頭を小突かれた。

突然の攻撃に驚いて瞬きすると、にやりと微笑んだ将斗が七海の隣に腰を下ろしてきた。

「そうかしこまるな。俺とおまえは、もう夫婦になっただろ？」

「え、ええと……」

「正確にはまだか。婚姻届出しに行かなきゃな。戸籍謄本、取らないとなぁ」

将斗の実家は神奈川県の山手町にある大豪邸だ。今は都内にある自社が建設したとある高級マンションで一人暮らしをしているが、彼の本籍は実家に置いたままになっているらしい。婚姻届を提出する役所が本籍地のある土地と異なる場合は戸籍謄本が必要になるのだが、未婚の将斗がよくそんなことを知っているなと感心する。しかし今の七海には、それ以上に気になることがあった。

「社長……どこまで、本気なんですか」

「ん～？」

七海の質問を受けた将斗が「知りたいか？」と問いかけてくる。

七海がこくんと顎を引くと、将斗がフッと表情を緩めた。

「柏木、俺はな」

「……はい」

「おまえに恩を着せておきたい」

「……。……はい？」

真面目に話を聞くつもりで前のめりになったのに、将斗の唇から零れ出た回答は悪い意味で想像とは違うものだった。思わず不機嫌な声が出る。

「柏木が秘書になってから、俺は仕事をサボれなくなった。おかげで商談も会議も事務作業もスムーズだし、支倉建設の業績は上々だし、社内外問わず俺の株も上がりっぱなしだ」

「良いことじゃないですか」

「良くないだろ。人間は心に余裕を持つことも大切なんだ。つまり仕事をサボることでしか得られない、独特のリラックス効果と開放感というものがあってだな」

「社長」

将斗への感謝の気持ちでいっぱいだった五分前の自分に教えてあげたい。目の前にいる人はぐうたらでサボり魔で図体ばかり大きいくせに世話と手間のかかる上司、支倉将斗だ。

社長室から出れば完璧な姿を絶対に崩さないくせに、秘書の七海にだけはわがまま放題の御曹司。

どんなに感謝をしても、甘い顔ばかり見せているとすぐ調子に乗る相手である。

「これ以上あなたが仕事を疎かにすると、私が職務怠慢だと言われてしまいます。社長にはもっと自覚を持って頂かないと」

「ふっ……くく、ははは っ」

いつもの調子で将斗を諫める七海だったが、将斗を正す言葉を並べているとなぜか突然吹き出された。将斗の爆笑を目の当たりにした七海は、言葉を切るとそのまま彼の顔をじっと見つめる。

「やっぱり、柏木七海はそうでなくちゃな」

将斗の一言でハッと我に返る。

どうやら将斗は七海を慰めてくれたらしい。恩を着せておきたいという台詞だけは本音のようにも聞こえたが、つまりは必要以上にへりくだるな、と言いたいのだろう。

披露宴を無事に乗り越えるため、そして嘘の信憑性を高めるために一年間偽装夫婦を演じることとなったが、乗りかかった船が無事に対岸にたどり着くまでは、将斗もとことん付き合ってくれるようだ。ならば七海は将斗に最大限の感謝を伝えながら、差し出された手を握っていようと思う。

二人は今夜、共犯者になったのだから。

「……ありがとうございます」

「どーいたしまして」

将斗が屈託なく笑うので、七海もそっと表情を崩した。

作戦会議はそれで終了するかと思ったが、ふと腕を伸ばしてきた将斗の指先が七海の後頭部に触れた。そのまま力を込められたかと思うと、彼の腕の中に身体がぽすんと収まる。

将斗に抱き寄せられたことに気づいたのは、その数秒後。

急に距離が縮まったことに驚き、心臓がどきりと飛び跳ねた。

「しゃちょ……っ」

「佐久のことは早く忘れろ。経緯はどうあれ、今夜おまえと結婚したのは俺なんだからな」

抱きしめられたまま耳元でそっと囁かれる。鼓膜を震わせる将斗の声が一段階低くなったように感じて、一気に緊張感が増す。

今夜、予定通りにこのホテルに残ったのは、将斗に面と向かってお礼を言いたかったからだ。もちろん両親も交えてお礼を述べる機会も改めて設けるつもりだが、その前に七海の口から直接将斗にお礼を伝えたかった。が、気づけばこの状況である。

密着感に困惑して挙動不審になっていると、将斗の手が腰に回ってきた。男性らしい筋張った指が背中を撫でると、思わず悲鳴が零れそうになる。

「心配しなくても一年後には離婚してやる。けどそれまでは、俺に想われて大事に愛される妻を演じてろ」

「あ、の……えっと、申し訳ありません。この御恩は必ずお返しします」

一度やると決めて将斗の手を取ったからには、最後まで偽装夫婦を演じきるしかない。将斗に一方的に愛されて最終的には性格の不一致で離婚するというシナリオだが、それと引き換えに守れるものを考えたら、嘘で取り繕うことにも躊躇いはない。とはいえ、一年後どうやってお礼をすれば……と考えていると、将斗の声がわずかに遠ざかった。

「必要ない。――その代わり」

「わ、わ……っ⁉」

ようやく解放されるのだろうと思った直後、七海の視界が突然くるっとひっくり返った。それが肩を押されてベッドに押し倒されたせいだと気づくと同時に、上にずしりとのしかかられる。

顔の距離が近い。これ以上ないほどに。

「七海」

「！」

「今からプライベートの時間で『社長』は禁止だ。下の名前で呼ばなきゃ、返事はしない」

「社ちょ……」

将斗の瞳に燃え盛る炎のような高温が宿っていることに気づくが、すぐに自分の過ちにも気がついて言葉を詰まらせる。

「ま……将斗、さん」

「そうだ、七海。それでいい」

将斗の求めを読み取って彼の名前を呼ぶと、穏やかな表情で頷かれた。その声に思いのほか嬉しそうな音色が含まれていたので、今度は別の意味で言葉に詰まる。

毎日傍にいるとはいえ、密着する機会はほとんどない。せいぜい社長専用車の後部座席に並んで座ったときに肩が触れ合うぐらいのものだ。そんな将斗が大きな手で七海の顎先をゆるゆると撫でながら顔を傾ける。キスされる、と思った瞬間、恥ずかしさのあまり無意識に首が引っ込んだ。

「おいおい、窮地を助けてやったのにご褒美もなしか？」

「え……？　ご褒美……って」

「――わからないか？」

将斗の低い声に確認され、かぁっと顔が熱くなる。

もちろんまったくわからないわけではない。互いにバスローブ姿の状態でベッドの上に押し倒されて、こんなに身体を密着されている状況なのに、何もわからないほど初心ではない。

だが将斗がその『ご褒美』を求める理由が……将斗にとって七海が『ご褒美』になりうるのかどうかがわからない。

「それとも七海は、俺に一年間禁欲しろって？」

答えに窮していると将斗がため息交じりに問いかけてきた。その一言に仰天した七海は慌てて首を横へ振る。

「そんな、私は別に……」

「言っておくが、他の奴に手を出すつもりはないからな。万が一誰かにバレたら一途におまえを想ってる『設定』が台無しになるだろ。当たり前だが、おまえも他の男なんて作るなよ」

将斗の言い分には妙な説得力があった。確かに七海への片想いを成就させて電撃結婚したという設定を作ってしまった以上、他の相手に浮気なんてしようものならすべてが水の泡になる。もちろんそれを理由に離婚の時期を早めることは可能だが、将斗の印象と評判は確実に悪くなるだろう。

ただの恋人ではなく、戸籍上だけでも一応は夫婦になるのだから、安易な行動は慎まなければならない。そのために七海も多少は協力すべき、ということか。

「わかりました。それで少しでも、恩返しになるのであれば……」

「……」

七海の返答を聞いた将斗が一瞬しかめ面になった。不服そうな表情で何か言いたげに口を開きかけたが、結局不満の言葉は紡がれない。

「まあ、いいか。交渉成立だな」

代わりにぽつりと呟いた将斗の顔が、もう一度近づいてくる。恥ずかしいのは先ほどと変わらないが、今度はぎゅっと目を閉じるだけで拒否も逃亡もしなかった。

唇同士が優しく触れ合うと、顔から足のつま先まで熱が広がっていくように全身が火照る。慎介と結婚するはずだった夜に将斗とキスをする状況になるなんて微塵も想像していなかった七海は、ほんの少しの触れ合いだけで身体から力を奪われるような不思議な感覚を味わった。

(社長と、キス……してる)

唇の表面を優しく舐められ、そのまま食まれる。ちゅ、と音を立てて唇を吸われると、羞恥のあまりまた身体が強張ってしまう。だが不快な感情は一切湧き起こらない。それどころか、触れ合うだけのキスが気持ちいいとさえ思えてくる。

「七海」

「っ……」

離れた将斗に名前を呼ばれたので、そっと目を開いて視線を上げる。すると至近距離にいた将斗が表情を緩めて嬉しそうに微笑んでいた。その思いがけない仕草に、胸の奥がきゅうと甘く軋む。

(こんな顔、知らない……)

将斗の顔自体は見慣れている。輪郭も顔のパーツ一つひとつも整っているので、異性に相当モテることも認識している。だがその見慣れた顔がこんなにも優しい表情を浮かべることは知らなかった。キス一つでこれほど嬉しそうに笑う人だなんて、知らなかった。

（だって社長は、いつもだらけてるし、すぐにいなくなるし、セクハラするし……それに……）

口うるさい母親のような七海を面倒に感じているのではないかと思っていた。なのにこんなにも甘い表情を向けられると、どう反応していいのかわからなくなる。

「七海、口開けろ。キスできないだろ」

「だって、ん……ん」

ただでさえ恥ずかしいのに、さらにキスがしたいと求められる。照れて拒否する七海だったが、困惑する隙をついて再度唇を重ねられると、今度は隙間から将斗の舌が侵入してきた。そのまま熱を絡ませるように舌の表面を擦り合わせられると、背中がぞわぞわと甘く痺れる。

「ふ……ぁ……んぅ」

さらに舌を絡め取られながら、口内を隅々まで蹂躙される。激しいキスはすぐに終わるどころかだんだん深度を増し、気がつけば七海の呼吸と思考を奪うほどみだらな口づけに変わっていた。

「は……ぁ……っふ」

「……七海」

貪るようなキスからようやく解放されてくったりしているうちに、バスローブの結び目をしゅるりと解かれた。深いキスに意識が奪われていた七海は、将斗の眼下に裸体を晒していることに数秒遅れてから気がついたが、必死に腕を抱き寄せたところでもう遅い。

「七海は腰が細いな。それに胸も大きい」

「や……見な、いで……っ」

「無茶言うなよ。……おい、隠すなって」

将斗の視界から裸体を覆い隠そうとすると、不満げな声とともに腕を掴んでシーツの上に押し付けられた。今度はじっと身体を見つめられ、羞恥のあまり顔から火が出そうになる。

「恥ずかし……です」

「なんでだ？　こんなに綺麗なのに……ここも」

「ふぁっ⁉」

将斗が腕を掴んだまま顔の位置を下げる。艶やかな黒髪が七海の胸の上で動きを止めた直後、そこに熱いほどの温度とぬるりとした感覚が生じた。

「ひぁ、あっ……⁉」

緊張に強張る左胸の頂を口に含まれ、舌の先で転がされる。こんなにも恥ずかしい状況になると思っていなかった七海は、身体を捩ってどうにか将斗から逃げようとした。だが胸を這う舌と膨らんだ突起を吸う唇、そして七海の両腕を掴む手が思いのほか力強く、上手く逃れられない。

「ふぁ、っ……ん」

乳首を丁寧に舐め転がされるたびに背中と腰がぴく、ぴくんっと飛び跳ねる。敏感に反応する己の身体を恨めしく思う七海だが、気持ち良さのあまり力が入らずだんだんと思考も霞んでくる。

「ん……んんぅ……」

「どうだ？　七海、気持ちいいか？」

将斗が左胸の突起に歯を立てながら、視線だけで訊ねてくる。その表情がやけに楽しそうで、けれどどこか哀願するような仕草にも思えて、七海は縦にも横にも首を振れなくなってしまう。

何も答えられない七海を観察して表情を緩めた将斗が、左胸から顔を離して右胸に顔を埋める。そのまま右胸の突起を舐め始める将斗だったが、今度はこれまで散々舐めたり擦ったりしていた左の乳首も同時に、指の先で撫でられた。

すっかりと熟れた果実をくりくりと擦られているうちに、腰がシーツから浮いて揺れはじめた。両胸を同時に刺激されると、口にすべき制止の言葉が少しずつ霞んで薄れていく。

「あ……そこ、だめ……っ」

「擦られる方が好きなのか?」

「ちが……ぁ、ん……そ、じゃなく……っ」

将斗の問いかけを必死に否定するが、右胸を吸われて舐められ、左胸を撫でられて弾かれる刺激があまりに強く、抗議の言葉も紡げない。

「ひぁ……だめ……あっ……ん」

「可愛いな、七海」

「あ……ぁぅ……ん、ん」

恥ずかしくてたまらないはずなのに、くすくすと笑う将斗の声と連動するように腰が揺れる。するとそれを見た将斗が左胸への愛撫を中断して、七海の脇腹を撫で始めた。

恥ずかしい刺激は半分に減ったが、そのぶん肌を撫でるくすぐったさと手のぬくもりを感じる。将斗の大きな手がゆっくりと脇腹からお腹の上、下腹部を辿っていって――やがて秘部を覆うショーツにかかる。

「社ちょ……っ」

驚いた拍子に『社長』と呼んでしまうが、事前に宣言されていた通りこの呼び方では将斗は七海の言うことを一切聞いてくれないらしい。するっと下着を剥ぎ取られ、いつの間にか濡れていた股の間に指先が侵入すると、そのまま膨らんだ蜜芽をくちゅ、と撫でられた。

「濡れてる……」

「んぅ……ふ、ぁ……ん」

「胸だけでこんな風になるのか……すごいな」

「いえ、これは……ちが……ぁ」

しっとりと濡れた陰核をゆるく撫でながら、感心したように呟かれる。将斗の反応にも自分の陰部から聞こえてくる水音にも羞恥を煽られる七海だったが、何度も秘部を擦り撫でられているうちに、だんだん将斗の手の動きが速く激しく変化してきた。

淫花の表面をぬるぬると滑る将斗の太い指に、身体がどうしようもなく反応してしまう。全身が熱く火照(ほて)って、恥ずかしい場所からシーツに染みをつくるほどの愛蜜が溢れてくる。

(私、なんかへん……？　今までこんな風になったこと、ないのに……)

キスも、胸を愛撫されたことも、秘部を撫でられた経験もある。なのにこんな風に全身で反応して濡れるのははじめてのこと。

どちらかというとセックスへの興味が薄く、声も控えめな方だと思っていたのに、今日はなんだか抑えが利かない。上司相手なんて、一番自分を律しなければいけないと理解しているのに。

「指、挿入(い)れるぞ」

「あ、まっ……！　ひぁ……っあ」

（声、出ちゃう……抑えられない……っ）

蜜口から侵入してきた長い指に膣内をかき回されると、恥ずかしさと気持ち良さで自然と身体に力が入る。どうにか耐えようとして喉と下腹部に力を入れると将斗の指先が動きにくくなるせいか、膣口の上部にある敏感な部分を余計に強く撫でられてしまう。

「ふぁ、っ……んぅ」

「すごい締めつけだな。俺相手に、そこまで緊張しなくていいだろ」

「ち、ちがいま……っぁ、あん」

感度の高い場所をぐりぐりと押される快感に涙が滲むと、表情を緩めて身を屈めた将斗が目尻に小さなキスを落としてくれた。だがその代わりに手を引っ込めてくれるということはなく、さらに奥へ進んできた指先に狭い隘路を押し広げられ、一番奥の敏感な場所を指先で上下に嬲られる。

下腹部の奥で味わう未知の感覚に、背中にぞくぞくと電流が走る。しかし身を捩って逃げようとすると、なぜかさらに追い詰められる。

「えっ……ま、それはだめ……っ」

「だめじゃない、大丈夫だ」

「だめ、やぁ、あっ……あぁ」

蜜壺を抜き差しする手はそのままに、将斗の反対の手が再び陰核を扱き始めた。中と表を同時に愛撫されると、快感を通り越して恐怖すら覚える。異なる強い刺激が気持ち良すぎて、どうにかなってしまいそうなほどに。

「あぁ……だめ……っおねがい、です……手、離し……っ」

「ん？　イきそうか？」

「ふぁっ……あぁ……ん、んん」

七海が懇願すると、将斗がさらに指の動きを速めてくる。濡れて感度が増した場所を手早く擦られ、ひくひくと蠢く場所をみだらにかき回される。

大きな両手に与えられる快感に成す術もない。もうだめ、と感じた直後、七海の下腹部の奥から快楽の波が勢いよく押し寄せてきて、あっという間に弾け飛んだ。

「～～っ……っぅ、ん……ぅ」

軽く絶頂してもそれほど大きな声は出ない。だが快楽の余韻が引いていく気配とともに息を零した瞬間、目尻からほろりと涙が伝い落ちた。

「泣くほど気持ち良かったのか」

七海の表情を確認した将斗が、濡れた自分の手を舐めながら楽しそうに問いかけてくる。

「！　まさ、とさん……！　それ……っ」

「ん。甘いぞ」

それが自身の愛液だと気づいた七海は、身体を起こして将斗の行為を止めさせようとしたが、やはり彼は七海の意見なんて少しも聞いてくれない。

自分の手についた蜜液を舐めながら、そっと目を細めて肩で息をする七海を見下ろす。その視線にぞく、と背中が痺れる理由を探す前に、将斗がにやりと微笑んだ。

「普段のクールな美人秘書姿からは想像できないな」

「な、なんですか……それ……」

「こんなに可愛い声と表情でイクんだな、って。これから一年、俺がこれを独り占めできると思うと――たまらないな」

「……っ」

将斗の熱の籠もった表情に驚き、びくっと緊張する。独占欲を露わにして七海を口説く視線に硬直していると、上に跨っていた将斗が身に着けていたバスローブの結び目をするっと解いた。

その下から現れた裸体に、一瞬目を奪われる。普段は質の良いスーツを着込んでいるためわかりにくいが、将斗はほどよい筋肉がついてよく引き締まった男性らしい身体つきをしている。

その姿にさらにどきどきと緊張していると、両足をぐいっと持ち上げられた。正真正銘の全裸同士でじっと見つめ合うと、ただ身体を触られるのとは別の緊張感が生まれる。ゆっくりと覆いかぶさってきた将斗に再度口づけられたので素直に応じると、将斗が七海の頭を優しく撫でてくれた。

きっと大人しく『ご褒美』を差し出すことに決めた七海へ、将斗からの『ご褒美』なのだろう。あるいは一年間妻を愛する夫を演じると決めた、彼なりの慰めなのかもしれない。

「ん……っ」

キスを重ねる将斗の手に脚を大きく開かれる。唇を離して熱い息を零しながら見つめ合うと、濡れた蜜口に固く尖った亀頭をぐいっと押し付けられた。

（いつの間に……）

そこに薄い膜が被せられていることに気づくと、手際と準備の良さに感心してしまう。

披露宴を行ったこのホテルは、交通の便が良く景色が綺麗な都心のシティホテルだ。繁華街の片隅や郊外によくあるラブホテルではないのだから、避妊具は備えつけられていない。なのに将斗がちゃんと用意して持っているということは、おそらく七海が入浴している間に準備をしたということだ。将斗が最初から〝そのつもり〟だったという事実に、恥ずかしさを覚える。だが照れる間もなく猛った先端が蜜口に沈むと、すぐにそれどころではなくなった。

「んぅ……っ……んん」

身体の大きさと陰茎の大きさは比例するものなのか、将斗の雄竿を受け入れると下腹部全体に言葉にできない圧迫感を覚える。挿入はゆっくりとした動きだったが、一ミリ侵入するたびにお腹を押しつぶされそうなほどの質量を感じて、全身がびくっと震えた。

小さな痛みを感じて少しだけ力むと、将斗の表情もわずかに歪む。泣くほど強烈な痛みではないが、一番奥まで挿入するのは物理的に不可能なのではないかと思ってしまう。

「かなり慣らしたつもりだったが……」

「将斗さ……ん」

結婚式の最中に花婿に逃げられるような残念女でもいいと求められたのに、七海の身体では将斗が満足できないかもしれない。圧迫感に耐えながら、申し訳ないな、と考える。

それでもゆっくりと押し進められ、限界まで到達するとゆっくりと引き抜かれているうちに、少しずつ身体が慣れてくる。繰り返される動きに痛みと圧迫感が和らぎつつある七海だったが、ある一点を突かれた直後、ふと身体に異変が起こった。

「ふぁっ……!?」

「！」

ゆったりと静かな動きのまま最奥を突かれた瞬間、七海の身体がびくんっと跳ね上がる。

「え……な、に……？」

「七海……？」

電流に似たその刺激から快感を得たのは将斗も一緒だったらしい。ふと視線を上げると、よく見慣れた整った顔が、驚いたように目を見開いている。

数秒の間は顔を見合わせたまま停止していた七海と将斗だったが、先に我に返った将斗がふっと表情を緩めた。

「今のとこ、気持ち良かったのか？」

「え、な……なんですか……？」

「俺もだ、七海。だから……もう一回」

「ふぁっ……!?」

将斗の宣言に答える間もなくシーツに腰を固定されて、上からより強めに体重をかけられる。脚を広げた状態で質問されると無性に恥ずかしかったが、顔を隠す前に頬を撫でられて再び唇を重ねられた。

「～～ッ……ぁ……んぅ」

「余裕なくて、ごめん……な」

キスの合間にそう呟いた直後、将斗が腰を打つ速度を上げる。いつの間にか痛みが完全に消失していた結合部から、ぱちゅん、ずちゅん、と卑猥な水音が溢れて響く。

「あ、あ……だめ……んぅ……っぁ」

将斗の陰茎が蜜壺を満たしては引き抜くたびに灼熱感と強い摩擦を感じる。激しい抽挿に胸が揺れるとその動きを観察され、さらに興奮度を上げた腰遣いに激しく貫かれる。

「七海……っ」

「あ……っふ、ぅ……あ」

「ほら……七海、わかるか？　今、七海の中にあるのは……誰のだ？」

七海の心と身体を暴くと同時に、ココロとカラダを満たしていく。今の七海を欲する相手なんて将斗以外にはいないのに、それでも七海の口から決定的な言葉を言わせたいのか、将斗の問いかけと視線はどこまでも意地悪だった。

「まさ……」

「ん？」

「将斗、さん……の……！」

「そうだ……この感覚、忘れるなよ」

「あ……やぁ、ん……」

にやりと微笑む将斗が腰を揺らして最奥を突く。鋭くも甘い刺激に震えた七海が喘ぐと、その様子に満足げな表情を見せた将斗が身体を抱きしめて唇を重ねてきた。

「七海っ……」

「ふぁ……っ！　だめ、将斗さ……ぁん」

とんとんと何度も最奥を突かれているうちに、蜜壺がきゅぅんと切なく収縮する。まるで将斗に抱きしめられて口づけられることが幸福だと言わんばかりの反応が、恥ずかしくてたまらない。けれど無意識のものは自分でも止められない。

「あ……は、ぁ……ぁんっ」

激しい抽挿に導かれるようにやってきた甘い痺れが、下腹部から全身へ広がっていく。その快楽が最大まで高まると、膨れ上がった何かが一気に破裂するような強烈な快感に襲われた。

「あ、あ……ふぁ、あ……っ」

「……っ――は……七海ッ……！」

「ああ、あぁぁっ……ん！」

それが絶頂の瞬間だと気づいた直後、七海は身体の奥で燻っていた快感を放出するように激しく達していた。同じく腰を振っていた将斗も快感を堪えるように表情を歪め、七海の中で精を放つ。

ぼんやりと麻痺した淫花の奥で薄膜が白濁の蜜液を受け止める感覚がしたが、それを知るよりも早く将斗のキスが七海の思考と台詞を奪い取った。

「七海」

「ん……」

絶頂の気配が少しずつ遠退っていくと、汗だくになった七海の前髪を撫でながら、将斗が名前を呼んできた。腕枕をするように七海の身体を抱き寄せた将斗が、ふと意外な言葉を口にする。

「俺たち、身体の相性がいいと思わないか？」

将斗が顔を覗き込みながら訊ねてくるが、七海には身体の相性の良し悪しはよくわからない。

（そうなの……？）

楽しそうな将斗の表情を見ても疑問に思うしかない七海だったが、確かに気持ちよくはあった。

誰かと比べるのは失礼だし、そもそも夜の事情について比較するほど経験豊富なわけでもないが、それでも将斗が頭や身体を撫でる指先は素直に心地よいと思えた。

(ふわふわして、あったかくて……)

将斗の腕に包まれると、夢の中にいるような気分になる。こうやって触れ合っているだけで、心が温かくなって満たされていく気がする。

それが夫だと思っていた人に捨てられて傷ついた心を癒されているからだと——期限付きのかりそめの快楽と幸福であると、本当は気がついている。

けれど今はそれでもいい。身体の相性だけでも合っていてよかったと思う。

だってこれは、そういう偽装結婚なのだから。

「早く慣れろよ、七海」

「……はい、将斗さん」

頭の中では別のことを考えつつ、将斗の求めに従うように頷く。

そう、頭の中では、別のことを考えている。

(一年……戸籍にバツがつくまでと、秘書を辞めるまでのカウントダウン……)

今夜、七海と将斗は一年限定の共犯者になった。父の面子と会社の体裁を守るために、将斗との結婚を受け入れて周囲のすべてを欺くと決めた。

だが一般家庭に生まれた七海と違い、支倉建設グループの御曹司として生まれた将斗には、会社と一族の将来を守る責任がある。ならばどこかの会社重役のご令嬢や会社にとって有益な人、もしくは将斗が心の底から好きになった相手と結婚するべきだろう。

そう、七海にはいつか身を引く時期がくる。元嫁の秘書なんて将斗の将来や恋愛を妨げる因子にしかならないのだから、離婚と同時に秘書の任も辞するべきだと考えている。

時期が近づいたら秘書課長と人事部にも相談するつもりだが、もし異動が叶わないのであれば、そのときは会社を辞めることも視野に入れている。もちろん将斗や支倉一族、父への影響が最小限で済む方法を考えるつもりだ。

(でも今日は……色々ありすぎて、疲れた)

だが今はもう何も考えられない。思考と感情のすべてを使い切った。

「……七海？」

大きく息を吸って吐くと同時に、瞼がとろとろと落ちてくる。七海の身体を抱きしめる将斗に何かを問いかけられた気がしたが、それもしっかりと把握できない。

うとうとと目を閉じると将斗が髪を撫でてくれたが、ありがとうございます、と伝える前に七海の意識は眠りの底に落ちていった。

◇ 幕間（将斗視点）

「……七海」

気力も体力も使い果たしたのだろう。将斗の腕の中で糸が切れたように眠ってしまった七海の寝顔を見つめて、そっと名前を呼ぶ。

うっすらと汗ばんでいるせいか、前髪が額に張りついている。それを指先で優しく払いのけてみると、寝落ちした七海が意外にも穏やかに眠っていることに気づいて、思わず笑みが零れた。

寝顔を見たのははじめてだが、目を閉じた七海は普段よりも少し幼い印象がある。後から寝顔が可愛かった、と言ったらどんな反応をするだろうか。照れてそっぽを向くのだろうか。それとも拗ねて唇を尖らせるのだろうか。

――どちらでもいい。七海が見せてくれる表情なら、どちらだって。

「ごめんな……あんなことがあって混乱してたのに、ちょっと強引だったな」

返事がないことは承知の上で語りかける。

七海には申し訳ないことをしたと思っている。結婚式の真っ最中に花婿が逃亡するという非常事態に見舞われて困っていたとしても、普通ならその場に居合わせた上司として手を差し伸べるだけでよかった。逃げた花婿に代わって挙式を執り行い、披露宴まで行う必要はなかった。そして何より、疲労と困惑の最中にいる七海を抱く必要なんてなかったはずだ。

だが将斗はもう、同じ過ちを繰り返したくない。

（あんな思いをするのは、もうたくさんだ）

将斗は七海に二つだけ嘘をついた。

一つはこの結婚が『偽装』であるということ。

七海は将斗の告白をその場しのぎの嘘だと認識しているはずだが、実際は偽りなんかじゃない。七海を警戒させないために『片想いされてきた〝フリ〟をしろ』と言ったが、チャペルで宣言した台詞も、七海の両親に語った言葉も、すべて将斗の本心だった。

つまり偽装結婚であることそのものが嘘——『偽装』だと思っているのはこの世でたった一人、七海だけということだ。

当然、離婚をする気なんて一切ない。それは一年経とうが十年経とうが同じこと。せっかくこうして七海と結婚する権利を得たのだ。将斗はもう、何があっても七海を手放すつもりはない。

そしてもう一つ。将斗は先ほど、自分の恋心を自覚した矢先に七海と慎介が付き合い始めたと語ったが、将斗が七海を意識するようになったのは、本当はもっと前だった。

秘書として配属されて以来、完璧に業務を遂行しようとひたむきに努力する七海を好ましく思っていた。将斗のスケジュール管理、書類の整理から作成、来客対応や電話対応、取引相手の好みの把握とそれに合わせた飲み物やお茶請けや手土産の調達、果ては将斗の身だしなみの管理から健康の管理まで、常に将斗の都合を優先し献身的に尽くしてくれる。困ったときは秘書課長や先輩秘書にアドバイスを求めながらも、将斗の要望に忠実に応えようとする。その健気さにいつの間にか惹かれていた。それが恋愛感情になるまで、そう時間はかからなかった。

だが将斗の想いの一方で、七海は上司と部下という関係から決して逸脱しないよう振る舞う。常に一歩引いた姿勢を崩さないことが自分に脈がないサインのように思えて、勝手に寂しさともどかしさを感じていた。

慎介と交際を始める直前まで、七海には別の恋人がいた。大学時代から付き合っているという男性の写真を何かの雑談の折に見せてもらったことがあるが、中性的な印象の慎介と違い、その男性はどちらかというと顔立ちや背格好が将斗に近い印象だった。

七海に対して部下を可愛がる気持ち以上の感情を抱いていた将斗は、ほのかな敗北感を覚えつつ『おまえ、こういう男が好きなんだな』と七海をからかった。

てっきり拗ねてそっぽを向くと思っていた。予想通りの反応があれば、それで自分も気が済むと思っていた。なのに少し照れたように『……まぁ』とはにかんだときの顔が、今でも忘れられない。恋人でもなんでもないというのに、一瞬の間を空けて将斗の胸の中に広がったのは、紛れもない嫉妬の感情だった。

将斗のからかいを綺麗に受け流す七海が、こうも簡単にペースを乱す相手。その存在がただ疎ましかった。相手の素性もよく知らないくせに、心の中で『早く別れろ』と怨念のように繰り返した。そんな将斗の怨念が通じたのだろうか。

——いや、違う。おそらく遅かれ早かれ、七海は当時の恋人と終わりを迎えていた。

七海の恋人は浮気をしていた。しかも七海を含めて五人の女性に同時に手を出していたらしく、今から一年前の十一月中旬、七海は恋人と別れるという結論を出した。

自分で決めたとはいえ数日間は憔悴して元気がない様子だったが、『別れました』と口にしたきり仕事ではいつも通りだったので、将斗もしばらくは様子を見るつもりだった。

だから七海の気持ちが落ち着いて元気を取り戻してきたら食事にでも誘って、少しずつ口説き始めようと思っていた。ゆっくりと上司と部下以上の関係を築いていけたら、と考えていた。

その判断が将斗の致命的なミスになった。

恋人と別れてから一か月後、社内親睦会という名の忘年会の少し後、七海は総務に在籍する佐久慎介と交際を始めた。

嘘だろ、と思った。冗談じゃない、と声に出た。

予想もしていなかった場所から七海を掻っ攫われたと知ったとき、将斗は目の前が真っ暗になった。注意深く動向を観察していたはずなのに、失恋の反動がこうも容易く新たな恋を呼び寄せるとは想像できるはずもない。七海の気持ちが落ち着くまで待とう、なんて悠長に構えていた自分を呪いたい気分になった。

とはいえ以前の恋人と慎介は明らかにタイプが違う。ならそのうち別れるだろうと高を括っていたのに、半年後に『結婚することになりました』と報告を受けるとは思ってもいなかった。

（七海は、知らないだろ）

七海から『社長に披露宴で挨拶をお願いしたいのですが、だめでしょうか？』と言われたときの絶望を。冗談めかして『俺より先に結婚するなんて生意気だな』と告げながら、必死に作り笑いを浮かべたことを。デスクの下で手のひらに爪が食い込むほど強く手を握って『おまえはもっと慎重な女性だろう、簡単に結婚なんて決めるな』と叫びたい気持ちを懸命に抑えていたことも。

（もうあんな思いはしたくない）

指をくわえて見ているうちに奪われるなんて、二度とごめんだった。だから将斗は、何としてもあの場で七海と結婚するという状況に持ち込みたかった。多少強引な手段になっても、七海が次の恋に向かう隙を一瞬たりとも与えたくなかった。

挙式の最中に花婿が逃亡するだなんて、ドラマの見過ぎにもほどがあると思う。そんな馬鹿なことがそう易々と起こるはずがない。

だがその馬鹿みたいな状況が将斗の目の前で起こった。幸福に満ちた七海の結婚を見届けることで長い片想いに終止符を打つつもりだったのに、ありえない——将斗にとっては千載一遇の僥倖とも呼ぶべき非常事態が起こった。

慎介に置き去りにされて一人ぼっちになったウェディングドレス姿の七海を見た瞬間、将斗はその場に立ち上がっていた。

（あんなに可愛い花嫁を置き去りにできるなんて、佐久はどうかしてる）

全身の細胞をフル動員させて、だが表面上は至って冷静であると装って七海の前に立つと、誰よりも自分が一番馬鹿げていると思う提案が次々と湧いてくる。それを天啓だと信じて本能のままに本心を語るが、当の七海は困惑してばかりで将斗の言葉を信じてくれない。

だから七海の意識を自分へ向けさせることは、すべて後回しにした。元々将斗の片想いだった。二年半以上毎日一緒にいて、普段から特別扱いしていると態度で示しているつもりだったのに、一切意識されていなかったのだ。その七海が一朝一夕で振り向いてくれるとは思っていない。

とにかく今夜は与えられたチャンスに感謝して、七海を誰にも触れさせないようにすることだけに注力した。本人にも周りにも『七海は将斗のものだ』と示しておくことが、最も重要だった。

「手放す気はないからな、俺は」

枕に頬杖をついて七海の寝顔を眺めながら呟く。混乱と疲労のメーターが振りきっている七海を抱くことに抵抗がなかったわけではない。本当はもう少し時間を置いてからでもよかったと思う。

だがこのタイミングを逃せば、七海に『男性として』意識してもらえる確率が格段に落ちる。秘書として完璧に仕事をこなす七海のことだから、間にビジネスパートナーとして接する時間を挟めば、仕事に対する彼女の熱意がプライベートの関係の進展を妨げるだろう。

婚姻届だけは今日今すぐに、というわけにいかないが、それ以外は名実ともに『夫婦』になっておきたかった。今夜ここで七海を抱かなければ、週明けからまた元のような『上司と秘書』の関係に戻って、そのまま落ち着いてしまっていたと思う。それだけは、なんとしても阻止したかった。

「可愛かったな……」

眠っている七海の頬を撫でてつつぽつりと零したのは、将斗の素直な感想だった。

七海を抱く妄想だけなら何度したのかわからないほどだが、いざその状況になると全然冷静になれなかった気がする。欲望のままに触れたい気持ちと七海を大切にしたい気持ちがせめぎ合って、余裕なんて一切なかった。もう一回、と言わずに七海を寝かせてあげた自分を褒めたいぐらいだ。

そのぐらい、七海は身体も声も仕草も反応も可愛かった。

「まあ、元々美人だもんな」

柏木七海は美しく洗練された印象を受ける女性だ。背中まで長さのあるやや明るめの黒髪は、いつも後ろで一つに束ねるか、うなじの近くで丸くお団子にしている。身長が百七十センチ近くあって足も長いせいか、普段はスカートをあまり着用せず、パンツスタイルに低めのヒールを合わせた姿が多い。だがＴＰＯに合わせて華やかな装いをすればどこか可愛らしい印象にも変わるので、七海の変化にいつも驚かされる将斗だ。

「一年か……短いな」

そんな七海の意識を自分に向けさせるために与えられた期間は、たったの一年。その間に七海に好きになってもらえなければ、将斗はこの手を離さなければいけなくなる。

いや、十分だ。慎介との交際を聞かされてからの一年間を思えば、婚姻関係にある今の方がずっと手の尽くしようがある。

七海に警戒されないよう少しずつ触れて、想いをちりばめて、愛の言葉を仕込んで。たくさん撫でて、甘やかして、何度も見つめ合えば、いつか七海も将斗の気持ちに気づくだろう。想いを知った七海から好きになってもらえるかどうかはすべて将斗次第だが、努力は惜しまないつもりだ。

「大切にする……だから早く、俺に惚れてくれ」

新妻が眠ったあとで、そっと囁いて額に口づけを落とす。

将斗の願いは、たった一つだけだ。

◇　第二章

集合時間に遅れてしまったことを申し訳ないと思いつつ、約束していたダイニングバーに入店する。入り口で予約名を告げてアンティークウッド調のお洒落な店内を進むと、オープンフロアの四人掛け席に二人の女性が向かい合わせで座っていた。

入り口側に正面を向いて座っていた経理課に所属するベリーショートカットの友人、綾川小百合が七海に気づいてパッと顔を上げる。

「お、来たわね、社長夫人」

「小百合、お願いだからそれやめて……」

「お疲れさま、七海ちゃん」

七海が返答するともう一人の友人、厚生課に所属する才野ほのかがゆる巻きの長い髪を耳にかけながらにこりと微笑んでくれた。七海の同期であり社内で最も仲が良い二人に労われ、「ごめんね、遅くなっちゃった」と謝罪しつつほのかの隣に腰を落ち着ける。

座った直後、小百合が興味津々な様子でずいっと身を乗り出してきた。

「もう、すごいびっくりしたんだから」

「ごめん……ほんと、色んな人に申し訳ないことしたと思ってる……」

「七海ちゃん、支倉社長と浮気してたのかと思っちゃった」

「そんなわけないでしょ。……あ、生一つ」

ほのかの予想に苦笑しつつ、おしぼりを持ってきてくれた店員に飲み物を注文する。それから小百合が差し出してくれた小皿を受け取り、すでに運ばれてきていた料理を取り分ける。

今日の昼食はおにぎりが一つだけだったのでお腹がぺこぺこだが、ゆっくりと食事ができる空気ではなさそうだ。それはそうだろう。一昨日の披露宴に参加してくれていた小百合とほのかも、突然の花婿交代と自社の社長の電撃結婚を目の当たりにしている。祝いの場では聞けなくとも、二日の時間が経過した今、あのとき一体何があったのかと詳細を聞きたがる気持ちは理解できる。

「正直、私も何が何だか全然わからないの……」

しかし今の状況に心が追いついていないのは、七海自身も他者とそう変わらない。むしろ当事者である七海の方が、客観的な視点から今の自分の状況を訊ねたい気分だった。

七海のため息に、小百合とほのかが揃って首を横へ傾ける。

「七海ちゃんもわからない?」

「どーゆーこと?」

披露宴終了後そのままホテルに宿泊した七海と将斗だったが、翌日の将斗は呼び方が『柏木』から『七海』になったこと以外、ホテルで一緒に朝食を摂る間も、その後彼の車で実家まで送り届けてもらう間も、七海の両親と挨拶を交わすときの態度も、驚くほどいつも通りだった。

何事もなかったかのような将斗の態度はそこから一夜明けて出社した月曜日——つまり今日も同じで、いつものように七海と確認したスケジュールをそつなくこなし、ときに七海をからかいつつ残業までの業務を終えると、『お疲れ』と言い残してそのまま普通に帰宅していった。

否、一つだけいつもと違うことがあった。

朝のうちに『スケジュールを調整して午後イチで時間を作ってほしい』と言われたので指示通り時間を調整すると、昼休みの直前で将斗の父・将志の秘書が一通の封筒を届けてくれた。

不思議に思って中を開けると、そこに入っていたものは一枚が将斗の『戸籍謄本』で、もう一枚は証人欄の片方に将志の名前が入った『婚姻届』だった。

驚く七海の手から婚姻届を奪い取った将斗は、社内にいる七海の父・稔郎からもう一つの証人欄にサインをもらってくると、調整して空けた午後一番の時間を使って七海を役所まで連行した。

『七海が自分で出せ』と言うので窓口に必要書類を提出すると、ほんの数分で婚姻届が受理された。

あっという間の出来事に呆気に取られているうちに再び将斗の車に乗せられて会社に戻った後は、いつも通り。午後の会議が長引いて定時を二時間オーバーするところまで普段と同じだった。

そう、七海はつい先ほど、正式に将斗の妻となった。なぜそんなに大急ぎで……と思う間もなく入籍したため驚く暇も実感する暇もなかったが、将斗はなぜか満足そうだった。

この数日間で起こったことを小百合とほのかにかいつまんで説明すると、瞬きを忘れて聞き入っていた二人が七海の顔を凝視してきた。もちろん将斗と過ごした初夜の恥ずかしい状況や父の落ち込む様子などは割愛しているが、七海の困惑は十分に伝わったらしい。

「偽装結婚……」

「ドラマとか漫画みたい……」

「……私もそう思ってる」

小百合とほのかの感想に全面同意する。七海自身、ドラマじみていて現実離れしているにもほどがあると思っている。だが驚くことに、七海は本当に『柏木七海』から『支倉七海』になったのだ。

七海は仲の良い会社の同期、小百合とほのかにだけは事実を伝えると決めていた。二人は七海の秘密を勝手に暴露するような人たちではないし、将斗にも『心の整理をつけるために相談する相手がほしい』と伝え、二人にだけは正確な状況を共有する許可をもらっていた。

その二人のおかげで、自分の価値観が世間一般から大幅にずれていないことを再認識する。それと同時に、自分の味方になってくれる友人たちの存在にほっと安堵を覚えた。

「でもそれで、俺が結婚する！　って、社長ってば強引～！」

「確かに大胆よね。男らしくていいと思うけど」

「え、ええ……？」

困惑の空気が一転、ほのかと小百合がきゃっきゃと楽しげな声を出すのでつい疑問の声が出る。

男らしい……？　と首を傾げると、二人がそれまでとは異なるテンションで急に将斗を褒め始めた。

「だって、支倉社長だよ？　高身長、高学歴、高収入、高好感度、高顔面！　三高通り越して五高なんだよ？」

「高顔面ってはじめて聞いたけど……どういう意味？」

「最高級イケメン♡」

「あ、そう……圧が怖いって意味じゃないんだ」

「そんなわけないでしょ。あのね、七海はずっと一緒にいるから感覚が鈍ってるのかもしれないけど、支倉社長ほんとにモテるのよ。経理(うち)の後輩に、経済誌に載ってる社長のインタビュー記事ぜんぶスクラップしてる子だっているんだから」

「えっ？　な、なんで……？」

「死ぬほど忙しい日の癒しらしいわ。この人のために働いてると思うと鬼残業も許せるんだって」

「へ、へえ……」

「あと支倉社長は良いカラダしてる」

「そう、それ大事。支倉社長は本当にイイ身体してる」

「なんでわかるの……？」

「『見ればわかるでしょ⁉』」

最後は二人同時に突っ込まれ、う……と言葉に詰まる。正直、七海には全然わからない。

否、今まではわからなかった。だが今は『見た』ので『わかる』。確かに将斗は腕にも胸にもほどよく筋肉がついていて、均整の取れた肉体をしている。筋骨が隆々と盛り上がるほどではないが、七海を抱きしめる力強さは確かに男らしかった――……

「そ、そういえばほのか。お父さん、今日どんな感じだった？」

「うん？　柏木部長？」

一昨日の夜のことを鮮明に思い出してしまった七海は、恥ずかしい記憶を振り払うべくやや強引に話題を切り替えた。

稔郎は大企業『支倉建設』本社の総務部長である。単に娘の結婚が白紙になっただけでは済ませられない影響があるだろう。まして代わりに結婚することになった相手が『社長』となれば、より大きな変化に晒されることは想像に容易い。七海はただ、父の心労が気がかりだった。

「午前中は離席してることが多かったからわからないけど、午後はいつも通りだったよ。でもちょっと元気なかったかなぁ」

ほのかの嘘偽りない報告に、ずきんと胸が痛む。午前中の離席は周囲への説明に追われていたためだと思うが、元気がないのは誰かに何かを言われたからかもしれない。

（ごめんね、お父さん……）

心の中で謝罪しつつ、グラスを傾けてビールを一気に飲み干す。いつかちゃんと親孝行がしたい、と思いつつ空になったグラスをコースターに戻した七海は、底に残った泡を見つめているうちにもう一つ気がかりだったことを思い出した。

「……慎介さんは？」

それは他でもない、七海を置き去りにした佐久慎介の様子だ。

七海の問いかけにほのかが少し呆れたようなため息をつく。もちろん彼女の言わんとしていることはわかる。しかし一応は結婚するつもりでいた相手だ。その後の様子が気にならないはずがない。

「佐久係長は肩身の狭い感じで静か〜にしてたけど、取り乱してる感じはなかったよ」

ほのかの報告を聞くと、安心したような悲しいような何とも言えない感情が湧き起こる。

繊細な印象を受ける慎介だが、神経は意外と図太いらしい。七海としては色々思うところもあるが、とりあえず普通に出社して仕事をしていると知り、ほっと胸を撫で下ろす。

「でも、年度末で退職するって」

「……そう」

厚生課に所属するほのかは、人事部に所属する社員並みに情報が早い。聞けば問題のない範囲で色々と教えてくれるが、個人情報の観点からも、七海の動揺を鑑みた結果からも、聞かれなかったらそのまま言わずにいてくれたのかもしれない。そう思うとほのかに申し訳ないことを尋ねてしまった気がしたが、彼女は端的に、そして秘密裏に事実のみを伝えてくれた。

一瞬だけ静かな空気が流れるが、その様子を見守っていた小百合がふと別の質問をしてきた。

「あのあと一回も連絡取ってないの？」

「うん。社長から、連絡取ること禁止されてるの」

七海よりもよほど怒っているらしい将斗は、七海が慎介に情けをかけることに対してやけに厳しかった。挙式直後は彼の両親に優しい言葉をかけていた将斗だが、やはり自分の部下を傷つけた慎介の振る舞いには憤りを感じているようだ。

「連絡先も消せ、自分からは連絡するな、って……」

だが七海の説明に対して、小百合とほのかは別の感想を抱いたらしい。

テーブルに頬杖をついた二人がにこにこと顔を覗き込んでくる。

「独占欲ぅ」

「七海ちゃん、社長に愛されてるぅ」

「……二人とも、私の話ちゃんと聞いてた？」

やけに楽しそうにからかってくる二人に、呆れた気持ちでため息をつく。

「社長は私を憐れんで助けてくれただけ。偽装結婚なんだってば」

「えー？　本当にそれだけかなぁ？」

「支倉社長、嬉しそうだったよね？　七海はそれどころじゃなかったかもだけど、披露宴のときの七海を見てる表情とか、すごい楽しそうだったもん」

またも将斗の話で盛り上がり始める二人に、違う違う、と手を振って否定する。

大企業のトップに立ち多数の社員を従える責務は、誰にでも負えるものではないだろう。祖父が他界し父が会長職に就いたため後継者として社長に就任した将斗だが、会社のトップとしてはまだ若いぶん、苦労もしているし苦い思いもしている。

そんな将斗の姿を傍で見続けてきた七海は、若さゆえの経験不足を努力と人柄で補っていく力強さを知っている。だがそれ以上に、将斗が難しい挑戦から日常の小さな業務まで、それなりに仕事を楽しんでいることも知っている。

「あの人、大体いつも楽しそうだからね？」

そう、彼は『楽しむ』ことが得意なのだ。きっと七海の窮地と、それを乗り越える手助けをすることも、持ち前の性格で楽しんでいるに違いない。

という七海の説明を聞いた二人が不満そうに唇を尖らせる。なんで二人が面白くなさそうなの？と苦笑していると、ふとテーブルの上に置いていた七海のスマートフォンの上部がぴかぴかと光った。それを起動させてみると『メッセージ：支倉社長』との表示が目に入る。

「おっと、噂をすれば？」

「まだ報告会は始まったばかりですよ〜社長〜。七海ちゃんはまだ飲み足りないです〜」

通話じゃなくメールなのでスマートフォンに話しかけても将斗には届かないが、小百合もほのかもそこそこ酔っているのかもしれない。二人の反応にくすくすと笑いつつメッセージアプリを開いた七海だが、そこに書かれた内容を一読すると、つい黙り込んでしまう。

「？　社長、なんて？」

「えっと……週末、実家に荷物取りに行くからって」

「え？　それだけ？」

——それだけである。

七海を家まで送り届けてくれた際、将斗は七海の両親とも少しの会話を交わしていた。内容は主に前日のお礼と謝罪だったが、その際に母が『社長、七海でよければ身の回りのお世話でも、なんでも言いつけてくださいね』と余計なことを口走ってしまったのだ。

母としては、紳士的な態度で接する将斗に少しでも恩を返したい一心だったのだろう。しかし将斗は七海に長年片想いをしている、という設定を貫かなければならない立場だ。せっかく前日『同居はしなくてもいい』と告げられていたのに、母にそう言われては将斗も喜ばないわけにはいかない。結果『七海さんさえよければ、早く一緒に住みたいですね』と答えざるを得なくなったせいで、それならば、と唐突に週末同居が決定してしまったのだ。お母さん……！

そして月曜の夜に週末の予定を尋ねられた七海は、ただ困惑してしまう。

「そんなの明日出社してからでもいいのにね」

「きっと社長、七海ちゃんに連絡取りたくて仕方ないんだよ」

二人はなんとしても『将斗は七海を大事にしている』という方向に話を持っていきたいらしい。実際そんなことはないのだが、確かにたったこれだけの内容で、友人と飲みに行っている時間にわざわざ連絡をくれるのは、過保護で心配性な夫に見えるかもしれない。小百合とほのか相手に愛妻アピールしなくてもいいんだけどなぁ……と思いつつ、返信の文面に悩む七海だった。

＊＊＊

「そういえば支倉社長。最近ご結婚されたとお伺いしましたが」

年末の挨拶を兼ねて支倉建設を訪問したいとの問い合わせに応じ、急遽面会の予定を組んだのは彼でちょうど十人目だ。

取引先である中堅不動産会社『相模エステート』の代表取締役社長・相模氏は、稔郎と同年代のダンディな男性である。視線を上げた七海は、黒とグレーが混じってはいるが綺麗に整えられた頭髪を見つめて、静かに背筋を伸ばした。

今週『年末の挨拶』にやってきた十人全員から同じ言葉をかけられた。それはそうだろう。結婚する予定など一切聞いていなかった取引先のトップが電撃結婚したとなれば、飛んできて事情を聞きたがる者もいて当然だ。

将斗の立場を考えれば、結婚式も披露宴も盛大かつ大規模に催されておかしくない。おそらく招待すべきゲストも先日とは比較にならないほど大人数になるはずだ。当然、将斗の結婚式には招かれてしかるべきところなのに、一切声がかからなかったとなれば、焦って様子を窺いにくる人もいるだろう。

「ええ、実はそうなんです。ご報告が遅れて申し訳ございません。――柏木」

「はい」

壁際に控えていた七海も、この三日間で同じ流れをすでに九回経験している。はっきりとした声で返答して応接ソファに近寄ると、深く腰かけた将斗の隣に立って再度背筋をぴんと伸ばした。

彼らの本題は年末の挨拶などではない。明確に『偵察』なのだ。だがそれは将斗も理解しているはずだし、七海自身もある程度『探られる』覚悟はしている。

中には七海と慎介の結婚を祝ってくれた人もいるのだから、説明から逃れようとは考えていない。だから将斗が会うと決めた相手に、七海もまた同じ言葉を並べていく。

「ご挨拶が遅れて申し訳ございません。改めまして、先日支倉と結婚いたしました秘書の柏木七海です。相模様にはこれまでも格別のご高配を賜っておりましたが、今後は支倉の妻としても何卒よろしくお願い申し上げます」

「……やっぱり、そうだったんですね」

七海の口上に、相模が納得したような表情で数度頷く。

「支倉社長が柏木さんの結婚式に乗り込んで、花婿に宣戦布告して奪った……と風の噂に聞いたもので」

ダンディな相模が少し照れたように微笑むので、七海は内心がっくりと項垂れる。

（全然『やっぱりそう』じゃない……！　だいぶ違ってますけど！）

同じ業界の噂話は巡り回るのも早いことだ。今週最初に会った人よりも大きな尾ひれがついている気がするが、大筋は間違っていない。実際は結婚式に乗り込んだわけでも宣戦布告をしたわけでも奪ったわけでもないが、七海が慎介ではなく将斗と結婚したのは確かな事実だ。

七海はまた事前に決めておいた説明をしようと口を開いたが、その直前で将斗が右手を上げて七海の言葉を遮った。七海からの説明は不要だ、という合図だろう。

「弊社では結婚後も旧姓を継続使用できる制度を導入しております。柏木が支倉姓に慣れるまでは旧姓を名乗りたいと考えておりますので、相模社長もこれまで通りに接して頂ければ」

「なるほど、わかりました」

相模は将斗の意図をすぐに察したらしい。彼が頷く姿を見て、将斗もにこりと笑顔を零した。

「嬉しそうですね、支倉社長」

「ええ、それはもう」

将斗の表情を確認した相模が少し楽しそうに、そしてどこか微笑ましいものを見るように語りかけてくる。それが演技だと知らない相模は、まんまと将斗のペースに乗せられたようだ。

「今の自分があるのは柏木の支えのおかげです。自分はずっと、彼女と一緒になれたらと願い続けてきました。でもそれは叶わないものだと思っていましたし、長年の片想いを諦めるつもりで参列したんです。だから幸運に恵まれて、家でも職場でも一緒にいられる環境を得て、いま幸福を噛み締めているところですね」

もちろんこの偽りの説明も十回目。だがあまりにも流麗に語るので、毎回素直に驚いてしまう。台詞を覚えるのも、それを本心のように語る口調も、台詞に合った表情を作るタイミングも完璧だ。俳優になれるかもしれない、と思うほどである。

「ですから、結婚式の詳細は秘密にさせてください」

「……？」

「無理強いをして奪ったわけではありません。ただ、柏木が望んでいなかった状況が含まれているのも事実です。自分はもう、彼女に悲しい記憶を思い出してほしくないんです」

「！」

将斗の心情を聞いた相模がハッと顔をあげて七海の反応を確認してくる。その表情には明らかに『申し訳ないことを聞いてしまった』と書かれていて、七海の方が申し訳ない気持ちになった。

「悪かったね、柏木さん」

「いえ……」

謝罪の言葉をかけられたので曖昧に微笑み返して受け流す。実際の七海はもうそこまで気にしていないのだが、この将斗の語りかけにより、皆これ以上は踏み込めないことを悟るのだ。

披露宴には仕事関係のゲストも招待していたが、挙式へ招待したのは主に親族と古くから親交のある友人ばかり。会社に関わる人々は、まったくと言っていいほど招いていなかった。

唯一その後の披露宴で祝言の挨拶をお願いしていた将斗には挙式から参加してもらっていたが、その他の支倉建設関係者といえば父である稔郎のみ。小百合が幼い娘を入浴させてから参列したいというので、仲が良い同期の二人ですら披露宴からの招待だった。

つまり結婚式の夜、チャペルの中で起こったことを正確に知っている人は、会社関係では七海と将斗、稔郎、慎介の四人のみ。慎介が自分の愚行を吹聴するはずがないので、あのとき何が起こったのか、仕事関係の者は誰も知らない。あえて語らなければ、事実には誰も辿り着けないのだ。

将斗はその状況も利用することにしたらしい。七海を悲しませないよう、七海の身に起きたことを暴くな――これ以上の追及はしてくれるな、という言外の意思表示は、かなりの迫力があった。

他の九人と同じように将斗の意図を察した相模が、謝罪の代わりに七海へ微笑む。

「愛されてますね」

「そ……そうですね……」

相模の優しげな問いかけに曖昧な作り笑いを浮かべる。彼の纏う空気からは、野次馬や偵察の気持ちだけで話を聞きに来た気配はあまり感じられない。どちらかというと祝福してくれているらしい空気を感じ取るが、七海がそれに気づくとほぼ同時に、相模がソファから立ち上がった。

「それでは支倉社長。良い年末年始をお過ごしください。年が明けたらお祝いの品を贈らせてくださいね」

「恐れ入ります。相模社長も良いお年を」

来たときよりも晴れやかな表情となった相模に、預かっていたコートと帽子を手渡す。社長室を出てすぐのソファでは彼の秘書が待機しており、エントランスまでの見送りは不要だと言われたので、エレベーター前で頭を下げて二人を見送った。

社長室に引き返すと、相模の好みに合わせて用意していた緑茶を下げてブラックコーヒーを淹れる。大きめのマグカップを持ってすでにデスクに戻っていた将斗に近づくと、待っていたといわんばかりにコースターの位置を直された。

「相模社長、好意的でしたね」

受け取ったコーヒーに口をつける将斗に、そっと声をかける。すると熱い液体を啜った将斗がカップをコースターに戻しながら「そうだなぁ」と苦笑いを零した。

「自分の息子を水瀬(みなせ)工業の令嬢と結婚させたいからだろ。水瀬の社長も、自分の娘を俺か相模の息子と結婚させたがってたらしいからな。相模社長にしてみたら朗報なんじゃねぇの」

「……なるほど」

将斗の説明に、妙に納得してしまう。不動産会社『相模エステート』社長の相模には二人の息子がいて、そのどちらかに水瀬工業の社長令嬢と結婚してもらいたいと考えているらしい。

水瀬工業の社長は以前から大企業のトップである将斗と自分の娘を結婚させたいと望んでいたが、将斗が結婚した今、それは叶わなくなった。ならば水瀬の令嬢の相手として相模の御曹司に声がかかる可能性が高い。相模社長にとって将斗の結婚は歓迎すべき祝事なのだろう。もちろん他にも結婚適齢期の重役や年頃の令息を持つ者は存在するが、水瀬社長はやや気難しい性格のためか、縁を結ぶほど気に入る相手は少ないようだ。

政略結婚というやつだろう。今どき珍しい……と思う一方、七海には他社の重役の結婚事情よりもよほど気になることがあった。

「それより社長、どうされたんです？　すぐにご自分の席にお戻りになるなんて」

「ん？」

それは他でもない、将斗の仕事に取り組む姿勢についてだ。

「商談や面談が終わったら、いつもソファに寝転がってああでもないこうでもないと次の業務を先延ばしになさるじゃないですか」

将斗のさぼり癖は筋金入りだ。来客を見送ってから社長室に戻ると、いつも座っていた状態からソファに寝そべって、そのままだらだらと無駄な時間を過ごそうとする。七海が注意しても起きないし、怒っても耳を塞いで目を閉じるし、あえて無視しようものなら本気でその場で寝てしまう。引っ張って起こそうとしても、体格のいい将斗に七海が勝てるはずもない。

一度将斗の腕を引っ張ってどうにか起こそうとしたこともあるが、逆に将斗に抱きしめられて彼の身体に乗り上げてしまった。一緒にサボろう、と囁く将斗に必死に抵抗してどうにか逃れた経験のある七海は、これまでずっと彼のぐうたらな態度に困ってきたのだ。

それが今週は、一度も駄々をこねていない。七海が来客を見送って社長室に戻ると、ちゃんと自分の席に座って仕事の続きを再開しているのだ。やればできるなら、今までの態度はなんだったのだろうと思うほど。

「……おまえ、本当に気づいてないのか？」

「？　何がです……？」

将斗が驚愕の表情で七海の顔を凝視する。

その仕草に、ほんの少しだけ不機嫌な声が出た。

「俺はずっと、おまえがさっさと仕事を終わらせて佐久と会ってることが気に入らなかった。だから少しでも俺の元に留めるために、あの手この手で仕事を長引かせてたんだぞ？　俺のいじらしい努力に気づかないなんておま」

「社長」

朗々と七海への想いを語る将斗を、強引に遮る。

「口元が緩んでらっしゃいますが？　嘘をつくなら、もうちょっと真剣にやってくださいません？」

「あ、やべ」

七海の指摘に、将斗がパッと指先で口元を覆う。

こうやって反応を窺ってじゃれついてくるのも、いつものこと。彼の秘書になって三年近くともなれば、指摘する七海も慣れたものだ。

はあ、と盛大なため息をついて、じとりと将斗を睨む。

「お客様はお帰りになったのですから、もう演技の必要はないと思いますけど？」

「はいはい、わかったって」

七海で遊ぶ作戦が失敗したと気づいたのか、将斗はからかうことを諦めたようだ。口調はつまらなそうに、だがどこか嬉しそうな表情でぐっと背中を伸ばしている。

ふとジャケットの間から、ストレッチをする将斗の横腹が目に入る。もちろんワイシャツを着ているので直に肌が見えるわけではない。だがその瞬間、将斗を『いい身体』だと表現していた友人たちの台詞を思い出した。

年齢が年齢だし、お酒もそれなりに嗜む将斗だ。しかしその割にお腹はちゃんと割れていて、筋肉質な身体をしていた——気がする。

（って、仕事中に思い出すことじゃないでしょ……。……小百合とほのかのせいだ）

妙なことを思い出して変に緊張した七海は、ごりごりと首を回す将斗から視線を外して恥ずかしい想像を必死に思考から追い出した。一人照れる七海の内心を知ってか知らずか、将斗がくすっと笑みを零す。

「ま、俺も身を固めたことだしな。これからは真面目に仕事するよ」

「結婚にかかわらずお仕事は真剣になさってください」

「あと週末はおまえがうちに来るようになるだろ。休日に仕事するわけにもいかないからな」

「……あ」

七海の注意をさらっと受け流した将斗の台詞で、彼に伝えようとしていた謝罪と提案をふと思い出す。月曜日の昼に急遽入籍、そして昨日から今日にかけて分単位の来客スケジュールをこなしているうちに、自分の意向を伝え忘れていたと気づいたのだ。

「母の提案で社長にお気遣い頂くことになり、たいへん申し訳ございません。ですが、一緒に過ごして頂かなくても大丈夫ですよ」

「……ん？」

七海の提案を聞いた将斗が不思議そうな声をあげる。ようやく取れた休憩でリラックスしていたはずなのに、見れば将斗の眉間には深い皺が刻まれている。

彼の額の縦線を見つけた七海は、改めて将斗を面倒くさい状況に巻き込んでしまったことを認識した。直前までのお説教と照れを引っ込めると、姿勢を正して視線を下げる。

「私、週末はホテルに滞在しますので。今週は荷物を取りに来てもらうことになってしまいましたが、それはどこか邪魔にならない場所にでも置いていただければ……」

「おい、なんでそうなる」

将斗のプライベートを奪うようなことはしたくない。だから彼が今までの生活を続けられるよう配慮する。それは偽装結婚に同意したときから最低限守ろうと決めていたことだ。

将斗だって自分の自由な時間が欲しいだろう。——そう思っていたのに、立派なプレジデントチェアをガタンッと鳴らして勢いよく立ち上がった将斗は、なぜか大慌てで七海の腕を掴まえてきた。

「ちゃんと俺の家に来い」

「え……え？」

「七海が使う布団も買った。生活に必要なものを揃えるなら買い出しに行くだろうと思って、ガソリンも満タンにしてある。年始は俺の実家に行く予定も組んだ。一緒に住む準備はすべて整えた。最初は週末だけでもいい。だから……！」

「わ、わかりましたから……！」

怒涛の勢いで捲し立てられた七海は、内心『仕事中に七海って呼んだ……』と思いつつ、将斗の希望を受け入れる意思を示した。どうしても七海を家に招きたいらしい将斗の必死さに気を取られた七海は、彼が口にした『〝最初は〟週末だけでもいい』との台詞をすっかり聞き逃した。

「では、社長のお言葉に甘えさせて頂きます」

「あ、ああ……」

「その代わりお仕事はしっかりとお願いしますね」

「……わかってる」

それが交換条件になるとは到底思えない七海だったが、ほっとしたように頷く将斗の声と視線には確かな熱が込められていた。

＊　＊　＊

「あけましておめでとうございます、社長」

「ああ、おめでとう。今年もよろしく」

実家まで車で迎えにきてくれた将斗を玄関先で出迎えると、お辞儀とともに新年の挨拶をする。

本当はリビングか客間に上がってもらってしっかりと将斗をもてなしたいところだが、住宅街は大きな道路でも道幅が狭く、長時間は将斗の車を停めておけない。それに次の予定も控えているので、長居もしていられないだろう。

週末は将斗のマンションで過ごす流れに巻き込まれた七海だったが、話し合いの末、とりあえず新年は実家で迎えることとなった。

その後元日からの三日間は将斗の家に滞在し、一月四日と五日は柏木家に戻ってゆっくりと過ごす。そして仕事が始まった次の週末からは、本格的に将斗の家で過ごすことが決まった。

リアドアを開けて、玄関に用意していた三つの段ボールと小さめのキャリーバッグを積み込む。中身は週末将斗の家で過ごすために必要な衣類や生活用品、外出用のコートやブーツやバッグ、月曜日にそのまま出勤できるよう仕事で着るセットアップとブラウスが二揃い。これだけ用意すれば、当面は困ることがないはずだ。

「社長、本年もどうぞよろしくお願いいたします」

将斗に荷物を積んでもらってドアを閉じると同時に、玄関先まで両親が見送りに出てきた。七海と同じく新年の挨拶をする稔郎に、将斗がにこりと笑顔を返す。

「こちらこそよろしくお願いします。お義父さん、お義母さん」

「……お義父、さん……」

上司に『お義父さん』と呼ばれたことに動揺したのだろう。

寡黙で表情の変化が少ない稔郎は、家庭では威厳のある父親だ。そんな彼があからさまに戸惑う姿を目にすると、ここ最近七海は父の調子を狂わせることばかりしているように思う。

内心反省する七海だったが、

「七海をよろしくお願いします」

と頭を下げる父は、思ったよりは穏やかな表情をしていた。

「もちろんです。三日の夜には帰りますので、ご安心ください」

「支倉社長、お寿司は好きかしら？　この近くに美味しいお寿司屋さんがあるんですよ」

「そうだな。……どうですか、社長。七海を送ってくださったときにでも」

「いいですね、もちろん寿司は好きですよ。楽しみにしてますね」

将斗と両親がにこやかに会話する様子をそっと観察する。

母はいつになく楽しそうで、父も意外と嬉しそうな表情だ。しかし両親よりも、将斗の方がその数倍嬉しそうに見えるのが不思議である。偽装結婚の相手やその両親に会って元日から話に付き合わなければならないなんて、普通なら苦痛に感じそうなものだが。

「七海。会長や奥様にご迷惑をおかけしないようにな」

「うん、行ってきます」

立ち話を適度なところで切り上げ、年末のうちに用意していた手土産を最終確認すると、将斗の愛車の助手席に乗り込む。

日本製なので右ハンドルではあるが、ドイツメーカーの黒いセダンはいつもぴかぴかに磨かれているため、扉の開閉にも足を置く場所にも気を遣う。「土禁じゃないからそのままでいい」という台詞とともに車が動き出したので、七海は「はい」と返答しつつ玄関先の両親に手を振った。

今日はこれから、神奈川県にある将斗の実家へ向かって将斗の両親の元を訪ねる予定だ。急遽結婚式に参列してもらったというのに、年末の忙しさも相まってまったく会いに行けていなかったので、報告とお詫びを兼ねて新年の挨拶に向かうのだ。

「運転よろしくお願いします、社長」

「……あ。社長？」

「……あ。……将斗さん」

「ああ」

いつもの癖でつい『社長』と呼んでしまう。だがプライベートの時間は名前で呼ばなければ反応しないと言われていたのだった。慌てて訂正すると、将斗が少し嬉しそうに微笑む。

こんな調子ではいけない。将斗の両親を騙すのは忍びないが、偽装結婚のボロが出ないよう注意しなければ、と気を引き締める七海だった。

＊　＊　＊

元日だというのに意外と道が混んでいたせいで、将斗の実家に到着したときにはお昼に近い時間帯だった。通りに面した正門が自動で開くと、さらに進んだ先にあるひらけた場所に車を停める。

将斗のエスコートに従って大豪邸の中へ入ると、支倉建設グループの会長である将斗の父・将志と、母・凛子（りんこ）が二人を出迎えてくれた。

「あけましておめでとうございます。会長、奥様」

「や～ん！　会いたかったわ、柏木さん！」

二人は常駐する警備員から連絡を受けて、息子夫婦の来訪を知っていたのだろう。しかし心の準備が不完全なまま二人に遭遇した七海は一瞬驚いてしまう。それでもどうにか新年の挨拶を述べると、凛子が両手を広げて七海に飛びついてきた。

かなり若いときに将斗を産んでいるらしい凛子は、五十歳を過ぎているはずなのに今も女優のように若く綺麗だ。肌の艶やハリは一応二十代であるはずの七海より美しく保たれており、『美魔女』と呼ぶに相応しい。七海は手にしていた菓子折りの紙袋が潰れるのではないかと焦ったが、いざ抱きつかれると手土産よりも先に自分の方が潰れそうになった。

「じゃ、ないわね！　もう名字は支倉だし、私の娘だものね！　七海ちゃんでいいわよね？」

「凛子。七海君が窒息するだろう、離してあげなさい」

将志に冷静に指摘された凛子が「あっ、ごめんね」と少女のような声で謝罪してくる。これまた年齢と比例しない豊満でハリのある胸圧から解放されると、助け舟を出すつもりがないらしい将斗が楽しそうに笑い始めた。

「よく来たね、さあ上がって」

「はい」

ひとしきり騒いだ後で将志に促され、いつもなら応接室に通されるところを今日は家族が使用するリビングルームに通される。七海が将斗の妻となり、支倉家の一員となった証だ。

「あの、会長……！」

社長室の二倍ぐらいありそうな広いリビングに足を踏み入れると、革張りのアンティークソファに着座を促される。そこに座る前に、七海は将志に声をかけて勢いよく頭を下げた。

「このたびは私の事情に社長を巻き込んでしまい……本当に、申し訳ございませんでした！」

七海の謝罪に、向かいのソファに座ろうとしていた将志の動きが止まる。七海が手渡した手土産を控えていた使用人に渡す凛子も、七海の隣に腰を下ろそうとしていた将斗の動きも、ぴたりと止まる。それでも七海は、謝罪の言葉を止めなかった。

本当はこれでも遅すぎるぐらいだ。七海はもっと早い段階で、後継者である将斗の人生設計を狂わせたことを支倉建設グループの長である将志に詫びるべきだった。

「本来であれば、社長にはもっと相応しい女性がいたはずです」

「……七海」

「社長の幸せな未来を、私が奪ってしまいました。私がもっと早く慎介さんの……婚約者の心変わりに気がついていれば、こんな事には……」

考えれば考えるほど、胸の奥から後悔の念が湧き上がる。慎介に覚悟が足りなかったように、七海にも覚悟が足りなかった。結婚して家庭を築くつもりでいたはずなのに、慎介の心変わりに気づけなかったし、彼の気持ちにも寄り添えていなかった。そして七海の考えが足りなかったせいで、無関係の将斗を巻き込んでしまった。上司である将斗の未来を、七海が奪ってしまったのだ。

もちろん生涯にわたって縛り続けるつもりはない。だがこうなった以上、将斗の戸籍に傷がつくことは避けられない。大企業の社長であり支倉建設グループの御曹司である彼の結婚なら、なおさらまっさらな状態でスタートすべきなのに。他でもない七海が彼の婚歴に傷をつけるなんて。

「それは違うぞ、七海」

泣きそうな気持ちで佇んでいると、傍に近づいてきた将斗にそっと肩を抱かれた。そのまま七海を包み込んで癒すように、優しい言葉をかけてくれる。

「言っただろ？　俺は幸運に恵まれた、って」

将斗の問いかけに頷きかけて、直前で止まる。

確かに将斗は周囲の人々に『七海と結婚できて嬉しい』と熱烈に語っている。だから彼のこの台詞自体は、七海も聞いたことがある。だが七海の後悔は、将斗に偽りの愛や結婚の経緯を述べさせることに対してではない。自分の事情に将斗を巻き込んだことそのものが大きな後悔なのだ。

将志や凛子にどう謝罪すればいいのだろうか、と立ち尽くしていると、優しく手を引いた将斗が七海をソファに座らせてくれた。

「七海の結婚を見届けたら、俺はもう誰とも恋愛なんてしないつもりでいた」

「……え」

そのまま七海の指を包み込む大きな手のひらと、そこに続いた意外な告白に驚いて顔を上げる。

「結婚したいと思うほど惚れた相手は、七海がはじめてだった。これから先、誰かを同じぐらい好きになれるとは思えなかった」

将斗が真剣な表情で語る言葉にどきりと心臓が跳ねる。台詞自体はいつもと同じ『以前から七海が好きだったアピール』だが、いつもとはなんとなくニュアンスが違う。

不思議な違和感を覚えて瞠目する七海に声をかけてきたのは、向かいのソファに腰を下ろした将志だった。将斗と似た野性的で男性らしい雰囲気を纏う将志が、息子に負けず劣らず長い脚を組んで肘掛けに頬杖をつき、楽しそうに目を細めながら七海と将斗の姿を眺めてくる。

「もう二年ぐらい前になるか。それ以前から『早く結婚しろ』『良い人はいないのか』と将斗をせっついていたんだが、いつも適当にはぐらかして逃げるものだから、あるとき『いい加減にしろ』と怒鳴ったことがあった。そのせいで大喧嘩になってな」

「え、会長と社長が……ですか？」

「そうだ」

からからと笑う将志の告白に、目を見開いて驚く。

将斗も将志も身長が高くがっしりとした身体つきだが、他人に対して怒鳴るような粗暴なことはしないタイプだ。おそらく己の背格好で大声を出せば相手に強い威圧感を与えると理解しているので、恐怖を抱かせないよう丁寧に接することを心がけているのだろう。

そんな二人が怒鳴って喧嘩をするなんて、七海には想像もできない。将斗が大きな声を出す姿を見たのは、挙式のときがかなり久しぶりだった。もちろんあれからは将斗の大声を聞いていない。

「そしたら今までのらりくらりとかわしてきた将斗が『惚れた相手がいるから、他との結婚は考えられない』と白状した。しかも『その子が自分を選ばなかったら、親父の決めた奴と結婚してやる』と言い出したんだ」

「!?」

将志の台詞に驚いて、隣に座る将斗の表情をパッと見上げる。目が合うと優しげに微笑む将斗の表情から、そのやりとりが本当に存在したことは理解できたが……

（社長、二年も前から仕込んで……？）

いや、そんなはずはない。七海と慎介が付き合い出したのは今から一年ほど前だ。二年も前から七海が挙式の場で花婿に逃亡されることを予想して、その救済のために準備をしていたとは考えにくい。ということは、親に結婚をせっつかれる状況から数年間逃れるために、結論を先延ばしにできる嘘をついたということか。——親子喧嘩までして？

いや違う。もしかして将斗には、本当に誰か……別の好きな人がいる？

「相手が七海君だというのは知らなかったが、将斗がそこまで言うのなら、と待つことにした。だから将斗が七海君と結婚したいと言い出したときに確信したよ。将斗は『成功した』んだな、と」

「……」

将志が納得したようにうんうんと頷いているが、七海は逆に疑問が増してしまった気がする。

もしや将斗には忘れたい人が……忘れられなくて困るほど愛している人がいるのではないか。どうせその相手と結ばれないのなら、望まない相手と結婚する前に、目の前で困っている秘書を助けてやろう、と考えたのではないか。

七海が深い思考に沈む直前、将志が組んでいた足を解いて七海の方へ身を乗り出してきた。

「七海君が将斗の手を取ってくれて感謝しているよ。あの場で拒否されていたら、将斗は私が決めた相手と結婚していたはずだからね」

「好きでもない相手とな」

将志の台詞に将斗がそっと言い添える。楽しそうに七海を見つめる視線にどう反応していいのかわからなくなった七海は、将斗の好きな人については一旦脳の端に寄せることにした。

その代わり、別の謝罪を紡ぎ出す。

「それと、あの……すぐにご挨拶に伺うべきところ、このように年を跨ぐことになってしまい本当に申し訳ございませんでした」

本来ならばもっと早く説明と謝罪に訪れるべきだった。将斗から『正月で良いだろ』と言われ、それを鵜呑みにして遅くなってしまったが、七海一人でも将志にアポイントメントを取って支倉夫妻に会いに来るべきだったのに。

「あ。それはいいのよ、七海ちゃん。私、結婚式の次の日から一昨日まで韓国に行ってて、日本にいなかったの」

申し訳なさに縮こまる七海に助け船を出してくれたのは、いつの間にか将志の隣に腰を下ろしていた凛子だった。ふふふ、と楽しそうに微笑む母の姿を見て、将斗が呆れた声を出す。

「またアイドルの追っかけか？」

「将斗も見る？　今ハマってる子、若い頃のまーくんに似ててワイルド系なの」

「見ねーよ」

「凛子。七海君の前で『まーくん』はやめてくれないか」

まーくん、というのは、凛子が将志に対して使うあだ名らしい。熟年夫婦の仲睦まじい様子とそれを見て呆れる将斗たち親子に七海がくすくす笑うと、コホン、と咳払いをした将志が表情を改めてにこりと微笑んだ。

「柏木部長からはすぐに連絡をもらってな、直接会って謝罪をしたいと言われたんだ。すぐには予定を組めなかったから年末は見送らせてもらったが、謝罪の代わりに旨い酒を要求しておいたよ。そのうち柏木家と支倉家で飲みに行くことにしようか」

「……はい」

「結婚は縁を結ぶものだ。七海君が将斗のために尽くしてくれることは私もよく知っているし、将斗の結婚相手には申し分ないと思っている。それに柏木部長も誠実な男だからな。柏木家と縁を結べて、私も凛子も嬉しいよ」

将志の満足げな表情にじんと胸を打たれる。彼は七海だけではなく父・稔郎のことも認めて評価してくれる。そのうえで縁を結べてよかったと言ってくれるのだ。

もちろんこの結婚が偽装であることも、一年後には切れてしまう縁であることも承知している。その事実を伏せて目の前の二人に嘘をついている罪悪感もある。だがたとえ一時的であっても、二人のような素敵な人たちと、そして将斗と縁を結べたことは、七海にとって幸福なことだと思う。

「七海君。将斗のこと、末永くよろしく頼むよ」

「……こちらこそ、どうぞよろしくお願いいたします」

将志の宣言にゆっくりと頭を下げる。

未来のことはわからないけれど、今はこの縁に感謝したい。これまで以上に将斗に尽くしたい。下げた頭をゆっくりと起こすと、斜め向かいに座っていた凛子と目が合う。その彼女が、にこにこ笑顔のままパンと手を打った。

「それじゃ、お話も済んだことだしランチにしましょうか。今日は一生懸命作ったおせち料理よ」

「さも自分で作ったように言うんだな。どうせ作ったのはお袋じゃないんだろ？」

「そう、シェフが一生懸命作ったおせち料理よ☆」

凛子の無邪気な笑顔にそれまでの緊張がほっと解れる。二人を騙していることは変わらないので申し訳ない気持ちは拭えないが、今は義両親の優しさに甘えることにした七海だった。

支倉邸で豪華なおせち料理をご馳走になったのち、広い邸宅の案内と少しの談話の時間を挟み、陽が落ちる前に将斗の実家を後にした。車を走らせて都心まで戻り、将斗が行きつけだという老舗ホテル内のイタリアンレストランで夕食を済ませると、将斗の住むマンションへと辿り着く。

これまでにも社長専用車に同乗して将斗を自宅へ送り届けたときや、朝一番の便で出張に向かう彼を迎えにきたときなど、玄関先までは足を踏み入れたことがあった。だが七海はあくまで将斗の秘書であり、辞令を受けて彼の補佐係を務めている会社員の一人にすぎない。だからこの部屋の奥まで足を踏み入れるのは、これが初めてだ。

モデルルームとは少し異なる、白と黒を基調とした床や壁。広いリビングの奥は全面ガラス張りで、窓が開かずバルコニーがない代わり、遮蔽物なしで都心の夜景を一望できる。家具や家電もすべてモノトーンで統一されており、家主が将斗だと言われれば納得できるほどスタイリッシュで落ち着いた印象だ。

部屋に辿り着いてすぐに『どっちが先に風呂に入るか』と押し問答を繰り返したが、最終的にはじゃんけんで負けた七海が先に入浴することになった。申し訳なさを感じつつ入浴を済ませ、その後、将斗が入浴している間に実家から持ってきた段ボールの荷ほどきをしているときだった。

「七海」

風呂から上がってきた将斗に「なんか飲むか？」と問いかけられたので顔を上げてみると、対面キッチンのカウンター奥にいた将斗が冷蔵庫の扉を開けているところだった。その姿を見て、思わず変な声が出そうになる。

（わぁ……）

彼のセットした髪が下りている姿は見たことがある。だがロングシャツとルームパンツという部屋着姿を見るのははじめてだ。普段のスーツ姿や今日の昼間に目にしたカジュアルな私服とは異なるリラックス感と開放感――自然体の色気を感じる姿に、なぜかどきどきと緊張してしまう。いけないことをしている気分を味わう。

バスローブ姿も艶めかしかったが、これはこれで逆に特別感があるような……と思っていると、七海の視線に気づいた将斗がそっと微笑んだ。

「寝室はこっちだ」

お酒を飲むのかと思ったが、夜も遅いので今日はやめておくらしい。代わりにウォーターサーバーから注いだ水を一気飲みすると、シンクの中にグラスを置いて七海を手招きする。将斗に呼ばれて慌てて立ち上がった七海も、小走りで彼の後を追いかけた。

将斗に招かれた場所はリビングの半分ほど、それでも十分な広さのある別の部屋だった。中央よりやや窓側に大きなベッドが配置され、上にはネイビーのベッドカバーがかけられている。壁側にはクローゼット、テレビやソファも設置されていた。

広い部屋を覗き込んだ七海は、扉を押さえて中に入るよう促す将斗の顔をじっと見上げた。

「ずいぶん立派なゲストルームですね？」

「？　ゲストルーム？」

将斗が不思議そうに首を傾げる。だがすぐに、七海の疑問の意味に気づいたらしい。

「ここは俺の寝室だ」

「えっ？　入っちゃったじゃないですか」

家だけでも申し訳ないと思っているのに、さらにプライベートな寝室にまで入るつもりはない。この大きさのマンションなら客間もあるだろうし、将斗から使っていない部屋があることも聞いていたので、滞在中はそちらを使わせてもらおうと思っているのだが。

「あの……ゲストルームは……？」

「部屋はあるが、寝具がないぞ」

「えっ!?」

おずおずと尋ねる七海にきっぱりと告げられたのは、思ってもいない台詞だった。驚きのあまりつい大きな声が出る。寝具がない、とは一体どういうことだろうか。

「私が寝るためのお布団を用意してくださったのでは……？」

「ああ。あの布団、届いたやつを開けてみたら糸がほつれてたから、返品したんだ」

「な……えっ……え？」

将斗の説明に驚愕で声が震える。彼の顔を立てつつ母の提案も受け入れるために、週末は将斗のマンションに滞在するフリをするつもりだった。だが将斗からはフリではなく本当に自分の家で過ごすことを求められ、その条件の中には『七海が使う寝具を買った』という文言も含まれていた。だから七海も同意したというのに、肝心の寝具がないとはどういうことか。糸のほつれぐらいなら自分で直せばいいのに、なぜ必要になるとわかっている布団を返品してしまったのか。

「そのうち新しいのが届く――と思う」

「……と、思う？」

「年末年始だからな。ま、遅くても一月中には届くだろ」

「いえ、明日すぐに買いに行きましょう。寝具一式がセットになったものが、デパートにもホームセンターにも売っているはずですから」

御曹司であり大企業の社長でもある将斗は、五千円あれば一式購入してもお釣りがくるような寝具セットなど使ったこともないだろう。だが世の中には安価でそこそこ質の良いものも出回っている……と説明しかけた七海の背後で、リビングの照明が突然パッと消えてしまった。

どうやら将斗が電源を落としたらしい。まるで七海の主張を遮るかのようなタイミングの消灯に、驚愕のまま彼の顔を見つめてしまう。

「悪いが車を出す気はない。明日は一日中、七海と家でゆっくり過ごすと決めている」

決めているらしい。初耳だ。

だが確かに、七海を実家まで迎えに来て、隣県を往復し、夕食のために少し離れたホテルへ向かい、さらに食材調達のために百貨店にも足を向けた。その間の移動はすべて将斗の運転に頼りきりだったので、彼も体力と気力を消耗したことだろう。だから明日はゆっくりしたいと言われたら、それ以上は何も言えない。

ならばどうすれば……と考え込んでいると、将斗の腕が突然腰に絡みついてきて、そのまま身体を抱き寄せられた。さらに耳元に顔を近づけられ、少し拗ねたような声を出される。

「一緒に寝ればいい話だろ。ベッドは大きいし、夫婦なんだし、別に問題ない」

「将斗さん……」

確かにベッドは縦にも横にも大きい。彼が大の字に寝転がっても隙間に七海が入る余地はある。他の寝具はない。入浴も済ませているし、外は雪がちらつきそうなほど空気が冷えている。ならば将斗の提案を受け入れるのが最善だと言えるが、それは七海と将斗が恋人同士か、本物の夫婦である場合に限る。互いに好き合っている二人だから許される選択だ。

「そんなに警戒しなくても、七海が嫌がるようなことはしない」

「で、ですが……」

「いいから、ほら」

しびれを切らした将斗が、七海の身体をぐいっと引っ張る。強い力によろめいた隙に寝室の扉をパタンと閉められ、リビングルームとベッドルームが完全に遮断される。

七海の腰に手を添えて数歩進んだ将斗が、掛け布団を捲ってシーツの上に七海を導く。

「わ……!?」

どきどきと緊張しつつそこへ腰を下ろそうとした七海だったが、ベッドに尻が落ち着く前に急に体重をかけられた。おかげで布団の中に仰向けに倒れ込んでしまう。

室内といえど布団は少し冷えていて、背中がひんやりと冷たい。その寒さと驚きで身を固くする七海の上に将斗がのしかかってくる。顔を上げると少しだけ困ったような、けれどどこか熱っぽい表情を浮かべた将斗が、七海をじっと見下ろしていた。

「将斗さ……ん」

名前を呼ぶ声が震える。その音に反応したように、将斗の指先が頬を包み込む。何かを探るようでいて何かを訴えるような黒く濡れた瞳に、じっと釘付けになる。腕に込めるべき力も、離れてほしいと訴える言葉も、呼吸も——瞬きさえも奪われたように。

一ミリでも動いたら将斗の温度に飲み込まれてしまいそうで。偽りの夫との密着になぜか緊張している心を見抜かれてしまいそうで。ほんの少しも、動けない。

「七海……」

「……っ」

ぞくん、と。名前を呼ばれた瞬間、肌寒さとはまったく別の理由で背中が震えた。いつもより濃密な甘さを孕んだ声に、首の後ろがじんわりと痺れていく。

頬を包む将斗の親指がそっと動き出して、七海の唇の表面をゆっくりと押す。濡れた感触を確かめるような動作は、七海の胸の奥にさらなる緊張を宿した。

「まだ、好きなのか？」

七海の身体に跨って唇を撫でていた将斗が、消え入りそうなほど小さな声でそう問いかけてきた。最初は何を問われたのかわからなかった。主語がなければ脈絡もない質問の意図をすぐさま理解できるほど、思考が正常に働いていない。これまで三年近く適切に保っていた距離を一気に詰められたことに驚いて、判断力が完全に鈍っている。

七海が困惑していると、将斗が小さな苦笑を零した。

「七海は絶対に、佐久を悪く言わないよな」

将斗の台詞で、ようやく『まだ、好きなのか？』が指し示す人物と意味に気がついた。どうやら将斗は、七海が今も慎介を想っていると感じているらしい。

質問の意味は理解した。だが自分の胸の内を上手く言語化できない。

押し黙った七海の態度が面白くないとでもいうように、将斗がそっと目を伏せた。

「悔しかっただろうし、悲しかっただろうし、辛くて泣きたかったはずだろ。けど周りがどんなに文句を言っても、七海は絶対に佐久を責めない」

「……それは」

「七海が優しい性格なのは知ってる。でも今回の件は明らかに佐久が悪い。なのにあいつを責めないのは、まだ佐久が好きだから……なのか？」

将斗の言葉を頭の中で一つずつ嚙み砕いているうちに、だんだんと思考が働くようになってきた。それと同時に、押し倒された動揺から一時的にコントロールを失っていた身体も少しずつ正常の機能を取り戻していく。脳裏に浮かんできた挙式の記憶を振り払うように、首をそっと横へ振る。

確かに七海は慎介と結婚する予定だった。真剣に交際して将来を考えていたのだから、すべてを簡単に忘れられるわけではない。けれど。

「相手の女性に駆け寄ったときの慎介さん、すごく嬉しそうでした。私と付き合っていたときはあんな顔をしたことはなかったな……と気づきまして」

一つ音にすれば案外するすると言葉が出てくる。将斗も身体こそ退けてくれなかったが、七海が語る胸の内は黙って聞き届けてくれた。

「慎介さんの笑顔や本心を、私は引き出せなかったんです。あのまま結婚してもたぶん彼を幸せにはできなかった。だから、あれでよかったんだと思います」

慎介が浮気をしていたのか、浮気はしていないが愛華と気持ちを伝え合っていたのか、そもそも七海が浮気相手だったのか、今となってはわからない。事実を知りたいとも思っていない。ただ慎介の運命の相手が自分じゃなかったことは理解できる。色んな人に迷惑をかけて巻き込んでしまったが、七海自身、そして慎介の人生を長い目で見つめたら、やはりこれでよかったのだと思う。

そう結論付けようとした七海に、将斗が不機嫌な表情で不機嫌な声を発した。

「それは結果論だろ。そうじゃなくて、俺は七海の『気持ち』の話をしてる」

「！」

将斗に指摘されてハッと気がつく。将斗が気になっているのは、七海が今も慎介を好きなのか、まだ気持ちがあるかどうか、だ。あのまま結婚していたら慎介が幸せになれたかどうか、ではなく。

「……嫌いになったわけではない……と思います」

「……」

佐久慎介はのんびりとした性格と独特の空気感を持つ不思議な雰囲気の人だが、一緒にいると安心できる人でもあった。三歳年上であるにもかかわらず気心の知れた友人のように接することができて、喧嘩をしたこともなくて、七海にとっては安らぎの人だった。

その安心感を失ったことを最初は『淋しい』と思っていた。だが慎介の選択は七海を傷つけ、大好きな両親を困らせ、なんかんだで尊敬している将斗をも煩わせ、多くの関係者に迷惑をかけた。

ありえない状況を招いた原因が自分にもあると感じている七海には、慎介だけを一方的に責めることはできない。それはきっと今後も同じで、彼一人にすべての責任を押しつけるつもりはない。

けれど七海の本心は、将斗の言うように悔しくて悲しくて苦しい記憶に囚われていた。できるだけ見ないふりをしてきたが、それまで信頼してきたぶん余計に、慎介に蔑ろにされた事実が七海の中に暗い翳（かげ）を落としていた。

「でも今日は一度も、慎介さんのことを思い出しませんでした」

あれからまだ一週間ほどしか経過していないので、ふとした瞬間に思い出してしまったり、嫌な記憶が蘇ったりすることもある。だが今日はその記憶や感情をまったく思い出さなかった。

「あちこち移動していてそれどころじゃなかっただけかもしれませんが、少しずつ気持ちの整理がついてきたのかな……と」

慎介に対する七海の基本的な姿勢は変わらない。けれど将斗に慰められて甘やかされ、友人たちに共感して励まされ、両親から受ける愛情を肌身で感じ、将斗の両親の嬉しそうな表情を見ているうちに、七海の心の中に温かい感情が芽生え始めた。

七海を大切に思ってくれる人々と接していると、穏やかな気持ちになれる。七海の元を去った慎介のこと考えるよりも、傍にいてくれる人の優しさに応えたいと思える。だから今は負の感情や記憶に心を支配されるよりも、七海に手を差し伸べてくれる人々に感謝の気持ちを伝えたいと思う。

「……それで十分だ」

「え？」

将斗がふと発した呟きに、二、三度瞬きする。彼の言葉を聞き取れなかった七海は首を傾げたが、将斗は「いや」と呟くと、止めていた手を動かして再び七海の頬を撫ではじめた。

「嫌なことを思い出させたな。もう二度と聞かないから、七海ももう佐久のことは忘れていい」

「……はい」

将斗の優しさに気づいた七海は、しばらくは彼の指に撫でられるがままになっていた。悲しい記憶を思い出したのは将斗のせいではないが、彼の纏う空気の中に、自分の問いかけで七海が嫌な気持ちになった、と感じている気配があったからだ。

将斗のせいではないと伝わってほしくて、でも改めて言葉に出すのは恥ずかしくて、大人しく頬や唇を撫でられて続けていた。だがやがて、将斗の指遣いに猛烈な恥ずかしさを感じ始める。

リビングは消灯したがベッドルームは普通に明るい。この明るさの中でベッドに押し倒されて、密着して撫でられていることを思い出したら、だんだんそわそわと落ち着かなくなってきた。

「あの、将斗さん……そろそろ、手……離してください」

「ん？」

「くすぐったい、です」

くすぐったいのも本当ではある。何度も頬や唇を撫でる将斗の指の感覚が、もどかしい。

しかしそれ以上に、顔を見つめながら撫で続けられることにいたたまれなさを感じてしまう。一度立ち消えたはずの熱が再燃しそうに思えて、どこを見ていればいいのかわからない。

「我慢しろ。俺は今、新妻の触り心地を堪能中だ」

冗談なのか本気なのか、至極真面目な声と表情できっぱりと言い切られた。ストレートな台詞を聞いた七海の顔に、じわじわと強い熱が生まれ始める。首から上だけ風邪を引いたように、顔が急激に火照っていく。

「でも、その……これ以上は、本当に……」

照れていることを知られると余計に恥ずかしいので、顔を横に向けてどうにか将斗の手から逃れようと試みた。もう十分すぎるほど撫でたのだから、これ以上の触れ合いは不要だろう。

そう思って将斗の手から離れようとすると、将斗が小さな笑みを零した。

せっかく避けたのにまた七海を追って来た右手が、再び顔に……今度は左耳に触れる。

ぴく、と身体が反応する。耳に触れられると思ってもいなかった七海はつい悲鳴を上げそうになったが、その前に将斗の顔が近づいてきて、耳朶を掠めるほどの至近距離に唇を寄せられた。

「俺に、なんかされると思ってる？」

「えっ⁉」

低い声で問いかけられて、再び背中が反応する。

否、背中どころか全身がびくっと飛び跳ねると、将斗が耳元でくすくすと笑い始めた。

「いえ、えっと……あの……」

くすぐったい。正面を向いたら将斗の唇が頬に触れる気がする。目が合うのも恥ずかしい。

だから首の位置を変えられないまま、がちがちに緊張した状態で視線だけを彷徨わせる。

心の中で『なんかされる』の『なんか』をはっきりと想像していることに、本当は自分でも気がついている。けれど将斗には悟られたくない。

「あの夜のこと……思い出してんの？」

自分が今まさに想像していたことをずばり言い当てられ、全身がぎくっと硬直する。恥ずかしい思考を読まれた羞恥から身体が氷漬けになるが、血管の中をめぐる血液だけは沸騰したように熱い。

「ち、ちが……」

「俺は思い出してる」

それでも七海は、言い訳をしようとした。ちがうと宣言して、そんなことはないと言い切って、将斗の勘違いだと叫ぼうとした。だが将斗が先に、自分の言葉を肯定してしまう。

「毎晩、あのときのことを思い出して――」

将斗の低く掠れた声が七海の体温を上げていく。特に唇が近い首筋のあたりは、将斗の吐息がかかるだけで火傷しそうなほどの熱さを感じている。甘い熱に全身を蝕まれていく。

あの夜の出来事を強制的に思い出させるように。将斗の指遣いを、温度を、存在を——将斗が七海に向けた感情のすべてを、再び焼き付けて刻むように。

「〝俺の〟七海、すげえ可愛かったな……って」

「……っ～～！」

自分の所有物であるとの宣言が、肌から全身に染み込んでいく。あの夜の出来事を思い出すように、そして七海にも思い出させるように、丁寧すぎるほどゆっくりと囁かれる。ついでに可愛いとの褒め言葉まで添えられた七海は、照れるあまりとうとう言葉も発せなくなった。

固まって動けなくなった七海に、将斗がさらなる追い打ちをかけてくる。

「七海……キスしていいか？」

「！　な、なんで……ですか？」

とんでもない要求に一瞬声が詰まるが、顔を背けたままどうにか問いかける。

「おやすみのキス。夫婦なんだ、それぐらい許してくれるだろ？」

七海の困惑の声を聞いても、将斗に動じる様子はない。それどころか「嫌か？」と少し淋しそうな声で七海に迫って来る。

キスの許しを乞う将斗の言葉に、ようやく顔を上げる。

本当は猛烈に恥ずかしくて、目を合わせるだけでも息が止まりそうなほど心臓がうるさい。それでも将斗の表情を確認したいと思ったのは、彼の声がやけに真剣だと気がついたから。

将斗の自由な時間を一年も奪う以上、身体を繋げたいという希望があれば極力拒否せず、できるだけ協力すべきだと思っている。けれど偽りの夫婦に愛情のキスは要らないし、互いの気持ちを確かめ合う言葉も必要ない。だから『自分たちは偽装夫婦なので』と言って拒否してもよかった。

『愛し合う夫婦や恋人同士のような触れ合いは不要です』と告げていいはずだった。

しかし将斗の黒い瞳には、それを欲しているような——身体だけの繋がりよりも、七海に愛を伝えるための触れ合いを求めるような強い熱が宿っている。

絆されたのだと思う。きっと将斗の真剣な表情に少しだけ応えたくなったのだ。

二人の間に沈黙が降りると、それを同意のサインだと受け取ったらしい。シーツに手をついた将斗が、ぐっと体重を乗せてくる。

身体だけではなく顔の距離も近づく。首を少し傾けた将斗の唇に名前を呼ばれると、一気に緊張感が増す。うるさい心臓の音は、きっと将斗にも聞こえているだろう。

「目、閉じろよ」

命令のような言葉を耳にすると、確かに目を閉じていた方が恥ずかしくないかもと思えてくる。だから将斗の求めに従うように瞼を閉じると、彼のタイミングで触れられるのを静かに待つ。

(……あれ?)

しかし目を閉じて数秒で、その選択が過ちだったかもしれないと思い始めた。すぐに口づけてくると思ったのに、なぜかその瞬間は待てど暮らせどやってこない。さらに数秒経過すると、いつされるのかわからないキスを目を閉じてひたすら待っているのもそれはそれで恥ずかしいと気づく。

不安と羞恥が限界に達して、そっと目を開いてみる。するとあと数センチの距離に将斗の顔があって、ピクリと身体が強張った。

「あ、あの……するなら、早く……」

恥ずかしさのあまり急かすような台詞を発すると、表情を緩めて優しげに微笑んだ将斗に、くいっと顎を持ち上げられた。

「……ん」

未来永劫見つめ合ったまま動かないのではと疑うほど焦らされたかと思えば、今度はあっさりと唇を奪われる。しかも可愛らしい触れ合いだけで終わることを想像していたのに、ふとした瞬間に唇が開くと、そこから舌を挿し込まれた。

ぴくっと反応する七海の口内を味わうように、次第にキスが深くなっていく。

「ふぁ……あ……んぅ」

互いの熱を絡ませるように、ねっとりと舌を食まれていく。歯列を辿る舌先に口内をまさぐられ、さらに深い場所に舌の先で触れられて、吸われて、舐めとられて、貪られる。

身体に力が入る。将斗の腕にぎゅっと掴まって、懸命に指先に力を込める。

気持ちいい。ただのおやすみのキスだったはずなのに、深いキスが心地よい。

「や……ぁ……まさ、と……さ」

熱に浮かされた目尻から雫が滲んで、視界がじわりと揺れる。

キスが気持ちよすぎて涙が出るなんて恥ずかしい。けれどこれ以上将斗のキスを受け続けたら涙だけではなく声も出てしまいそうだったので、呼吸の合間に名前を呼んでどうにか停止を求める。

するとハッと我に返った将斗が、慌てて身体を離して七海の顔を覗き込んできた。

「……悪い、夢中になった」

「将斗……さ……ぁ……」

「っ……」

乱れる呼吸のままもう一度名前を呼ぶと、息を詰まらせた将斗が生唾を飲み込んで喉仏を上下させた。その動きを直に見上げていた七海は、将斗の仕草や表情に異様な色気を感じてしまう。

ぞく、と震える身体の反応を隠そうとすると、将斗が七海の身体を持ち上げて、ベッドの中央へ優しく移動させてくれた。

とさ、とベッドに降ろされた振動で、キスの余韻が全身に巡っていく。将斗の口づけに溺れるような反応が猛烈に恥ずかしくなった七海は、身体を横に向けて丸め、ぎゅっと固く目を閉じた。恥ずかしくて、将斗の顔が見れない。

将斗は七海に対してそれ以上の要求はしてこなかった。代わりに七海の隣に身体を横たえたかと思うと、後ろから伸びてきた腕が首の下と腰の上に回され、そのままぎゅっと抱きしめられる。

「このまま、寝るんですか……？」

七海が身を強張らせながら問いかけると、「温かくていいだろ」と優しい声で笑われた。

「おやすみ、七海」

将斗の声がベッドルームに響く。けれどその音が空気の中に溶けても、照明を落とされて室内が真っ暗になっても、背後の将斗の呼吸が安定しても、七海の心音は大きいまま。

（……寝れない……）

背後に感じる将斗の熱と時折つむじの辺りにかかる吐息のせいで、目を閉じても眠れる気がしない七海だった。

◇　第三章

「大丈夫ですか、柏木さん」

焦げ茶色の液体で濡れたデスクの下にモップをかけていると、後ろから声をかけられた。

他に人がいると思っていなかった七海が驚いて振り返ると、少し離れた部屋の入り口に一人の男性が佇んで、じっとこちらを見つめていた。

「……潮見(しおみ)課長」

七海に声をかけてきた男性は、支倉建設の秘書課を統括する秘書課長の潮見だった。将斗とは異なるもう一人の上司から憐憫の視線を向けられた七海は、モップを握ったまますっと俯いた。

「ある程度の予想や覚悟は、していたのですが……」

予想はしていた。辞令を受けて社長秘書に配属されただけの七海には、本来なら社長である将斗とプライベートで親密になる理由はない。しかし慎介が挙式の場から逃亡したことで――その場にたまたま居合わせたというだけで、将斗が花婿の代わりを務めることになった。

だから覚悟もしていた。社内でもそれほど目立たない慎介とは異なり、女性社員から絶大な人気を誇るらしい将斗の伴侶となれば、嫉妬と羨望の目を向けられることも。陰でありもしない悪口を言われることも。なんらかの嫌がらせを受けることも。

しかし社長室で将斗と打ち合わせをするほんの少しの間に、自席の下へコーヒーをぶちまけられるとは思わなかった。こんなにも単純かつあからさまな嫌がらせを受けるとは想像していなかった。

(社長の想いを無下にする高飛車……調子に乗ってる勘違い女、か)

七海がみじめな思いをしないよう、稔郎の立場と会社のイメージを守るよう、そして不幸な結婚という最悪の印象を払拭するように、将斗は年が明けてからも変わらず『以前から想っていた七海との結婚に恵まれた』と主張し続けている。偶然とはいえ七海を手に入れられたのだから、もう愛する気持ちを自重しない、と演技することで、偽装溺愛婚を成立させているのだ。

しかし七海からは『将斗の気持ちが嬉しい』という演技はしない。なぜなら完全な両想い夫婦を演じてしまうと、契約結婚の終了時期がきたときに『離婚する理由』がなくなってしまうからだ。

だから七海は『上司の誘いを断り切れなかった秘書』を演じ続けているのだが、そのせいで『調子に乗っている』『お高くとまっている』『社長に寵愛されていると勘違いしている』などと陰口を叩かれている。もちろんどれも事実無根だが、下手に否定すれば嫌がらせがエスカレートし、最悪将斗の演技が水の泡になるかもしれない。

結果口を噤んでぶちまけられたコーヒーを黙々と片付けるしかない七海だが、潮見は部下の動向をよく観察していたらしい。彼は自分の管理する部署内での異変を、敏感に感じ取っていたのだ。

「柏木さんは仕事とプライベートを徹底的に分け、業務時間中は一切の私情を挟まない。己の職務をまっとうする姿は、重役と結婚した女性秘書としては鉄壁すぎるぐらいです。……ですが、困ったことに支倉社長が隠せてないいんですよね、全然」

「……」

曲者揃いの女性秘書たちの上に立つ潮見は、観察眼に優れている。将斗に最適だと言って七海を社長秘書へ宛がったのも彼なので、当然、将斗の性格もよく理解している。そんな人を見抜く能力に長けた潮見の目にも、今の将斗は浮かれて見えるらしい。将斗の演技力に改めて驚く七海だ。

「課長。このことを支倉社長のお耳に入れないよう、ご配慮いただけませんか」

将斗の能力を改めて思い知ると、なおさら自分の身に起きている状況を将斗に知られてはいけない、と思う。もちろん稔郎の耳にも入れたくないが、身内である父と違って将斗は他人である。

否、一応今は彼の妻という立場なので完全な他人ではないが、ああ見えて優しい将斗は、この状況を目の当たりにすれば『自分のせいで七海がいじめられている』と捉えるだろう。

くだらない嫌がらせなんて、七海は一切気にしていない。モップをかける手間こそあるが、感情は無風の湖面のごとく凪いでいる。それよりも将斗や両親、将斗の家族や友人たちに心配をかけてしまうことの方が嫌だと思う。七海は大切な人たちに、これ以上余計な心配をかけたくない。

「フフッ」

「？　……潮見課長？」

「いえ。お似合いだなぁと思いまして」

しゅんと俯いていると、様子を見ていた潮見がふと笑みを零した。普段は表情の変化に乏しい上司の珍しい笑顔に驚く七海だが、心の内ではどうしてそういう結論になるのか、と思う。

「両家と柏木さん本人が決めたことに、僕が口を出すつもりはありません。ですが柏木さんは、社長の勢いに押し切られて結婚しただけなのかと認識していました。でも意外と……社長のことを大切に思われているのですね」

珍しくご機嫌な潮見の台詞にピタリと動きが停止する。

確かに将斗との触れ合いや彼の家族との交流を通じて、これまで抱いてきた上司像が少しずつ変わってきたように思う。以前から仕事に対する将斗の熱意や手腕は尊敬していたが、やる気スイッチがオフになるのが速く、しかもサボり癖と逃走癖が激しい。目を離すとすぐにいなくなる。そんな『やる気のない天才』が、最近は七海の中で『やればできる天才』になった。

あとは少し男性らしさを感じるようにもなったのも、七海の中での変化だろうか。

「まあ、確かに支倉社長は人をよく見ていらっしゃいますし、目聡いですからね。悟られる前にこのくだらない悪戯が治まってくれるといいのですが」

「……はい」

「僕もできるだけ目を配りますし、穏便に済ませるための協力は惜しまないつもりです。ただ現場を押さえないことには、上司としても注意がしにくいんです。変に刺激してエスカレートしては、本末転倒ですからね」

「いえ、ありがとうございます。潮見課長にそうおっしゃって頂けるだけで、十分心強いです」

七海が笑みを浮かべると、小さく頷いた潮見が笑顔からいつもの無表情に戻った。

「僕も手伝いますので、さっさと済ませてしまいましょう」

「はい」

床の掃除を手伝ってくれるという潮見に頷き、素直に厚意を受け取ることにする。

だがモップを握った手をしっかりと動かしながらも、頭では別のことを考えていた。

将斗のマンションで過ごすことになった正月休みの間、彼は本当に七海にくっついたままだった。

事前に各々好きなことをしようと決めていたので、七海は漫画や小説、将斗はビジネス書や仕事で使う資料を眺めてのんびりと過ごしたが、その間彼はずっと七海の隣にいたのである。

しかもその夜から『おやすみのキス』をすることが日課になった。あれから一か月が経過し、暦は二月になったため、七海が将斗のもとで過ごす週末もすでに五回ほど経験した。

強引に手を出すような素振りはない。だが『おやすみのキスだけ』と七海を見つめる視線はやけに本気で、いつも緊張してしまう。偽装結婚にキスは不要だと思う七海だが、唇を離した後に優しく微笑む将斗を見ていると、胸の奥がじわりと熱くなって拒否できなくなってしまう。

本当はしっかりと拒否した方がいいことは、七海もわかっているのだけれど――

＊＊＊

支倉建設本社ビルの一階には、大手のコンビニエンスストアがテナント出店している。店内には会社のエントランスホールから直接入店することもできるし、ビル前の表通りから入店することもできるので、支倉建設の社員にも近隣のオフィスに勤務する会社員にも重宝されている。

午後七時を少し過ぎた頃。コンビニエンスストアのレジ前に立った七海は、ホットスナックが並べられた商品ケースの中を覗いて「あ」と小さな声をあげた。

(肉まん、売り切れてる)

七海の目当ての商品は、蒸気でほかほかに温められたふんわり生地とゴロゴロ肉が美味しい『肉まん』だったのに。

将斗に伴って夕方から都内の取引先に赴いていた七海だったが、話し合いが長引いたせいで遅い時間の帰社となってしまった。商談はざっくりとまとまったが、今日の交渉で決定した条件や予算、細かい内容を各部署に通達したうえで再検討させ、さらにその情報を盛り込んだ建築プランを先方に再提出しなければならない。

将斗の曽祖父の代から懇意にしている取引先のため将斗が直接出向いたが、相手の要望を忠実に組み込んだ設計やプラン作りのためには、まだまだ調整が必要だ。帰社したらすぐにでも見直し作業を開始する、と珍しく残業する気の将斗に付き合うこと自体は、七海もやぶさかでない。

ただこの時間になるとどうしてもお腹が減る。だから『帰ったらコンビニの肉まんを食べる時間だけください』と申告すると、それを聞いた将斗に『俺もそれ食いたい』と言われたのだ。

もちろん将斗だって、中華まんじゅうぐらい食べるだろう。だが中華街にある行きつけ店や、専門店の職人が作った点心しか食べたことがなさそうな将斗の口に、果たしてコンビニの肉まんが合うのだろうか、と疑問に思う。

先に戻ってる、という将斗とエントランスで一旦別れた七海は、その足でコンビニへ向かった。だがいざレジ前に設置された商品ケースを覗いてみると、肉まんだけがない。どうやらすでに完売したようだ。

肩にかけたバッグからスマートフォンを取り出し、将斗に電話をかける。自分の分だけならば独断で変更が可能だが、将斗の分については彼に代替の希望を聞かなければならない。

「社長、少々よろしいですか？　申し訳ありません、肉まんが売り切れてます」

『なんだ、ないのかよ』

すでに社長室に到着したらしい将斗がスマートフォン越しに文句を言ってくる。ただし口調こそ不満そうだが、声は比較的ご機嫌だ。

「肉まんはないですね。あんまんとピザまんはありますけど」

『あん……は饅頭のことだろ？　けど、ピザまんってなんだ？　ピザが入ってるのか？』

「いえ、ピザそのものが入っているのではなく、トマトソースとかチーズとか、ピザに寄せた具材が入ってるんです」

『美味いのか、それ？』

「私は好きですけど……。他のものにします？　パンとかおにぎりとか」

『いや、そのピザのやつにする。それ買ってきてくれ』

「かしこまりました」

どうやら将斗はピザまんを食べたことがないらしい。七海の説明に最初は困惑したような口振りだったが、結局は好奇心が勝ったようで、最終的にはピザまんを所望された。

コンビニのピザまんを初めて口にした将斗は、一体どういう反応を見せるだろうか。そんな想像をしながら、ホットスナックの商品ケースからサンドイッチが並んだ冷蔵棚へ視線を移動する。

「他には何か……」

「七海！」

そのまま追加で必要なものを訊ねようとした七海だったが、ふと反対側――会社側の入り口付近から、誰かに声をかけられた。

突然名前を呼ばれたことに驚いて振り返った七海の身体が、ビクッと硬直して停止する。

そこに立っていたのは約二か月ぶりに対面する元婚約者……逃げた花婿の佐久慎介だった。

「慎介、さん……」

「やっぱり、七海だ」

ちょうど退社するタイミングだったのだろう。コートを着込んでビジネスバッグを手にした慎介には、最後に見たときより幾分か疲れた印象があった。しかし以前より身なりは整えられているし、極端に痩せたり太ったりした印象はない。

咄嗟に慎介の健康状態を確認してしまうほどには、彼のことを心配していたらしい。――と自分の気持ちを自己分析する前に、慎介ががばっと頭を下げた。

「ごめん、七海！」

「！」

「七海と話がしたかった。ずっと、謝罪がしたくて」

「ちょ……慎介さん、ここコンビニ……！」

今の社内に七海の顔を知らない人はほとんどいない。社長の黒子として立ち振る舞うしがない秘書が突然社長夫人になったのだから、それは注目されて当然だろう。一方の慎介も元々それほど存在感があったわけではないが、彼は社長とその秘書の電撃結婚のきっかけとなった人物である。

将斗のおかげで七海の『不幸な花嫁』の印象は薄れつつあると実感しているが、慎介の身勝手な言動はスキャンダルを生み出し、社内に絶大なインパクトを生んでしまった。それが最近ようやく落ち着いてきているのだから、ここで目立つような行動は絶対に避けたいところだ。

焦った七海は、店内で買い物をしていた社員の視線を紛らわすように、

「大丈夫です、もう何とも思ってませんから……」

と手を振ったが、慎介は周囲を顧みない。ぱっと上げた顔には、後悔と決意が滲んでいた。

「それでも、ちゃんと説明させてほしい！」

「いえ、私もう本当に平気で……」

「俺の話を聞いてくれよ、七海！」

悲壮に満ちた表情で七海に近づき、そのまま手首を掴んでくる慎介はやけに必死だった。まるで赦しを乞うような……後悔に苛まれてもがいているような表情に、同情の気持ちが湧かないわけではない。これでも結婚する予定だった相手なのだ。

けれど七海は、咄嗟に『話なんて聞きたくない』と思ってしまった。およそ二か月の時間が経過し、将斗をはじめとする周囲の人々の優しさやぬくもりに触れ、少しずつあの日の恐怖を忘れていた。傷ついた心を癒され、苦しかった気持ちが薄まり、ようやく周りの人たちへ恩返しをしていこうと前向きな気持ちになれたところだったのに。

心臓が嫌な早鐘を打つ。バクバクと鼓動を加速させていく。それをどうにか誤魔化そうと脳を働かせ、強張る身体を叱咤して必死に気持ちを奮い立たせる。

「と、とりあえず外に出て！　ここじゃ目立つから……！」

とにかくこれ以上悪目立ちしたくなかった七海は、スマートフォンを握る手と逆の手首を掴んでくる慎介をやや強引に振りほどいた。幸いまだなんの商品も持っていなかったし、将斗の希望であるピザまんも注文していない。

会社のエントランス側からコンビニを出ると、後をついてきた慎介にくるりと向き直る。通り過ぎる人々がちらちらとこちらを気にする気配を感じたが、今はその視線をすべて無視して、とにかく一刻も早く慎介との会話を終わらせようと考えた。

「ごめん、七海。結婚式、台無しにして」

「いえ……もう大丈夫、です」

先ほどは動揺していたこともあって、恋人や婚約者だったときと同じくだけた言葉で接してしまった。だが今の慎介とはすでに個人的な関わりが途切れた状態。恋人でも婚約者でも、まして身内でもないのだから、あくまで『別の部署に所属する目上の者』として振る舞わなければならない。

そんな基本的なことを忘れてしまうぐらい気が動転していた。しかし十数歩の距離を大股で移動して店外へ出たおかげか、『当たり前』に気づけるぐらいの冷静さは取り戻した。

冷静になれたと思っていた。――思いたかったのかもしれない。

「支倉社長と結婚したんだってな」

「！」

「よかった。あのあと七海がどうなったか、心配してたんだ」

慎介の口から将斗の存在を引き合いに出され、しかも『よかった』と言われた瞬間、七海の視界が闇色に眩んだ。目眩を覚えてつい卒倒しそうになるが、ここで意識を手放すわけにはいかない。

(何言ってるの？　慎介さんが放置したのに……！)

婚約者だった女性が即日他の男性と結婚してよかった、と言える慎介の無神経さに、七海の中の『常識』がゆるやかに崩壊し始める。

よかった？　どこが……？　と反復する気持ちが音として外に漏れなかったせいだろうか。慎介が七海の異変に気づかず一方的に喋り続ける。七海の気持ちなど、まるで考えもせずに。

「俺、来月末で退職することにしたんだ。正直、ここには居づらいし」

慎介の説明に、相槌の言葉も忘れて立ち尽くす。

慎介がこの年度末をもって退職することは、ほのかから聞いて知っていた。年が変わった頃にはそれも噂になっていたので、むしろ今の社内で慎介の退職を知らない人はいないと思う。

だから報告自体には驚かなかったが、衝撃を受けたのはその理由だ。七海や将斗はもちろんのこと、七海の両親や参列者、式場のスタッフ、自分の身内にまで多大な迷惑をかけたというのに……その結果が今の状況に繋がっているというのに、なぜ人のせいにするのか。

確かに慎介の中ではそれが事実かもしれないが、せめて『新しい環境でいちから出直したい』『新たな目標を見つけて奮闘することで恩返しがしたい』などと言い換えられないものだろうか。

七海が結婚しようとしていた相手は、こんなにも非常識な人だったのだろうか。

「その前に一度七海に会って、謝罪したいと思ってたんだ。けど愛華ちゃんに七海の連絡先を消すように言われて……」

「……」

「会社でも柏木部長の目があるから、連絡も、会いに行くこともできなくて遅くなった。ごめん」

「いえ……それはもう、全然……」

一方的な言い分に、もはや軽く首を振って頷くことが精一杯だ。慎介の主張はどれも自分本位で、七海の都合や気持ちは一切考慮されていない。会いたくなかったという七海の気持ちにはまったく気づいていない。

以前、将斗に慎介への今の気持ちを聞かれた際に『嫌いになったわけではない』と答えた七海だったが、慎介と対面したことで今ようやく自分が受けた傷の深さを思い知る。

嫌いにはなっていない――はずがなかった。

否、厳密には『嫌い』とは違うかもしれない。だが七海は彼の言葉を耳にするだけで、ちらりと目が合うだけで、よく知っているはずの彼の香水の匂いを感じるだけで、こんなにも息が苦しくなる。動悸がして、目眩がして、心臓の表面がざわざわと震えて、体重を支えている足がカタカタと震える。好いて慕っている相手には絶対に起こらない反応だ。

「愛華ちゃんは、五つ年下の幼なじみなんだ」

「！」

動けなくなった七海の様子を見た慎介は、何をどう解釈したのだろう。七海が自分の話を聞いてくれると思ったのか、はたまた七海の反応など関係なく最初から自分の話をしたかったのか。彼はなぜか突然、捨てた七海の代わりに手に入れた女性の話をし始めた。

「昔は『慎兄ちゃん』って呼ばれてて、仲が良かった。でも俺が就職してからは接点がなくなって、しばらく会ってなかったんだ」

「あの……いいです……その話、は」

「七海と結婚を決めた直後に偶然再会して、それから連絡を取って、たまに会うようになって」

「わかりました……もう、十分ですから」

「よくない！　ちゃんと聞いてほしいんだ！」

愛華との関係や思い出を聞かせようとする慎介に、必死に首を振って拒否の態度を示す。

――聞きたくない！　知りたくない……！

いくら人の心の機微に鈍い慎介でも、七海が明確に拒否すればちゃんとやめてくれるだろう。そう思っていたのに、彼は後退さろうとする七海の腕を再び掴まえようとしてくる。

伸びてきた慎介の手に形容しがたい嫌悪を感じた七海は、自分の腕を胸の前で組んで慎介の手が触れないよう防御姿勢を取った。その行動に、慎介がひどく傷ついたような顔をする。

「俺は浮気はしていない。本当に、七海を裏切るようなことはしてないんだ！」

「……」

慎介が自分の事情や近況を何が何でも聞かせたがる理由を察する。慎介はただ、言い訳がしたかったのだ。一線は超えていない、人として最低なことはしていない、と主張したかったのだろう。しかし彼は先ほど、自ら『たまに会うようになって』と口にした。それは七海にとって裏切りと同じ。身体の関係があるかどうかや、気持ちを向ける期間が重複していたかどうかが問題なのではない。悪いと思いながらも隠れて会っていたことが、裏切りだと思うのだ。

だが一度責任を転嫁した慎介は、己の中に存在する『自分は悪くない』という感情が急激に増幅してしまったらしい。

「七海は完璧すぎたんだ。係長の俺よりも平社員の七海の方が忙しくて、でも生き生きと仕事をしていて、やりがいを感じてただろ。その眩しさに、だんだん自分が情けないと思うようになった」

「え……？　な、に……？」

「でもプロポーズしてしまったし、柏木部長に白い目で見られたくないし、今さえ耐え忍べば俺も昇格して安定できる。そうすれば七海よりも優位に立てるし、子どもができれば七海の仕事を減らせると思って……」

「⁉」

慎介の発言に背筋がゾッと震えて凍る。一見穏やかで優しい男性に見える慎介の異常性に、今さらになって怯えてしまう。

(不思議どころじゃない……とんでもないモラハラじゃない！　結婚しなくてよかった！)

おそらくこの二か月間、慎介は周囲から白い目で見られて、非常識な人間だと後ろ指をさされてきたのだろう。そのもどかしさや苛立ちを発散できず不満が蓄積していることは想像に容易い。

しかし鬱憤や負の感情を七海にぶつけられても困る。七海は慎介のストレス解消係ではないし、今はプライベートの関わりもない。

だからもう、彼から逃げたい。これ以上関わりたくない。二度と会いたくない。

——なのに身体が、動かない。

「愛華ちゃんと会う時間が、俺の癒しだった」

「……もう、いいです。……聞きたくない」

「完璧な七海と一緒にいるのは、プレッシャーだったんだ」

「もうわかりましたから……！　お願いですから、もうやめて……」

立っているだけで精一杯で前にも後ろにも踏み出せない。早く慎介の傍から離れたいのに、口はどうにか動くのに、手と足はまったく動かない。身体の自由を奪われたように、この場に崩れ落ちそうなほどに、全身が震える。

苦しい、怖い、泣きたい。七海の存在を否定する慎介の目の前から消えてしまいたい。

「だんだん、七海に女性としての魅力を感じなくなって——」

「黙れ」

すべてを遮断するように胸を押さえてぎゅっと目を瞑った直後、ふと七海の背後で低く重い声が響いた。

この場にいないはずの男性の声が、七海を身体の芯から震わせる。明らかに機嫌が悪い、けれど何よりも力強い声にハッと顔を上げると、慎介が驚愕の表情で七海の背後を見上げている。

「ごめんな、七海。遅くなった」

「……しゃ、ちょ……」

七海を包み込むために背後から腹へ回ってきた腕に、ぐっと力が入る。それと同時に放たれた一言で、底なしの闇に沈みかけていた身体がようやくまともな活動を再開したように感じられた。

「社長……？　どうして……」

逞しい腕に包まれたまま首だけで後ろへ振り向いて、将斗の顔をじっと見上げる。

ここが社内であることを考えると、本当は将斗の腕から逃れて適切な距離を保つべきだ。しかし彼の腕にはかなり強い力が込められていて、逆に将斗の存在に安心したのか七海の足からは完全に力が抜けている。支えがないと立っていられない気がしたので振りほどきはしなかったが、困惑の声は隠せなかった。

七海の問いかけに、一旦慎介から目を離した将斗が「ん？」と首を傾げる。

「スマホ繋がりっぱなしだろ」

「え……？　あっ！」

将斗の指摘に面食らう七海だったが、言われてハッと視線を下げると、確かに左手に握ったスマートフォンは通話状態のままだった。少し動かすだけで明るくなる画面には通話時間を示す数字が表示され、見れば七分を経過している。

そういえば買い物ついでに他に欲しいものは？　と尋ねようとした直前で慎介に話しかけられ、その動揺から電話を切るのも忘れていた。

ということは、つまり――

「全部聞いてた」

「っ！」

将斗の声がまた急降下したことに気がつき、背中がびくりと震える。仄暗さを含んだその声が自分に向けられたものではないと理解していても、怒りや不機嫌を隠さず相手を威嚇する将斗の様子に全身が緊張する。

ほど良く筋肉がつき身長も高い将斗は、その体格の良さから相手に威圧感を与えてしまうことも少なくない。だからこそ滅多に怒りを露わにすることはなく、本人も温和な態度で接することを心がけているようだが、それゆえに感情を隠さず怒りを示されると本能的に身が竦む。

相手の心を縛って制御することで優位に立とうとする慎介とは違う。圧倒的な力の差と生物としての格の違いを見せつけられているようで、恐怖とは違う畏怖の感情を抱いてしまう。

「これ以上七海を傷つけるのはやめてくれ、佐久」

将斗に名前を呼ばれた慎介の肩がビクッと跳ねる。

彼もこれまでの会話を将斗に聞かれていたと認識したのだろう。忙しなく泳ぐ目の動きを見るに、自分は何を口走っただろう、七海に何を言っただろう、と思い返すのに必死な様子だ。

そんな慎介の素振りを見た将斗が、ふと腕の力を緩めて七海の身体を解放してくれる。

「七海はもうおまえのものじゃない」

「！　社ちょ……っ」

だが完全に解放されたわけではなく、七海の身体をくるりと返すと今度は正面からすっぽりと抱きしめられる。将斗の胸板に左の頬と耳を押しつける格好になった七海は思わず慌てたが、ぎゅっと力を込められると、逃れることも抵抗することもできなくなった。

「七海は、俺のものになった」

将斗の宣言に心臓がどくんと高鳴る。鼓動が少しずつ速度をあげていく。そこには嫌悪や苦しみは一切含まれない。ただひたすら緊張して恥ずかしくなってしまうだけの、甘だるい心音だ。

おそらく将斗は七海を正面から抱きしめることで慎介の視界から七海の表情を隠し、同時に七海の視界にも慎介が映らないようにしたのだろう。それが将斗の『辛いものは見なくていい』という優しさのように思えて、思わず涙が零れそうになる。

「佐久が七海を傷つけるつもりなら容赦しない。退職すればそれで終われるなんて甘い考えが、俺に通ると思うなよ」

「っ……」

怒鳴ることこそないが、将斗が慎介に向ける声には強い怒りの感情が含まれている。その音を誰よりも近くで聞いた七海は、将斗の胸に縋りついたまま色んな意味で緊張した。

「傷つけるだなんて、そんな俺は……」

「七海は何度も『聞きたくない』『止めて』と言っただろ」

ただの注意にしては本気すぎる怒りのオーラを放つ将斗に、さすがの慎介も焦ったらしい。慌てたように二人から距離を取り始めるが、スマートフォン越しにすべての会話を聞いていた将斗に曖昧な言い訳は通用しない。青褪めた様子で一歩ずつ後退する慎介に、将斗の容赦ない追及が続く。

「なのに佐久は、七海の制止を一度も聞いてやらなかった。最初から最後まで、自分のことしか考えていない」

「そ、それは……その……」

「おまえは謝罪して楽になりたいのかもしれない。自分の口から七海に説明することで、許されたと思いたいのかもしれない」

七海を抱きしめたまま慎介を叱責する将斗に、『なるほど、そうだったんだ』と納得する。

自分のことなのにどこか現実感がなく他人事のように思うのは、慎介に投げつけられた心ない言葉から、『今すぐ逃げ出したい』と強く思うがゆえの防衛反応なのかもしれない。逃げたくても逃げられない状況から目を背けるために心をシャットダウンしたせいで、心と身体が正常に動いていない気がする。

「けどその利己的な考えが、七海をこんなにも傷つけてる」

七海の心と思考が霞がかっているぶん、将斗が慎介をきつく叱ってくれる。だが彼はどこまでも自己中心的だ。本当に、自分はこの人のどこが好きだったのだろう、と不思議に思うほどに。

「七海は強い女性です。傷つくような可愛げがあったら、俺は……！」

「もういい」

なおも捻じ曲がった主張を繰り返そうとする慎介に、とうとう将斗の我慢が限界を迎えた。

たった四文字の音を発しただけなのに、二月の底冷えする気温がさらに急激に低下する。氷点下の空気を感じてガバッと顔を上げると、七海を抱きしめる将斗の額に薄く青筋が浮かんでいた。

誇張ではなく本当に血管が切れそうなほどの怒りを感じているらしい将斗に、七海の安心感が一瞬で吹き飛ぶ。咄嗟に『まずい』と思う。

「七海の良さに気づこうともしない奴とは、価値観が合わない。これ以上話しても時間の無駄だ」

「社長……っ！」

口調は冷静だが、声も表情も纏う空気もどす黒い怒りで満ちている。このままでは将斗が慎介に殴りかかってしまうのではないかと思い、将斗のシャツとスーツを必死に掴んで制止する。

しかし将斗は七海が想像するよりもずっと理性的だった。慎介に掴みかかりそうな気配はあるものの、細身の彼を体格のいい自分が殴れば怪我をさせかねないと理解しているらしく、実際に手を出す様子は見受けられない。ただし言葉の通り、これ以上話し合うつもりもないようだ。

「俺は七海と違って優しくない。佐久の一方的な独り言を大人しく聞いてやるほど暇じゃないし、寛大でもない」

「……」

「だから二度と七海の前に現れるな。次におまえが七海の視界に入ったら、俺は今度こそ本気で殴ってしまうかもしれない」

「ちょ……！」

会話の終わりを告げる台詞を聞いて安堵しかけた七海だったが、将斗が並べた言葉が、二度と現れるな、視界に入るな、殴る、と穏やかじゃないフレーズばかりで、一瞬ぎょっとしてしまう。

騒ぎを聞きつけて集まり出した人々に過激な発言を聞かれたくない、そのワードは企業のトップである将斗が口にすべきではない、と慌ててしまう。

しかし慎介に対する感情のすべてを遮断すると、将斗もすぐに興味を失ったらしい。慎介から視線を外して七海の顔を覗き込み、にこりと優しい笑顔を浮かべる。

「疲れたな、七海。帰ろうか」

「しゃ、社長……社内ですので、名前は……」

「ん？　もう仕事は終わっただろ？」

将斗が慎介の存在を無視して七海に頬をすり寄せてくるので、思わずあわあわと取り乱す。退社する人や残業前の腹ごしらえをする人、コンビニエンスストアの中にいる別の会社の人たちの視線まで集め始めている。もちろん怒り狂う発言よりはましだと思うが、今ここで愛妻アピールや溺愛アピールは必要ないのに。

それでも七海に抱きついたまま離れようとしない将斗に、もう早いところここから退散しようと思考を切り替える。将斗への説教は社長室に戻ってからだ。

「七海」

将斗のジャケットを掴んでエレベーターに向かおうとすると、ふと慎介に呼び止められた。また何か言われるのかとビクビクする七海だったが、おそるおそる振り返ってみると、慎介は腰を九十度以上折り曲げて七海に頭を下げていた。

「本当にごめん。今までありがとう。七海に、幸せになってほしいと思う」

七海に向けられたのは、たった一つの動作とたった三つの言葉だった。だが深く頭を下げた慎介の行動が、苦しい呪縛からいつか七海を解放する兆しのように思えた。

もちろんすべての出来事をすぐに忘れることはできないだろう。二か月の時間が経過してもう忘れたと思っていたのに、慎介の言葉だけであのときの痛みを思い出した。逃げることも拒否することもできないほどの衝撃を受け、動くことさえできなくなった。それぐらい、見えない傷は根が深かった。

それでもいつかはちゃんと立ち直れる気がする。七海がそう思えたのは、慎介がこうして謝罪して頭を下げてくれたからかもしれない。

「慎す……」

「返事なんてしてやらなくていいぞ、七海」

七海も言葉をかけようとしたが、将斗の大きな手に顎の先を掴まれてぐいっと顔の方向を変えられた。もちろん声も出せないままである。

最後の言葉も与えてやらない。――たった一言すら恵んでやる必要はないと言わんばかりの将斗の態度に、七海は一人絶句する。だが見つめ合った将斗の表情が拗ねた子どものように不満げだったので、七海もそれ以上慎介に情けをかけることは諦めた。

「両親と新しい恋人に感謝しろよ、佐久。今後おまえを助けてくれる『大事な人』を見誤るな」

「はい……。……失礼します」

七海の代わりに将斗が声をかける。すると一言だけ残して踵を返した慎介が、エントランスホールからふらふらと外へ出ていった。

「……」

――慎介と完全に決別した。

だから彼のことはもう忘れる。七海を傷つけた相手のことなどもう思い出さないし、考えない。その代わり七海に抱きついてずしりと体重をかけてくる、この大型犬のような上司を早急にどうにかしなければならない。

「あ、あの……社長。ありがとう、ございます」

「本当にな。心臓止まるかと思ったぞ」

「ごめんなさい。えっと……とりあえず社長室に戻りましょう。今ピザまん買ってくるので……」

「ばーか、そんなのどうでもいいよ」

将斗から逃れてコンビニへ引き返そうとする七海だったが、その直前で腕を引っ張られて身体を引きずられた。進行方向と反対側に力を加えられた七海は、もつれそうな足を必死に動かしながらどうにか将斗の動きについていく。

「残業は明日にするぞ」

「え、でも……」

「次に野々宮(ののみや)に行くのは、再来週だろ？　大丈夫だ、明日朝イチでやれば午後には各部署に指示も出せるから」

遠巻きに状況を眺めていた人々から遠ざかり、退社のためにエントランスの入り口に向かう社員の流れを逆行する。「社長、お疲れさまです」と声をかけてくる社員に「おう、お疲れさん」と返している将斗の動きに従い、上階行きへ切り替わったばかりのエレベーターに乗り込む。

一旦社長室に戻っていたためすでにコートを脱いだ将斗と、なぜかトレンチコートを着ている七海の組み合わせに、すれ違う社員たちは少し不思議そうな顔をしていた。その視線を適当に受け流して涼しい笑みを浮かべていた将斗だったが、行き先階ボタンを押して扉を閉めた瞬間、急に七海を抱きしめてきた。

今度は先ほどとは違う。強さはあるけれど丁寧に、七海を何よりも大切な存在のように扱う、ひたすらに優しい抱擁で。

「一人にしてごめんな、七海」

将斗がぽつりと発した言葉に、シャットダウンしていた感情が突然ぐらりと揺れ動く。

停止していた心がゆっくりとほどけて、とけて、崩れていく。

「我慢しなくていい、好きなだけ泣け。俺の胸ならいくらでも貸してやるから」

「……っ」

将斗の優しい声が最後まで紡がれる前に、視界がじわりと強く滲む。

職場で泣いてしまうなんて、みっともないから嫌だったのに。絶対に泣くまいとすべての感情に蓋をして、耐えていたのに。大きな手のひらに背中をぽんぽんと撫でられると同時に、将斗の白いシャツと黒いスーツの境界線がゆらゆらと歪み始めた。

＊　＊　＊

ベッドに入って大きな息をつくと、七海の脱力に気づいた将斗がじっと顔を覗き込んできた。

「落ち着いたか？」

「……はい」

将斗にこれ以上の負担をかけたくなかった七海は、毛布を引っ張り上げて口元を隠すと、こくんと頷いた。七海の首肯を確認した将斗が、オレンジ色のベッドランプの中でやわらかく微笑む。

「そうか、よかった」

安堵の表情を浮かべた将斗が頭を撫でてくれる。彼の仕草をじっと見つめた七海は、『元の顔立ちが整っていると喜怒哀楽のどんな表情でも絵になるんだ』と呑気な感想を抱いた。

しばらくは隣で添い寝をしてくれる将斗の顔を観察していたが、ふと重大な忘れ物に気づく。

「あっ」と大きな声を出すと、頭をなでなでする将斗の手がぴたりと止まった。

「どうした？」

「家に連絡していませんでした……！　どうしよう、こんな時間……！」

ガバッと身を起こしてスツールの上に置いてあったスマートフォンに手を伸ばす。いつもの平日と同じように今日も実家に帰るつもりだったのに、こんなに遅い時間になってしまった。今から連絡しても『心配するだろう、ちゃんと連絡しなさい』と怒られる気がするが、それでも何も言わないよりはましだろう。

電話でもメッセージでもいいから一言連絡しなければ、と思う七海だったが、手にしたスマートフォンを起動する前に、伸びてきた将斗の手にそれをひょいと摘まんで奪われた。さらに腰に腕を回してきた将斗が、七海の身体を抱きしめたままゴロンとベッドへ倒れ込む。

バランスを失ってあわあわと驚く表情が面白かったのだろう。七海を腕に抱いたまま、将斗がつむじの傍でくすくすと笑う。

「柏木部長には俺から連絡しておいたぞ」

「えっ……？」

「『七海さんと過ごすプライベートな時間がほしいので、今週は今夜からうちに滞在させてほしい』と伝えた。柏木部長は『わかりました』と言ってくれたし、むしろ『七海をよろしくお願いします』と頼まれたぐらいだ」

「わざわざ許可とったんですか？」

「そういう約束だからな」

「り、律儀ですね……」

いつの間にか稔郎に連絡して許可をもらっていたらしい。あれからずっと泣き続けるばかりで頭が働かない七海の代わりに、両親の心配にも先回りしてくれるとは。

あれから将斗とともに社長室へ戻った七海だったが、残業を取り止めてデスクの周辺を片付け終えても、将斗が帰り支度を済ませても、溢れ出る涙は全然止まってくれなかった。もはや苦しいのか悲しいのか、それとも安堵したのかさえわからない。目を擦れば翌日ひどい顔になるとわかっていたので、次から次へと零れてくる涙をただハンカチで吸って押さえるだけ。そんな七海を守るように——情けない姿を誰の目にも触れさせないように、将斗は自身の家まで七海を導いてくれた。

それだけではない。呆然とするばかりで使い物にならない七海をバスルームに放り込んだ将斗は、その間に夕食を作り、食事をした後は皿を洗い、自身の入浴後は浴室の掃除まで行っていた。

つまり七海が今夜したことは食事だけ。入浴後の髪すら将斗に乾かしてもらった気がする。

「申し訳ありません、何から何まで」

「どういたしまして」

七海の謝罪とお礼に、シーツに頬杖をついた将斗がにこりと笑う。ぼーっとしてばかりで動きが緩慢な七海の世話を、密かに楽しんでいるかのような笑顔だ。

「家に帰ったら『社長と秘書』じゃないんだ。家事は分担して当然だし、辛いときは頼ってほしい。それに七海が俺を頼ってくれなきゃ、俺も七海を頼れなくなる。支え合うのが夫婦だろ？」

「……ありがとう、ございます」

将斗の問いかけに逡巡したのち、こくんと頷く。

しかし今回の七海のように将斗が落ち込むことはない気がする。だから将斗が七海を頼る日も永遠に来ないと思うが、夫婦で支え合うことや家事を分担することが大事だというのは同意見だ。

（慎介さんも家事はやってくれたけど、こうやって甘やかしてくれることはなかったな……）

将斗に髪を撫でられながら、また思考が堂々巡りする。決別した相手のことを考えても意味はないのに、沈黙するとまた同じ迷路に迷い込む。

「こら七海。おまえ、また佐久のこと考えてるな？」

「！　え、えっと……」

思考を読まれたことに驚いて表情が強張る。この期に及んでまだ慎介のことを考えてしまう自分に嫌気がさす七海だったが、将斗は七海の気持ちが揺れ動くこと自体は責めなかった。その代わり慎介が気に入らないという感情は、声でも表情でも態度でもしっかり主張してくる。

「俺にはあいつの考えが理解できない」

それはそうだろう。将斗と慎介は何から何まで違いすぎる。慎介が将斗の考えに及ばないのも、将斗が慎介の考えを受け入れられないのも当然だ。

「確かに、人の目がある場所でびっくりしますよね」

「いや、それもあるが……それ以前の問題だ。俺には七海が傍にいて、他の女に目移りする理由がわからない」

将斗がきっぱりと言い切った言葉に驚いて、動きが止まる。てっきり時と場所を考えない非常識な行動や発言の話をしているのかと思ったが、将斗の示す『理解できない』部分は、他でもない七海のことらしい。だがそれに関しては、慎介に同意できる部分もあった。

「慎介さんの言うことはあながち間違っていないと思いますよ」

「は？　どこが？」

「可愛げないんです、私。女性としての魅力が感じられないというのも、当たってるなって」

慎介の言うことが百パーセント的外れだとは思っていない。もちろん言い方やタイミングは考えてほしいし、本人に無遠慮にぶつけていいものでもないが、主張自体は的を射ていると思う。

恋人との約束よりも仕事を優先してしまう。秘書という職業柄、上司の都合や体調を一番に考えてしまう。それに贈り物をされても可愛い反応はできないし、家事の腕も人並み、男性を喜ばせるテクニックもない。顔だって特別可愛くもないし、美人でもない。スタイルも極めて平凡だ。

自分を卑下するつもりはないが、『選ばれる』要素が欠乏していると思う。だから愛華の手を取った慎介の気持ちをまったく理解できないわけではない。

七海が苦笑いとともに告げると、頬杖をついたままの将斗が数度瞬きをした。それから「はあぁ……」と長い長いため息を吐き出す。

「七海に女性としての魅力がないって？　そんなわけないだろ」

七海が頭の中に広げた自分自身の考察レポートを強制撤去したのは、やや不機嫌な将斗の一言だった。ハッとして表情を確認すると、少し怒ったような将斗がこちらをじっと見つめている。

「七海は美人で可愛いよ。誰が何と言おうとおまえは俺の自慢の秘書で、大切な妻だ」

「将斗さん……」

再び頬に触れた将斗の指が優しく肌を撫でてくれる。どうやら七海が眠るまでこのまま添い寝をしてくれるらしく、隣に横たわる将斗に七海から離れる様子はない。

「早く俺に懐いてくれないかな」

「そんな、犬や猫じゃないんですから」

「犬や猫より七海の方が可愛いよ。本当は今週だけじゃなくずっとここに居てくれればいいのに、と思ってる。そしたら毎晩、こうして撫でられるのにな」

七海の意識をさり気なく慎介から逸らし、その上で愛犬や愛猫を愛でるようにめいっぱい撫でて甘やかそうとする。将斗の楽しそうな仕草に、つい照れて俯いてしまう。

（将斗さん、女の人を甘やかすの上手すぎるのでは……？）

こうして触れ合うたびに思う。本物の妻ではない七海をこれほど上手に甘やかして、本音を引き出して、ほっと安心させられるのだ。多少大雑把なところもあるが、このルックスと人柄ならばこれまでも相当モテてきただろうし、おそらく七海と離婚したあともすぐに将斗の恋人になりたい女性が現れるはず。

（……来年の今頃は、別の女の人がここにいるのかな）

そんなことを考えた直後、七海の胸の奥にずきん、と鋭い痛みが走った。

「……？」

突然感じた痛みを伴う苦しさに驚いて、パジャマの上から喉の下を押さえたままぱちぱちと瞬きをする。今のは一体……？　と不思議に思う七海の顔に、ふと将斗の顔が近づいてきた。

「！」

一瞬、キスされるのかと思った。だが、違った。将斗は自分の額を七海の額にコツンと押しつけただけで、至近距離で微笑むとすぐに就寝の挨拶を告げてくれる。

「おやすみ、七海」

「……おやすみなさい」

今夜は『おやすみのキス』をしないらしい。きっと七海の心の負担を気遣ってくれているのだろう。いつもと異なる触れ合いに少しだけ寂しい気持ちを味わいながら、そっと目を閉じる。

それからしばらくの間、眠れない七海の頭の中には慎介ではなく、顔も知らない女性とその背中に手を回して微笑む将斗の姿が何度も浮かんでは消えていった。


「……将斗さん？」

「!?」

隣で眠っていた将斗がもぞもぞと動いたので、最初は寝返りを打ったのだと思った。だが暗がりの中に起き上がった将斗は、七海の前髪を撫でるとそのままベッドから出て行こうとする。

不思議に思った七海が名前を呼ぶと、声をかけられた将斗がびくっと飛び跳ねた。

「ああ、起きてたんだな」

「寝つけなくて……」

「……そうか」

就寝の挨拶をしてから体感で十五分ほどの時間しか経過していない。だから将斗も寝ていた七海を起こしたのではなく、七海がまだ眠れていなかったと気づいたのだろう。

「ちょっと用足してくる。けど遅くなるだろうから、先に寝ててくれ」

日付が変わるまであと少しというこの時間から仕事をするとは考えにくい。それにスマートフォンを持たずにベッドから出ようとしていたので、トイレに行くことは予想できた。だから七海も受け流そうとしたが、将斗の『遅くなる』との台詞から気にしなくていいことが気になり始めた。

「大丈夫ですか？　お腹壊しました？」

「いや……ああ、うん。まあ、そんなところだ」

「お薬飲みます？」

急な腹痛に見舞われるのは誰にでも起こりうること。もし常備薬を飲むなら薬箱を用意しようと考え、シーツに肘をついて身を起こし、ベッドライトに手を伸ばす。

「待て、七海……！」

将斗に名前を呼ばれると同時に、周囲がパッと明るくなる。暗闇に目が慣れていたせいかライトがやけに眩しく感じる。まばゆい光を感じながら視線を上げてみると、片足を床についた状態でベッドに膝立ちになった将斗がこちらをじっと見下ろしていた。

ライトに手を伸ばした姿勢のまま、七海の動きもぴたりと止まる。

見るつもりはなかった。あえてそこを確認したわけでもない。だが部屋が明るくなった瞬間、偶然にも七海の視界の真ん中に将斗のルームパンツの中心部が映り込んだ。そのせいでふっくらと盛り上がっているそこの状態も、ばっちり視認できてしまう。

空気が静かに、停止する。

「将斗さん……？」

「っ……！」

驚いた七海が緊張の声を絞り出すと、将斗が息を呑む音が鼓膜を震わせた。

しかしそのまま沈黙すればさらに気まずくなると察したのだろう。ベッドの端に座り七海に背を向けた将斗が、言い訳すら諦めたようにぽつりと呟く。

「……気にしなくていい。生理現象だ」

背を向けられてしまったので表情まではわからない。だが将斗が零した台詞には、いつもより高い熱が混ざっている気がした。

「そういう訳だ。腹は壊してないから、心配しなくていい。七海は先に寝て……」

「あの……」

ベッドから立ち上がろうとした将斗のシャツの裾を掴んで、ぎゅっと力を込める。

「……私じゃ、だめですか？」

服を掴まれたせいで立ち損ねた将斗が沈黙する。七海が絞り出すように紡いだ言葉の意味に気づいたらしい。上半身だけでこちらに振り返った将斗は、驚きと困惑を織り交ぜたような表情をしていた。

「私、将斗さんにお礼がしたいんです。たくさん慰めてもらったぶん……お返しが、したくて」

ベッドに上半身を起こして将斗の服を掴む七海の顔も、きっと赤く染まっているだろう。ランプがオレンジ色なので一見わかりにくいと思うが、顔に集中し始めた温度は自覚している。それでも出した提案を引っ込めるつもりはなく、将斗の反応を探るように彼の眼をじっと見つめた。

「私じゃ、お礼にならないでしょうか……？」

「……」

将斗には心の底から感謝している。だから七海は、お礼がしたかった。

落ち込む七海の身体を抱きしめ、涙に濡れる目尻を優しく拭い、頭と頬を撫でて落ち着かせてくれる将斗に恩返しがしたかった。『妻を愛してやまない夫』を演じてくれる将斗のために、七海も『夫を癒せる妻』になりたかった。

二か月前の初夜のときも似たような気持ちを抱いていた。だがあの夜の感情とは少しだけ違う。ただ窮地を救ってくれたから恩返しがしたいのではない。禁欲を強いるのが申し訳ないから応じるのではない。身体を差し出すことで両親の立場や会社のイメージを守りたいという正義感も、今は存在しない。そうではなく、七海はただ将斗に――

「だめだ」

「！」

七海が考えごとをしている間に将斗が導き出した答えは、明確な拒否だった。短い言葉で七海の提案を撥ね退ける将斗に、心臓がスッと冷えるような心地を味わう。

「そう……ですよね。……申し訳ありません」

「あ、いや、違うぞ！　だめというのは、七海が悪いという意味じゃない」

七海の動揺を察知したのか、ハッと我に返った将斗が手を伸ばして七海の頬を包み込んできた。大きな手が直接触れた瞬間、身体がぴくっと反応する。だが将斗にゆっくりと肌を撫でられながら髪を梳かれると、それだけで刹那の不安は消えていく。じんわりと優しい温度に、一瞬だけ感じた凍えるような不安が溶けていく。

「俺だって抱けるものなら抱きたい。本当は毎週でも……毎晩でもいい」

熱を含んだ視線のまま、将斗の長い指が七海の頬や髪を撫でる。しかし優しい指遣いや言葉とは裏腹に、彼の瞳はどこか苦しげだ。

「けど、今夜はだめだ」

「なぜですか……？」

「佐久の態度に腹が立ちすぎて頭に血がのぼってる。怒りの感情をコントロールできそうにない。今、七海に触れたら……きっと、止められなくなる」

「！」

将斗が己の中に渦巻く感情を一つずつ噛み砕き、女性である七海にも男性の心と身体の機微が理解できるよう丁寧に説明してくれる。

慎介の言動に苛立ちを覚えて振り回されたのは、将斗も同じらしい。しかもその怒りや苦悩の感情が、彼の場合は下腹部に強く表出しているという。そんな将斗の男性的な反応に言葉を失う。

苦笑した将斗は七海の頭をぽんぽんと撫でると「大丈夫だ、一人で処理できる」と呟いた。

「七海の気持ちはまだ落ち着いてないだろ？　そんな状態で今の俺を受け入れたら、あとから後悔するぞ」

「……」

「俺はこれ以上、七海に傷ついてほしくないんだ」

確かに将斗の言う通りかもしれない。慎介の言葉に深く傷つけられたばかりの今の状態で将斗を受け入れれば、七海は別の意味で傷つく可能性もあるだろう。

しかしその一方で『絶対にそうならない』という確信もあった。

「……しません」

「？　七海……？」

「後悔なんて、しないです」

将斗の優しさを知っている。七海を大切に扱ってくれることを知っている。本当は慎介を力ずくで黙らせることもできたはずなのに、それをせずに理性で感情を抑え込んでくれた。将斗がその判断と忍耐ができる人だとわかっているからこそ、こうして彼にすべてを委ねることができるのだ。

だから七海のせいで生まれた熱に苦しんでいるのなら、それを解放する手伝いがしたい。偽装であっても、今の将斗と七海は夫婦なのだから。

それに今は七海が……七海自身が、将斗と——

「……本当に、いいのか？」

将斗への感謝の気持ちと自身の感情の狭間で揺れ動いていると、将斗が確認するように問いかけてきた。だから少しだけ恥ずかしい感情を押し殺して、視線を上げてこくりと頷く。

オレンジ色の淡い灯りの中で微笑む将斗に見惚れてしまう。男性らしい精悍な顔立ちと大人びた色気を滲ませる表情に鼓動が高鳴る。

将斗は外見も整っているが、それ以上に心が高潔だ。こんな風に七海を愛おしんで慈しんでくれる人が、他に存在するのだろうか。いずれ将斗との縁が切れることは決まっているが、そのあと彼のような男性とまた巡り合えるのだろうか。支倉将斗という存在を知ってしまった七海が、果たして他の誰かと添い遂げられるものだろうか。

考えごとをする七海の横髪を一筋掬った将斗が、そこへそっとキスを落とす。髪の先まで愛おしいと言わんばかりの触れ方に、ざわついていた心のノイズが静かに薄れて凪いでいく。

髪に口づけたままの将斗が、視線だけで七海の心を捉えた。恋慕のようでありながら捕食するような鋭さを持つ眼に釘付けになる。

「七海が怖がることや痛がることは、絶対にしないと約束する。……優しく抱くから」

低い声で誓いを立てられ、鼓動がどくりと音を立てる。心臓の中を砂糖の塊が転がっているような甘くて苦しい感覚のまま見つめ返すと、将斗が表情を緩めて微笑んだ。

「……はい」

彼の笑顔に導かれるように頷くと、七海の髪を撫でていた指が頬を辿って顎先を持ち上げる。

そのままじっと見つめ合う。見慣れたはずの上司の顔が、雄の本能と強い色香を含んだ男性らしい表情に変貌していく。けれど七海の身体をゆっくりとベッドに横たえる将斗に、一方的に欲をぶつけようとする気配は感じられない。むしろ七海を大切にしたいと主張するように、指先からはやわらかな温度だけが伝わってくる。

七海の考えが肯定されるように唇が優しく触れ合う。将斗の首に腕を回そうと手を伸ばした直後、背中と頭に大きな手が回ってきてふわりとゆるく抱きしめられた。

すべての波長が合うように、不思議なほどに息が合う。キスする瞬間も、抱きしめ合う動きも、目を閉じるタイミングも、最初から二つで一つだったようにぴたりと同調する。

相性が良すぎる。そう感じてしまうのは、きっと七海の気のせいではないだろう。

「寒いか？」

「いえ……平気です」

口づけの合間にそっと尋ねられたので、首を小さく振る動作だけで否定する。

優しいキスを繰り返す将斗に少しずつ肌を露出されていく。上衣を留める五つの前ボタンをすべて外され、下衣もショーツとともに剥ぎ取られる。まだ何も脱いでいない将斗と異なり、七海はほとんど裸の状態だ。

「ん……っ」

耳や頬に将斗の唇が触れる。やわらかな感触と熱い温度が押し当てられるたびに、身体がぴくんっと反応する。

頬から首筋、鎖骨から胸の膨らみまで余すことなくキスを落とされ、たまに小さく歯を立てられる。しかし痛みを感じる前にちゅ、ちゅ、と音を立てて優しく口づけ直されるので、七海は大人しくされるがままになった。

「あっ……ん……ぅ」

胸の頂に将斗の唇が到達しそうになったので、腕を抱えて肌を隠そうとした。だが七海の腕が邪魔だと言わんばかりに顔を見つめられ、結局は腕を外されることとなる。

七海の手首を掴んだ将斗の体温が温かく、恥ずかしさ以外の感情は抱かない。だから七海の腕をシーツに降ろして胸の膨らみを優しく包み込む手も拒まず、ふわふわと撫でる動きに身を委ねる。

「ん……んっ」

労わって気遣うような優しい触れ方にまた少し心が軽くなる。淫らな動きのはずなのに、よしよしと頭を撫でるときと似た手つきが心地よく、不思議と気持ちが癒されていく。

「あ……っぁ……ふ」

口づけと愛撫による甘やかな刺激のせいか、それとも彼の懸念するように実は寒さを感じていたのか、普段はなだらかな胸の突起がいつの間にか固く尖って膨らんでいた。

「んゃ、あ……っ⁉」

自身の反応に困惑していると、将斗が突然、左胸の突起を口に含んだ。ぬるりとした舌の感覚が尖った乳嘴(にゅうし)にねっとりと纏わりつく。肌にキスされるだけでも十分恥ずかしいのに、敏感な場所を直接食まれたせいで、背中から腰のあたりがぞくぞくっと激しく震える。

「あっ……や……ぁっ……！　将斗さ……っ」

乳首を丁寧に舐めとり、ちゅう、と可愛らしい音を立てて吸い上げられる。七海の身体はそれだけで緊張してしまうのに、右胸の尖端にも将斗の左指が絡みついてくる。

「あ、ああ……っ」

「ここ、気持ちいいだろ？　感じてる七海も可愛い」

「か、可愛くなんて……っぅ、ん」

右胸を弄りつつ左胸を舐め吸う将斗が、楽しそうな声で七海を褒める。しかし恥ずかしい刺激を同時に与えられたことに驚いた七海は、将斗の言葉を咄嗟に理解できない。

ただ『可愛い』という言葉が自分には不釣り合いな気がして、必死に首を振る。するとくすくすと笑いながらそこをぺろっと舐めた将斗が、一度顔を離して今度は右の乳首を口に含んだ。

「あっ……あ、ぁん」

それまでは指の腹で撫でられるだけだった場所を甘噛みされる。鋭い刺激で身体に力が入って背中がシーツから浮くと、固く尖った乳首をちゅぅぅ、と強めに吸われた。

「あ……っゃ……ぁ」

胸の頂が性の刺激を拾いやすい場所だというのは理解している。だがこんなにも吸ったり舐めたり指や舌で転がされたり様々な刺激を与えられると、頭がぼーっとして何も考えられなくなる。与えられる刺激が嫌なわけではないが、気持ち良さのあまり恥ずかしい言葉を口走ってしまいそうだ。もっと、と将斗にねだってしまいそうで、ただひたすら恥ずかしい。

将斗に甘える自分の姿を想像した七海は、自らの口を手で覆うことで、今にも溢れ出そうな声と感情を押さえ込もうとした。

「七海」

「っ……え」

だが口元を隠す前に、将斗の手が動き出す。将斗は七海の腕をベッドに押さえつけるような無体は働かなかったが、代わりに自分の指に七海の指を絡め、お互いの手のひらを合わせるようにぎゅっと手を握り込んできた。

突然の恋人繋ぎと七海の心をからめとるような鋭い視線に、胸の奥がきゅんと疼く。

「七海は手を繋ぐの、好きだよな」

「え……？」

どきどきしたまま見つめ合っていると、ふ、と表情を緩めた将斗に意外なことを指摘された。図星を指されたようにどきんと緊張する七海の耳元に、身を屈めた将斗の唇が近づく。

「こうやって手を握ると、余計に乳首が勃つ」

「っ!?　ち、ちが……！」

「身体も震えて……ほら、また固くなった」

「やだ……ぁ……ん、ん！」

将斗の指摘を否定しようとした七海だったが、彼の動きが思いのほか素早い。七海の右手と将斗の左手は結ばれたまま、空いている彼の右手に膨らんだ尖端をくにくにと摘ままれる。

七海の身体がびく、びくっと激しく反応する。将斗の言葉通りやけに乳首が固くなっていることを改めて思い知ると、七海の全身に緊張と灼熱の汗が噴き出した。

羞恥のあまり首を横へ振る七海だったが、将斗は基本的に七海をからかうのが好きな人だ。確かに『痛いこと』や『怖いこと』はしないと宣言されていたが、そこに『恥ずかしいこと』は含まれないらしい。照れる七海の様子は気にせず、膨らんだ突起を再び口に含まれる。

「だめ……噛んじゃ……っ」

「ん……甘いな」

「やぁ、あ……んっ」

前歯で軽く乳首を噛んだまま舌の先だけで先端をゆるゆると嬲られる。ただでさえ気持ちがいいのに、固く尖った乳首に強い刺激を与えられると、それだけで腰が跳ねて背中が震え出す。

本当は淫らな反応を知られたくない。しかし気持ち良さを逃そうと身体が仰け反ると胸を前に突き出す格好になるせいか、将斗が余計に舐めたり吸ったりしやすくなってしまう。

「はぁ……ぁあ、んっ……」

そうやって敏感な性感帯の右にも左にも刺激を与えられると、下腹部の奥が甘く疼くように収縮し始める。将斗に与えられる快楽を欲して、もっともっとと鳴くように身体が揺れ始める。

「あ……将斗さん、まって……！」

右胸を舐めながら指先で左胸を弄っていた将斗の手が、ふっと離れる。

その瞬間、七海は慌てて制止の声を発したが、やはり将斗は止まってくれなかった。

「濡れてる」

「だめ……！　見ないで、ください……っ」

身体から離れた将斗の両手が、七海の足を持ち上げて左右に開く。その中央が刺激を感じて濡れていることは、自分でもうっすらと自覚していた。だから将斗に見られたくなくて早めに制止したのだが、力が強い彼の動きを止めきれるはずもなく。

股の中央をじっと凝視されると、恥ずかしさで消えてしまいたくなる。優しく抱くと言っていたのに恥ずかしいことばかりする将斗に「ぜんぜん優しくない……」と不満を零してしまう。

「優しく、か。そうだな。じゃあもっとゆっくり、じっくり慣らしてやる」

「え……？　え、ちょっ……ひぁっ!?」

七海の台詞を聞いた将斗がにこりと微笑む。そして次の瞬間、シーツに立てた脚を左右へ拡げてその間へ顔を埋め、中心で震える花芽にちゅう、と直接吸いついてくる。

「あ、あっ……っふぁ……」

まさか将斗が陰核に直接口づけてくるだなんて、予想できるはずがない。慌てて脚を閉じように
も将斗の腕に太腿を固定されているせいで力が上手く入らない。

胸の頂よりはやわらかいが、萌えた新芽のように存在を主張する様子は乳首にも負けないほど。

まるで将斗に触って欲しいと言わんばかりの反応を示すそこを、舌の先で丁寧に舐めとられる。

「ひぁ、あっ……ん」

生温かい舌先が震える陰核の周囲を優しく嬲る。時折中心をぐりゅ、と強く押されると、腰がビ
クンと震えて身体が自然と上へ逃げてしまう。だが背中がずり上がるたびに太腿を掴んで下へ引き
戻され――また花芽を吸われて執拗に舐め転がされる。

「だめ、ぇ……まさとさ……舐めちゃ……！」

ベッドルームにぴちゃぴちゃと激しい水音が響く。その音が将斗の唾液によるものなのか、七海
の中から溢れ出してきたものなのか、あるいは二つが混ざり合って生まれているのかはわからない。

「や、だめ……きたな……っ」

七海が首を振ると、陰核を吸い舐めていた将斗が顔を上げて視線を合わせてきた。

「そんなはずないだろ。七海はぜんぶ綺麗だ……ほら」

「ふぁっ……っあ、あ」

将斗が休憩に与えてくれた時間は、ほんの一呼吸ぶんだけ。あとは七海が逃げないようにまた太
腿をがっちりと押さえ、蜜核の頂点から小さな穴、側面の窪みまで丁寧に舐め吸われていく。

舌と唇でほぐされる気持ち良さのあまり、身体が何度も仰け反って弓なりになる。シーツと背中の間に子兎が通れるほどの空間ができると、それまで太腿を押さえていた将斗の指が腰に回ってきて、そこをじっくりと撫でられた。

「んん、んぅ……っ」

性の快楽を拾う陰核を激しく刺激されつつ、くすぐったさを拾う腰をするすると愛撫される。恥ずかしさから顔を背けても、耳に聞こえるぴちゃぴちゃ、ぐちゅぐちゅという恥ずかしい音は止まらない。それどころか将斗の手で快感に溺れる身体の奥からは、次々と愛蜜が溢れてくる。

「ふ、ぅ……っぁ……ん」

秘芽を舐めていた将斗の舌と唇がゆっくりと下へ移動する。そこには彼を受け入れるための蜜の門がひくひくと蠢き、奥では快感を期待した蜜筒がきゅんきゅんと切なく疼いている。

「ひぁっ……！　ああ……ぁっ」

七海の身体に生じる期待と緊張の反応は、将斗に正確に把握されているらしい。舌の先で閉じた陰唇をやや強引に割り開かれると、その中に眠る蜜壺の入り口も舌全体でぐりぐり拡げられる。

「あ……ぁ……ゃあん」

将斗の舌に蜜口をこじ開けられ、宣言通りじっくりと慣らされる。その恥ずかしい状況と強い刺激から逃れたいのに、七海の身体を掴む将斗の手からは、どうあがいても逃げられない。

「んっ、ぅ……ぁ〜〜ふっ……あぁあっ……！」

ヒクつく蜜口を丁寧に舐められ、浅い場所を熱い舌でほぐされていく。責め立てるような刺激に耐えかねた七海は、とうとう軽く達してしまった。

だが深い快感を掴まえて心地よい絶頂感を得るには——将斗に満たしてもらうには、質量も熱もまだまだ足りない。もっと強く将斗を知りたい。もっと深い場所で感じたい。そんな恥ずかしい感情に支配されたままぼんやり視線を彷徨わせると、七海の股の間から顔を上げた将斗と目が合った。

「大丈夫か？」

「あ……はい……」

オレンジ色の淡い光の中で体調を確認される。肩で息をしながら頷くと、笑みを零した将斗が七海の上に覆いかぶさってきて、そのまま唇を重ねられた。

(キス……きもちよくて、すき)

角度と深さを変えて繰り返されるキスに、少しずつ溺れて酔っていく。将斗のぬくもりがすぐ近くに感じられて気持ちいい。

本当はこの唇とこの舌に秘部を直接舐められて慣らされたことが恥ずかしい。申し訳ないとも思う。だからもしいつか機会があったら、七海も将斗に同じようにしてあげたい。七海の奉仕で将斗が喜ぶかどうかはわからないが、少しでも将斗に恩返しがしたい……将斗にも気持ち良くなってほしい、と思う。

いつの間にかはしたない妄想ばかりしている。自分はこんな風にふしだらなことばかり考える性格ではなかったのに、こんなに感じやすい身体でもなかったはずなのに、将斗の前だとなぜか大胆になって敏感に反応してしまう。

頬を撫でながらキスを繰り返していた将斗が、ふと顔を上げて七海の頭上へ手を伸ばした。その指先がベッドボードに内蔵された小さな棚の扉を開け、中からお菓子の紙箱のようなものを取り出す。それがお菓子の箱ではないことは、つられて視線を上げた七海もすぐに気がついた。

カサ、と乾いた音とともに、将斗が箱の中の小袋を取り出す。あっという間に服を脱ぎ捨て、七海の耳元で「挿れていいか？」と尋ねる声は低く掠れていて……鼓膜に響くその音に異様な艶めかしさを感じる。

七海が無言で顎を引くと、将斗が額に優しいキスを落としてくれた。七海が将斗の欲望を受け入れることへの、お礼のキスなのだろう。そういえば最初に『自分で処理する』と口にしてからかなりの長時間が経過しているので、将斗も相当辛かったはずだ。

取り出した避妊具の先端に溜まった空気を抜くと、陰茎に被せたそれをくるくると引き下ろしていく。将斗の猛った熱棒を目にすると、はちきれんばかりに張りつめていてかなり痛そうに思う。けれど再び七海の脚を開いて身体の上に覆いかぶさってくる表情はどこか嬉しそうだ。それにもう一度キスしたあとの微笑みも、七海の頬を包み込む指先も、蜜口を拡げるときの触れ方も、愛おしい人とようやく繋がれることに全身で歓喜しているようで、なんだか背中がくすぐったい。

「ん……っ」

そんなことを考えていた七海の蜜口に、熱棒の尖端がぴと、と触れた。先が腹につきそうなほどそそり立っていた雄竿の存在を直に感じ、思わず身が竦んで小さな声が零れる。

七海の反応に気づいて動きを止めた将斗が、心配そうな表情で顔を覗き込んできた。

「痛いか？　それとも、怖い？」

「いいえ……へいき、です」

最初に痛いことも怖いこともしないと言ってくれた将斗は、常に七海を気遣って慎重に動いてくれている。そんな将斗にふるふると首を振って大丈夫だと示すと、薄膜を被せた亀頭がちゅぷ、とぬかるみの中へ沈み込んだ。

少しずつ埋没してくる将斗の陰茎は、やはり固くて太くて焼けそうなほどに熱い。息を止めることで力が入れば将斗にも負担がかかると知っているのに、蜜壺の中へ熱の塊が埋められるたびにどうしても圧迫感を覚えて力んでしまう。

「ん、ん……ぅ」

「七海……すっげ、熱い……」

七海の脚を抱えた将斗が、恍惚の表情を浮かべたまま最奥へ腰を沈めてくる。ぐ、ぐ、と押し込まれると圧迫感のあまり息が詰まりそうになるが、将斗が嬉しそうに微笑む姿を見ているうちに自然と違和感が薄まっていく。

「あっ……は、ぁん」

将斗の雄竿が一番奥に到達した直後、ずるぅと引き抜かれたので、ほっと息をつく。だが安心する暇は与えられず、七海の内壁と一番奥の感覚を堪能するように将斗の腰が前後へ揺れ始める。

「中、濡れてるのに……」

「あ……ぁっ……んぅ……ん」

「ふわふわだな……気持ちいい」

ゆっくりと奥まで挿入されて、ゆっくりと引き抜かれる。抽挿の角度は毎回異なり、蜜壁のすべてを抉って削るよう緩慢な動きを何度も何度も繰り返される。

「あ、ふぁっ……っぁ……あ、ん……！」

強い存在感に心も身体も満たされていく。七海を抱くだけで幸せそうな表情を見せる将斗に、『可愛げがない』『魅力がない』と言われてひび割れた心が癒されていく。

「まさと、さ……ぁ」

「ん？」

ふと将斗に感謝の気持ちを伝えたい気持ちが湧き起こる。甘く抱くことで七海の心を潤してくれる将斗に、今の気持ちを伝えたくなる。だから名前を呼んでみたが、熱に溺れて快感を貪ることに夢中になっている今の彼に感謝の言葉を述べても、きっとほとんど伝わらないだろう。

「どうした？　痛かったか？」

心配そうに首を傾げる将斗に、何と言っていいのかわからなくなる。慌てた七海はここでお礼を言うことは諦めたが、その代わり今この瞬間の感覚だけでも素直に伝えようと考えた。

「あ、えっと……き、気持ちいい……です」

「……っ」

ありのままの感覚を将斗に伝えると、ごくりと息を呑んだ彼が突然、ぐいっと腰を引いた。そのまま七海の中からずるりと熱棒を引き抜き、盛大なため息をつく。

急に陰茎を抜かれて驚いた七海は、将斗のぬくもりを突然失った気がして――将斗の存在が急に遠退いた気がして、言葉にできない不安を抱いた。

「……危ねぇな」

「え？」

「七海、それは反則だろ」

七海の上に覆いかぶさった状態で、顔を見ないように……というより、自分の顔を見せないように、将斗がぽつりと呟く。彼の表情が見えないことに不安を覚えた七海だったが、将斗は七海に対して負の感情を抱いたわけではないらしい。

首を傾げながら「まさとさん……？」と名前を呼ぶと、七海を抱きしめてじっとしていた将斗が気持ちを入れ替えたようにパッと顔を上げて、七海の腕を引っ張った。

「七海、俺の上に乗ってくれ」

「!?」

突然の要望に驚く七海に対し、将斗がまた楽しそうな表情になった。腕を引かれて仰向けの状態から身体を起こされると、今まで七海が寝ていた場所に今度は将斗が横たわる。

さらに将斗が自分の腰の上に七海の身体を引っ張り上げるので、彼を潰さないよう注意しつつ誘導に従う。とはいえ、頭の中は疑問符だらけだ。

「この方が顔も身体もよく見える」

「将斗さ……」

「それにしても、七海は腰が細すぎるな。激しく抱いたら壊れそうだぞ」

「っ、こ、壊れません……」

将斗が笑いながら七海の腰を撫でるので、変な声が出そうになるのを必死に抑えながら首を振る。

将斗が言うほど七海の腰は細くないし、軟弱でもない。これでも二年半……来月で丸三年、忙しなく動き回る将斗の秘書として彼の傍に付き従ってきたのだ。体力も足腰の筋力もそこそこあるので、多少のことではへこたれない。

しかしすぐに、今の流れで重要な部分はそこではないと気づく。慌てた七海が、

「あ……だから激しくしてもいい、という意味ではなくてですね……」

としどろもどろに目を泳がせると、将斗が少し呆れたようにため息をついた。

「七海は少し、迂闊すぎるな」

「え？　っふぁ……あ……!?」

ぽつりと何かを呟いた将斗に首を傾げてみたが、その直前に再び蜜口を広げられて、下から一気に突き上げられた。

一度抜いたにもかかわらず将斗の陰茎は一切衰えていない。むしろさらに質量を増しており、貫かれた瞬間は少し痛みを感じたほどだ。だが『痛いことはしない』という約束は頑なに守ってくれているようで、最奥に到達して七海の中を満たすと、そこで一度動きを止めて腰を撫でてくれる。

「どうだ、七海」

「あ……へいき……です」

七海がこくこくと頷いた瞬間、将斗の陰茎がゆっくりと抜け出ていく。しかしまたすぐに突き上げられて、一番奥をトントンと突かれる。その軽い衝撃も、また心地よい。

羽織ったままになっていたパジャマの上衣が、肩からするりと滑り落ちる。けれどそれを完全に脱ぎ捨てる余裕すらない七海は——そんなことに構っていられない二人は、律動のタイミングを合わせることに次第に夢中になっていく。

「あ……あっ……まさと、さ、ぁ」

「七海……っ」

七海の隘路をこじ開けるように抽挿する淫棒が、とにかく熱くて固くて大きい。その存在を自分の中に定着させるように、七海の身体がきゅう、きゅんっと何度も疼いて収縮する。

一番奥を潰すようにずりゅ、じゅぷ、ぬぷ、と激しい水音がベッドルームに響く。下から押し上げてくる衝撃を逃すように背中がしなると、胸がふわふわと震えて揺れる。

七海の身体の動きを下から眺めていると、将斗の官能も刺激されるらしい。だんだんと腰を打つ間隔が狭まって、結合部に感じる摩擦も爆発的に増大する。

「七海……っ……」

「ふぁ、あ……まさと、さぁ……ぁん」

七海の身体を揺さぶる動きが強く激しくなると、下腹部の奥にも快感の火種が生まれる。その熱が子宮の中央で渦潮のように巡り始め、増幅していく快楽の波にあっという間に呑み込まれる。

「あ、ああ……んっ……あぁ、ん」

下から腰を突き入れられる衝撃に耐えるよう力むと、その刺激が将斗にも快感を与えるらしい。

喉から溢れる甘え声を止めることもできないまま、防波堤を飛び越えてきた快楽の荒波に身体の自由を奪われ、激しく絶頂を迎える。

「ふぁ、あ……っぁあぁっ――！」

「ッ――く、う……っ」

全身を痙攣させながら果てると同時に、将斗も避妊具の中に勢いよく精を吐き出したようだ。

「ん、んぅ……っ」

「はぁ……っ、七海……」

過熱した蜜壺の中で陰茎がビクビクと蠢く。暴れる熱の気配が沈静化するのを待つ間、薄く筋肉がついた逞しい腕に包まれながら将斗と深い口づけを交わし合う。将斗も絶頂後のキスを気に入ったようで、舌を絡めて抱き合ったまま何度も熱を貪られた。

「……ありがとうございます、将斗さん」

「ん？」

「こうして私を、慰めてくれて……」

ようやく熱が引いてきた頃、蜜穴から陰茎をずるりと引き抜いた将斗に、先ほど言えなかったお礼の言葉を伝える。首を傾げる将斗に告げたのはたった一言だけだったが、彼にも七海の意図がちゃんと伝わったらしい。

優しく微笑んだ将斗が、七海の身体をぎゅっと強く抱きしめてくれる。

「今日はもう遅いからな。そろそろ寝なきゃまずいが」

七海の身体を抱きしめたままスマートフォンで時刻を確認する将斗の呟きに、こくこくと頷く。まったく将斗の言う通りだ。そもそも最初に眠った時点でそれなりに遅い時間だったというのに、互いに気分が高揚したせいで、とんでもない時間まで行為に没頭してしまった。しかも今日は本来するべき残業を放置したまま退社しているので、明日は早めに出社しなければならないのに。

今すぐ寝よう、と決意する七海に、将斗が不穏な言葉を囁く。

「明日……いや、もう今日の夜か。続き、しような？」

「え……？」

不埒な提案が聞こえた気がして、思わず固まってしまう。だが将斗は七海の身体を抱きしめながらゴロンと横向きになるだけで、あとは質問の余地すら与えないように布団を被ってしまう。ただし「おやすみ」と呟く声は、就寝の挨拶のはずなのになぜかやけに元気がいい。

呆れてため息をつきそうになる七海だが、それは直前で飲み込んだ。その代わり、七海も将斗の背中に腕を回して目を閉じる。

優しい温度に包まれると、不思議と前向きな気持ちになれる。本当に明日続きをするのかどうかはさておき——七海は久しぶりに、ゆっくりと穏やかな気持ちで夢の世界に浸れる気がした。

◇　第四章

最近、ふとした瞬間に今夜の夕飯は何にしようか、と考えることが多くなった。

七海は辛い食べ物が苦手だが、将斗には好き嫌いがないらしく、作るものは何でも残さず食べてくれる。さほど料理が得意というわけでもなく腕前もレパートリーも平凡の極みだというのに、いつも手料理を褒めて喜んでくれる。だから七海も積極的に新しい献立を探して、食事のことを真剣に考える時間が増えるようになった。

将斗に手料理を振る舞う機会が以前より増えたのは、年度が変わったこの四月から、柏木家を出て将斗の家で彼と同居するようになったから。これまでの『週末だけともに過ごす』関係から『夫婦として一緒に暮らす』関係に変化したからだ。

七海が将斗との完全同居に踏み切った理由は二つ。

一つは慎介から七海を守り、傷ついた心を癒し、七海を大切に扱ってくれる将斗に対して、少しでも恩返しがしたかったから。一緒に住むことで彼に生まれるメリットといえば家事の負担が軽減できることぐらいだが、逆に七海にできることもそれぐらいしか思いつかない。ならば残りの九か月間、彼の生活面をできるだけサポートしたいと思うようになった。

もちろんそれだけで受けた恩のすべてを返せるとは思っていない。だが将斗に少しでも快適に過ごしてもらえるのなら、不慣れな家事もできるだけ頑張りたいと素直に思えた。

そしてもう一つの理由は、将斗の傍にいると不思議と気持ちが落ち着くこと、安心感が得られることに気がついたからだ。悪戯をされたりからかわれたりすることはあるし、勤務時間中に仕事関係者の前で愛妻アピールをされて心臓に悪いと思うこともある。けれど普段の関係や二人で過ごす時間はいつも穏やかで、将斗が隣にいると安心して眠れる。

平日の夜に実家で過ごす時間に物足りなさを感じる一方、週末将斗と過ごす時間は満たされていて心地がいい。これが将斗が最初に言っていた『相性がいい』ということなのかもしれない。そう考えれば、この偽装溺愛婚の時間をより多く共有することも悪いことではない、と思い始めた。

もちろん将斗本人や両親が同居に難色を示したらすぐに引っ込めるつもりだった。だが七海の提案は思いのほかあっさりと認められた。

そんな経緯があって、今まで以上に将斗と過ごす時間が増えた七海だったが――

「あれ……？」

社長室から秘書課に戻ってきて自身のデスクを見回した七海は、ふとデスクの上に置いてあった愛用のボールペンがなくなっていることに気がついた。普段から手帳に挟んで持ち歩いているものとまったく同じものをデスク上にも常備しているのに、どういうわけかペン立てにもペンケースの中にも見当たらない。積んでいた書類や並べていたファイルの隙間も探してみたが、もちろんどこにも挟まっていない。

おかしい、と思いながら一応デスクの引き出しを開けて中を確認してみる。すると一段目と二段目には特に変化がなかったが、三段目を開けて通勤バッグを持ち上げてみると、その下に探していたペンが落ちていることに気がついた。

七海の肩が、がくりと落ちる。

（な、なんて地味な嫌がらせ……！）

出社して三段目の引き出しに通勤バッグを仕舞って以降、七海は一度もここを開けていない。一方、このペンは本日すでに二、三度使用している。開けていない引き出しの、持ち上げていないバッグの下へ、ペンが急に移動するはずがない。そう、故意に誰かに隠されない限りは。

（人のデスクを勝手に開けるのは、さすがにちょっと……）

他人のデスクやその周辺にあるものに許可なく触れるのはいかがなものかと思う。しかも引き出しを勝手に開けて貴重品も入ったバッグに触れるなんて、いくらなんでも度が過ぎている。

こんな嫌がらせや悪戯をしても、七海と将斗が離れるわけではないのに。

二人の間に『契約』が存在する以上、その期間を終えるまでこの関係は変わらないのに。

ため息をつきながら周囲を見回す。この中に七海が困惑する姿を見て楽しむ様子を見せる者がいるのなら犯人も特定しやすいのに――と考える七海の背後で、ふと秘書課の扉がコンコンとノックされた。その扉がガチャ、と開いた直後、室内の空気がざわっと乱れる。

「柏木」

「？　えっ……社長!?」

突然秘書課にやってきたのは、社長である将斗だった。

名前を呼ばれた七海は席を立つと、慌てて将斗の傍へと駆け寄る。

「ど、どうなさいました？」

「さっき用意してもらった資料、二〇二〇年のだった」

「！」

将斗の指摘に、思わず表情が強張る。

（嘘……？　今朝確認したときは、二〇二一年のだったのに……）

七海はつい先ほど、社長の承認が必要な書類と、その確認に必要な資料をまとめて将斗に引き渡したばかりだ。彼が書類のチェックをしている間に七海は次の作業準備をする予定だったのに、まさか将斗に渡した資料が間違っていたなんて。

自分の失態を猛省しかけた七海だったが、すぐに『違う』と直感する。

もちろん七海が間違えた可能性もゼロではない。だが出勤して朝礼前に資料を用意したときは、間違いなく二〇二一年のものだった。ファイルの背表紙に貼られた『二〇二一』のシールが剥がれかけていたので、後で直しておかなきゃ、と思ったのをちゃんと覚えている。

その後一度社長室に向かい、将斗の今日のスケジュールを確認して共有した後、朝一番の会議に彼を送り出した。そして将斗が会議に出席している時間で来週の出張の準備と備品の補充をしていたが、その間秘書課のデスク上に用意した資料は一切移動させていない。七海が誤って資料を交換してしまう可能性は、限りなく低い状況だ。

やられた、と思うが、今は文句を言っても仕方がない。その場で将斗に深く頭を下げる。

「申し訳ございませんでした。すぐに正しいものをお持ちします」

「急がなくていいぞ」

ペン紛失のことからも、嫌がらせ犯の『七海を困らせたい』『七海が失敗する姿を見たい』という熱意はひしひしと感じる。だが社長である将斗に迷惑をかけたいとまでは思っていないはず。ならば間違えた資料も七海のデスク回りか、秘書課内のどこか……探せばすぐに見つかる場所にあるはずだ。――と、そこまで考えた七海が別の違和感に気づく。

「あの、社長……どうして直接こちらに？　ご連絡を頂けましたらすぐにお伺いしましたのに」

「電話ならしたが、繋がらなかったぞ？」

「え……？」

将斗があっけらかんと呟く言葉に、今度こそ全身の血の気が引く。焦った七海は自席に駆け寄りデスク上にある電話の受話器を取ってみるが、耳に押し当ててもツー音もツーツー音も聞こえない。回線が繋がっていない証拠だ。

そんな馬鹿な、と思いながら電話機の周囲を確認して、驚愕の事実に辿り着く。

「線が、抜けてる……」

そんなことが起こるはずはない。電話機を繋ぐモジュラーケーブルのコネクタには本体から簡単に抜けないようツメがついているので、多少引っ張ったり位置がずれたりしたぐらいでケーブルが外れることはない。わざと抜かない限り絶対に起こりえないミスに気づき、再び頭を抱える。

ペンを隠されたときは『将斗が困らない』範囲の嫌がらせに留まっていると思っていたが、その自信もなくなる。仕事中に連絡がつかない秘書など、上司を困らせる存在でしかない。『使えない』存在以外の何者でもない。

「スマホにも繋がらないしな」

「……申し訳ありません。昨日、充電を忘れていたみたいで」

しかも繋がらないのは固定電話だけではない。勤務時間中に使用している仕事用のスマートフォンやタブレットは、退勤時に充電器に戻すことを徹底している。にもかかわらず、今日に限って出勤してみると、どちらも充電器から外された状態になっていた。

おそらく一晩中何かの動画を流しっぱなしにしていたのだろう。いつものように朝礼後に確認したところ、充電が完全に切れてまったく使えない状態になっていた。

落胆する七海の呟きに、ふはっと吹き出した将斗が『それは朝も聞いた』と笑い出す。

「線だけじゃなく、気も抜けてるんじゃないか？」

「……申し訳ございません」

「冗談だ。いつも無理させてる俺も悪い」

ありえない失態の連続に落ち込む七海だったが、それを見てくつくつと笑う将斗が、ふと意味深な台詞を零した。

「今夜〝は〟少し控えるか」

「！」

将斗がぽつりと呟いた言葉に一瞬空気が止まった直後、秘書課内にどよめきが広がった。楽しそうな表情の将斗と対照的に、秘書課内にふんわりと照れくさい空気が流れる。七海は一人青褪めるしかない。

（してないっ……！　昨日は何もしてないでしょう！　お願いですから誤解を招くようなこと言わないでください！）

心の中で大絶叫する七海をよそに、『仕事以外でも無理をさせている』と匂わせた将斗はどこま

でも嬉しそうだ。そのまま表情を緩めて「仕方ないな」と息をつくと、次は、

「柏木、今日は社長室で仕事しろ」

と驚きの要求をしてくる。

「連絡つかないんじゃ、不便だろ？」

「だ、大丈夫です。線は戻しましたし、端末ももうすぐ使えるようになりますから」

朝礼後に気づいてすぐ充電を開始したので、スマートフォンやタブレットももうすぐフル充電になる。もちろん完全に充電されていなくても一日耐えるぐらいまでならチャージが完了しているので、あとはもう『連絡がつかなくて困る』状況には陥らないはずだ。

だが将斗には提案を引っ込めるつもりなどないらしい。

「今日、来客の予定は？」

「ご、ございません」

「それなら社長室にいてもいいだろ。ほら、道具持って上がってこい。ついでにお茶淹れてくれ」

「……。……かしこまりました。すぐにお持ちします」

これ以上は言っても無駄だ。将斗は七海と会話をしながらも部屋の奥にいる秘書課長の潮見に目配せし、しかも潮見も将斗の提案に合意するよう頷いている。

元より七海に決定権はない。諦めて指示に従うと態度で示すと、将斗が楽しそうな微笑みを残して秘書課を出て行く。だが七海は胃痛が止まらない。

はあ、とため息をついて俯いた後は、もう顔も上げられなくなる七海だった。

勤務時間終了後、秘書課に戻って業務報告を済ませると、スマートフォンとタブレット端末の充電チェックを受ける。

あれから秘書課内で七海の身に起こったトラブルの再発防止策が検討され、当面の間、『会社用のスマートフォンとタブレットが確実に充電機器に接続されていること』を責任者である潮見が直に確認する方向で話がまとまった。また、朝礼時に電話機の回線状況を確認し、線が抜けたり電話が故障したりしていないかどうかを全員で確認する方針も定まった。

潮見のチェックを受けて頭を下げた七海は、タイムカードを押しながら複雑な感情に囚われていた。七海の不注意……だけとは考えにくいが、もう少しちゃんと周辺状況に気を配っていれば、将斗や無関係の社員に迷惑をかける前に対処ができたはずだ。だが七海が異変を見逃したせいで、こうして秘書課全体に迷惑をかけることになってしまった。

小学生でも簡単にできることをあえて複数の目で確認する。しかもそれが課内全員を対象に行われるなんて、迷惑の極みだろう。申し訳なさで自分に呆れる七海だったが、半日以上ずっと将斗の傍で作業をしていたことで、実は意外な発見もした。

普段の七海は将斗の仕事の邪魔をしないよう、また会議等で将斗が不在になる時間を別の業務にあてられるよう、必要時以外は社長室に入らないようにしている。

むろん細やかな作業が多い場合やスケジュールが分単位で変更になるとわかっている場合、来客がある場合や視察で外に出る場合は常に傍に付き従っている。しかしそれ以外は将斗のペースを推し量ってこちらで業務量を調整する代わりに、彼がのびのびと仕事をできる環境を作るため、一定の距離を保つことを徹底しているのだ。

この辺りは上司と秘書の相性によってやり方も変わるし、潮見からも上司の希望を優先することを推奨されているので、七海も特に不満はなかった。そのせいで目を離すとすぐに姿を消したりサボったりしていた将斗なのだが、それが今日はどうだろう。

(社長、すごく真面目に仕事してた……)

七海の予想をはるかに上回る仕事スピード。サボるどころか休憩もせず、背筋をぴんと伸ばして淡々と仕事をこなし続ける優雅で凛々しい姿。疲労や辛さを感じている様子はなく、ちらりと表情を確認しても常に涼やかな笑顔を浮かべている。

たまに目が合えば『疲れたか？　少し休んでいいぞ』と七海の方が気を遣われるほど。つい『中に別の人が入ってますか？』と失礼なことを聞きそうになった。『熱でもあるんですか？』は、実際に聞いた。将斗には『ねーよ』と軽く笑って受け流されたけれど。

(それなら、どうしていつも失踪するんですか……！)

来客用の応接テーブルで作業する七海が監視している、と思ったからだろうか。それともやればできると七海にアピールしておきたかったのだろうか。今日一日一緒に仕事をしたことで、逆に将斗のやる気スイッチがわからなくなった七海である。

もしかして、もう少し仕事を詰めても大丈夫……？　とスパルタなことを考えながら、帰る前に化粧室に寄る。七海は通勤にバスを利用しているので、退勤前はいつも手洗いを済ませておくのだ。

秘書課があるフロアの化粧室へ向かった七海だが、そこに近づいた瞬間、ピタリと動きが止まった。中で雑談をする複数の女性が、七海の名前を出していたからだ。

「社長、柏木さんみたいに仕事が適当な人の何がいいのかしら」

「秘書としても社長夫人としても、ちょっとだらしないわよねぇ」

「本当ですよ。毎日端末の充電チェックとか、こっちまでいい迷惑ですよね」

女性たちの会話を聞いた七海の喉から、ははは、と乾いた笑いが漏れる。

（あー……なるほど。茅島（かやしま）先輩かぁ……）

茅島裕美（ゆみ）。同じ秘書課に所属する七海の二つ年上の先輩で、現在未婚かつ彼氏募集中。人でも食べ物でも物でもサービスでも、好きなものと嫌いなものに対する態度や対応の差が激しく、特に『嫌い』なものへの負の感情が顔や態度にはっきりと出やすい。

とはいえ基本的には流行を追うのが好きな、ミーハーで明るい性格。七海に対しても『新しくできたカフェのパフェが美味しい』とか『そこそこの値段でも高見えするジュエリーの選び方がある』とか色々な情報を教えてくれる楽しい先輩で、元々は特別に嫌われているわけではなかった。

だが彼女は、七海が将斗と結婚してから態度が変わってしまった人の一人。表面上は『おめでとう』と祝ってくれても、目はまったく笑っていなかった人だ。

裕美に同調するように七海の陰口を言う残りの秘書二人、尾崎晴香（おざきはるか）と矢野智子（やのともこ）もそうだが、結婚後に急に態度が変わってしまった人も少なくない。もちろんそれが必ずしも負の感情であるとは限らないが、この会話を耳にすれば、七海だってピンとくる。

「柏木さんより、裕美先輩の方が社長とお似合いなのに……！」

「ふふふ、そうかしら……？」

「そうですよぉ。社長みたいなイケメン男性には、裕美先輩みたいな綺麗で可愛くて女子力高い人の方がお似合いですぅ」

智子の台詞を耳にして『フフフ、女子力低くてごめんね』と密かに苦笑する。媚びるような話し方はともかく、内容に関しては彼女の言う通りだ。最近は七海も頑張っているつもりだが、料理のレパートリーはもっと増やすべきだと思う。

「そもそも社長は、佐久係長に逃げられた柏木さんが可哀想だから助けただけでしょ？」

「そうですよ。いつもボーッとしてる佐久係長ですら、柏木さんと結婚するのを嫌がったんですもん。あのままじゃ誰とも結婚できなくて可哀想だから、せめて少しの間だけでも夢を見させてあげようとしてるのでは？」

「そうよね。どうせそのうち、別れるに決まってるわ」

「社長も早く目を覚ませばいいのに」

おお、その予想、結構いい線いってる——と感心している場合ではない。

三人が好き放題に繰り返す会話にため息をついてしまう。雑談は勝手にしてもらっても構わないが、勤務時間外とはいえ職場で陰口はやめておいた方がいいのではないか、と思う。こうして本人が聞いているかもしれないし、それによりトラブルを引き起こす可能性だってあるのに。配慮のない発言がいつか自分たちの首を絞めるかもしれない、とは思わないのだろうか。

とはいえ、七海にはこの会話に乗り込んでいって訂正や釈明をするつもりはない。

もちろん将斗の人格や尊厳を著しく損なうような内容だったら、無理にでも介入して反論するだろう。しかし彼女たちの会話はあまりにも稚拙だ。それが事実だろうと誤解だろうと七海には一切関係ないので、好きに言っててください、と思ってしまう。

（仕方がない。下のお手洗い使おう）

くるりと踵を返すと、その後もきゃいきゃいと盛り上がっている化粧室の前を離れる。誰かに聞かれたら恥ずかしいのは自分たちだと思うが、それすら七海には関係ない。

悪口よりも将斗や他の秘書に迷惑をかける悪戯や嫌がらせをやめてほしいが、今の会話と嫌がらせ行為を紐づけるには、証拠としてはやや弱い。状況証拠だけならほぼ黒だが、防犯カメラの映像があるわけでも七海のデスク周りの指紋をとったわけでもないので、言い逃れは十分可能だ。

だから対処については、さらにエスカレートすることがあったときに考えることにする。おそらく今日は少々騒ぎが大きくなってしまい、さらに秘書課長である潮見にも嫌がらせの状況が露見することとなったので、また何かされるにしてもしばらくは大人しいはずだ。

(……慎介さんのこと言われても、あんまり悲しくなかったな)

それより七海は、本日二度目の小さな発見に自分自身で驚いていた。

他人から慎介の名前を出されて、挙式の最中に捨てられたことを指摘されれば、もっと傷つくと思っていた。悲しさや苦しさを思い出して、また涙が溢れてしまうかと思っていた。

だが意外にも心に響かない。それどころか『そうなんだ』の一言で流せるぐらいに、七海の中から『佐久慎介』の存在が消えつつある。あれからまだ、四か月。会社のエントランスで再び遭遇してからは二か月しか経っていないというのに。

「！　お、お疲れさまです」

「新野(にいの)さん……？　お疲れさまです」

そんなことを考えながら階段で一つ下のフロアに下りると、化粧室で同じ秘書課の新野佳菜子(かなこ)に出くわした。熱心に鏡の中を見つめてリップを直していた同僚――普段はあまり会話をしないが、そういえば同期だった佳菜子と目が合うと、驚いたように挨拶をされた。

だから七海も普通に挨拶を返したが、すぐに彼女がわざわざ下階の化粧室を使っている事情に思い至る。彼女はきっと、七海と同じ理由で上階の化粧室を使えなかったのだ。

「ごめんね、新野さん。きっと今、すごく板挟みになってるでしょ？」

「えっ……？」

七海が苦笑しながら話しかけると、佳菜子の肩がピクリと跳ねた。物静かで控えめな彼女は七海の結婚を知っても一切態度が変わらなかった人なので、おそらく今、七海のせいで仕事がしにくい状況にいるはずだ。その理由は。

「〝柏木部長〟の秘書だもの、居心地悪いよね。ごめんなさい、私のせいで」

そう、実は佳菜子は七海の父である柏木稔郎――支倉建設本社総務部長付きの秘書なのだ。

つまり佳菜子にとっての七海は、同僚であると同時に上司の娘。七海を気に入らない者が多い今の秘書課と、密かに娘を心配する上司の間で『板挟み』になっている、ある意味では七海より面倒な状況に身を置く人物である。

これまで彼女のことを気にしてあげられていなかった自分に反省する。心の中で謝罪しながら佳菜子の隣に立つと、こちらを向いた彼女が手と首をぶんぶん振り回した。

「う、ううん！　全然！　支倉さんは悪くないもの！」

「！」

佳菜子が何気なく発した言葉に、一瞬だけ驚く。

七海は戸籍上『支倉七海』となったが、会社では現在も『柏木七海』と名乗り続けている。これは一年以内に支倉姓から柏木姓に戻ることが決定しているので、慣れるまで、という理由を掲げてあえて変更していない結果だ。

だから『支倉さん』と呼ばれたことに素直に驚いたが、佳菜子は七海の正しい名前を自然と口にした。そのたった一言が、彼女が『七海は将斗の妻である』と認識している何よりの証拠に思えて、なんだか急に微笑ましくなる。

しかし七海の本日三度目の新発見に気づいていない佳菜子は、そのままシュンと俯いてしまった。

「私の方こそ、ごめんね。何もできなくて……」

「全然、気にしないで」

佳菜子に謝罪され「大丈夫よ」と軽く手を振る。板挟みになって面倒な状況にいる佳菜子がこうして気遣ってくれるだけで嬉しいし、実は七海自身、嫌がらせ行為にさほど関心を持っていない。もちろん将斗や他の秘書たちに迷惑をかけたことに関しては怒っているが、それも時間が経てば沈静化すると知っている。なぜなら七海と将斗は、次の年末には離婚するのだから。

八か月後のことをぼんやり考えていると、七海の横顔をじっと見つめていた佳菜子が一瞬の間を置いてそっと微笑んだ。その笑顔に「ん？」と首を傾げると、佳菜子が小さく首を振る。

「支倉さん、一気に色んなことがあって大変そうだなって思ってたけど、最近は楽しそうだよね」

「え？　そ……そう？」

「うん。それに社長も、幸せそう」

意外な指摘に驚いて真顔で聞き返すと、佳菜子に元気の良い笑顔を向けられた。控えめで大人しい性格だと認識していたが、ショートカットの黒髪が可愛い佳菜子は、笑うと意外にも癒し系だ。

(将斗さんの振る舞いはただのアピールだけど……)

しかしそんな彼女の認識も、実はしっかり間違っている。将斗がいつも嬉しそうなのは七海を愛してやまないという『演技』だ。なんだか純粋な彼女を騙しているようで申し訳なくなる七海だが、ここで『あれは演技なの』と暴露するわけにもいかない。

これからデートだという佳菜子と別れの挨拶を済ませて、ふっと短い息をつく。

恋をしている女性は可愛らしいというが、彼女を見ていると本当にそうだな、と思う。正しく恋をしている彼女の笑顔は本物で、偽装夫婦を演じている七海とは明らかに表情が異なる。目の前の鏡に映る自分の顔を見れば、それだけでよくわかる。

今度は長い息をつく。今日の一連の出来事。同僚の噂話。佳菜子の置かれた状況と本物の笑顔。

——将斗の優しい声と指先。

「やっぱり、私に『社長夫人』は……将斗さんの妻は、無理だなぁ」

ぽつりと呟いた小さな台詞は、誰の耳にも届かなかった。

＊　＊　＊

「え……。うそ……？　みんなどこ……？」

思いもよらない状況に陥り、七海は一人、ビアガーデンの中央で立ち尽くしていた。

本日は新しく配属された社員の新人歓迎会を兼ねた、秘書課の定期交流会だ。年度が変わる前後は自社でも取引先でも経営体制や重役の顔ぶれが変わる場合が多く、秘書たちも多忙を極める。そのため、支倉建設の秘書課では四月とゴールデンウィークを避け、毎年五月の中旬頃に遅めの歓迎会を兼ねた課内の飲み会を実施しているのだ。

開催場所は大型ショッピングモールの屋上で催されているビアガーデン。全員が出席するとテーブルは四つないし三つにわかれてしまうが、時折席を移動しながら各々の上司の愚痴を酒の肴にして盛り上がるのが、毎年の恒例となっている。

屋上の人工芝に並べられた丸テーブルの上には、大手ビールメーカーから直接卸されてくる生ビールと、新鮮な焼きたてソーセージと、定番のおつまみ。やや大きめの音量で周囲に響くロックナンバー。多少の雨も日差しも避けられる大きなパラソル。――夏が近づく気配を感じる。

そのビアガーデンの中央で、七海は一人呆然とする。先ほどまで秘書課のほぼ全員がいたはずのビアガーデンから、見知った顔が一つもいなくなっていたからだ。四つのテーブル席はすでに空になり、なんなら後からやってきた別の男性グループが七海のいたテーブルを陣取って「美味い」「やっぱり生ビール最高！」と楽しそうに盛り上がっている。

慌てた七海はバッグからスマートフォンを取り出し、幹事である尾崎晴香に電話を発信する。

七海は今まで、晴香に頼まれて彼女が拾った忘れ物をショッピングモールの総合案内所に届けに行っていた。『忘れ物ならビアガーデンのスタッフに渡せばいいのでは？』と提案したが、『ビアガーデンのスタッフも忙しいから、総合案内所へ届けた方がいいと思うの』と返されたのだ。

そう思うなら自分で行けばいいのに、と思う気持ちをぐっと堪え、結局彼女の頼みごとを聞くことにした。なのに戻ってきたら、なぜか全員がいなくなっている。

六回目のコール音が途切れた瞬間に、

「尾崎さん、あの……！　戻ってきたら皆さんいないのですが……！」

と訊ねたが、スマートフォンから聞こえた声はひどく冷めた様子だった。

『当たり前でしょう。もう二次会の場所に移動してるんだもの』

あっけらかんと告げられた言葉に声を失う。その台詞を聞いてようやく、七海は自分が『置いてけぼりにするために不要な要件を言いつけられた』のだと気がついた。

「あの、では私は、どこに行けば良いですか……？」

悲しいのか悔しいのか呆れているのかもわからない微妙な感情のまま訊ねると、晴香が「え？」と不思議そうな声を発した。

『やだ、柏木さん二次会に参加するつもりだったの？　あんまり遅いから参加したくなくて、勝手に帰っちゃったのかと思った』

晴香のわざとらしい台詞に、言葉にできない不快感と苛立ちが募る。

今日は二次会にも参加すると事前に伝えていたし、落とし物の届け出場所として時間がかかる総合案内所を指定したのも晴香の方なのに、まるで七海が自分勝手な行動をしたような言い方だ。

「そ、そんなに遅かったですか？　落とし物を届けて、お手洗いに寄っただけですけど……」

『あら、具合悪いの？』

それでも一応は先輩、しかも彼女は今日の場を取り仕切る幹事だ。だから冷静に返したつもりだったが、それを聞いた晴香はなぜか声のトーンを上げて七海の言葉に便乗してきた。

『それなら無理しない方がいいわね。どうぞお大事に』

「え……ちょ……っ」

急に会話を打ち切るような台詞を告げられ、一方的に通話を終了された。焦った七海は制止の言葉をかけようとしたが、何度呼びかけても応答がない。不思議に思い画面を確認してみると、既に通話終了の文字が表示されている。

「……子どもみたい」

思わず苛立ちの言葉が溢れてしまう。ここまでわかりやすい嫌がらせを思いつく晴香に――否、おそらく今日も一緒に行動していた裕美と智子を含めた三人の幼稚さに呆れてしまう。だが真っ暗になった画面を見つめていると、だんだん苛立ちよりも呆れと虚無感の方が大きくなってきた。

（また、置き去りにされちゃった）

不意に数か月前の嫌な光景を思い出す。けれど不思議なことに、その悲しく苦しい脳内映像の中に決別した男性の表情までは浮かんでこない。七海の心に定着せずあっという間にどこかへ消えた思い出の代わりに、笑顔で手を差し出してくれる将斗の姿が思い浮かんだ。

（あと八か月……七か月かぁ）

五月も中旬を過ぎた今、『終わり』のタイムリミットはもうすぐ折り返しを迎えようとしている。

（年末に将斗さんと離婚して、社長秘書を交代……もしくは別の部署に異動したら、ちょっとは落ち着くだろうけど……）

将斗との『偽装溺愛婚』計画は約一年。これが終われば二人の夫婦関係は解消され、現在の非常に面倒くさい状況にも終止符が打たれるはずだ。

契約が満了した際には将斗の秘書を辞し、担当する上司の変更か部署異動を願い出るつもりでいる。もし希望が通らない場合は支倉建設を退職することも視野に入れているが、いずれにせよ将斗と離れさえすればこの状況からは解放されるだろう。

社長である将斗と突然結婚したことで、七海は多方面から様々な興味や関心を向けられてきた。だがこれほどまでに強い負の感情を未だに向け続けてくるのは、秘書課に在籍する一部の女性秘書たちだけである。

しかしこれについてはあまり深く掘り下げないことにしている。考えたところで彼女たちの考えを正確に把握することはできないし、知った所でどうにもできないのだから。

ふう、とため息をついて、顔を上げる。『秘書課の飲み会』は終了してしまったので、もう飲み放題のサービスを受けることはできない。だが自分でお金を払って単品で味わうことはできる。

どうせ二次会には合流できないし、今さら合流しても楽しいお酒を飲めるとは思えない。佳菜子も今日は一次会で帰ると言っていたし、ならばもう一人で自由に楽しくお酒を飲んでもいいだろう。

「せっかくだから、高いビール飲んじゃおっと」

「それなら、俺と家で飲むか」

「ふわぁっ!?」

一人きりの二次会を楽しもうと考えていた七海の後ろで、突然低い声が響いた。誰かに話しかけられると思っていなかった七海がびくぅっと飛び上がって裏返った声を出すと、頭上からくすくすと笑い声が落ちてくる。

その人物の正体を視認する前に、背中から回ってきた腕に身体を抱きしめられた。

「ま、将斗さん……？　どうしてここに？」

「んー？　七海を二次会に行かせたくないから、早めに迎えにきた」

ぎゅう、と七海を抱きしめてくる将斗に、若干呆れた気持ちになりながら問いかける。すると七海を抱きしめてきた将斗が、周囲の様子を確認して不思議そうな声を出した。

「なんで一人なんだ？　もう終わったのか？」

将斗の問いかけに再び身体が跳ねる。

現在の七海が秘書課で受けている扱いや置かれている状況については、できれば将斗の耳には入れたくないと思っている。知れば必ず心配するし、自分が偽装結婚を持ちかけたせいだと責任を感じる可能性もあるからだ。

今の職場の状況は七海が適切に対処できなかった結果なので、将斗が気に病む必要はない。だから七海は彼に仔細を話さなくても済むよう、適当な言い訳でこの場を取り繕うことにした。

「お手洗いに行ってぼーっとしてる間に、置いてかれてしまいました」

「なんだ、そそっかしいな」

七海の説明をちゃんと信じてくれたらしい。抱きしめた状態から身体を離した将斗が、今度はぽんぽんと頭を撫でてくれた。

「普段はしゃんとしてるのに、たまにぼんやりしてるよな。誘拐されないか心配になるよ」

「私を誘拐する人なんて、います？」

「いるだろ、目の前に」

七海の問いかけに将斗がにこりと笑顔を零す。いつもスーツ姿の彼がたまに見せるカジュアルかつナチュラルな私服姿と優しい笑顔に、また少しだけ緊張する。

「車で来たから荷物増えてもいいぞ。食品売り場で酒とつまみ買って、家で一緒に飲み直そうか」

そう言って七海の手をぎゅっと繋いでくる将斗の横顔をぼんやりと見つめる。

今は仕事の時間じゃないのに。職場や仕事の関係者が見ているわけでもないのに。

——七海は一人でも、帰れたはずなのに。

優しい笑顔で『俺と二次会な』と微笑む姿に、直前まで感じていた悲しさや悔しさや苦しさがすべて空気に溶けて消えていく。ほら、と七海のバッグを持ってくれて、反対の手を繋いでくれる彼の笑顔がやけに眩しく見えて、七海はミュールの先にそっと視線を落とした。

＊＊＊

六月の最終出勤日。未だ梅雨が明けずどんよりと暗い空から雷が落ちてきたように、支倉建設秘書課の朝礼に激震が走った。強い衝撃を味わったのは、おそらく七海だけではない。課長の潮見に名前を呼ばれて課内全員の注目を受けた佳菜子が、少し照れたように微笑んで頭を下げた。

「私事で大変申し訳ございませんが、かねてよりお付き合いしていた男性との結婚を機に、このたび支倉建設を退職することとなりました」

垂れた頭を上げて優しげにはにかむ佳菜子に、内心驚きつつも周りと同じように祝いの拍手を送る。もちろんおめでたい話であるし嬉しいと思う気持ちもあるが、佳菜子本人からも、そして彼女が秘書を担当している父の稔郎からも、七海は何も聞いていなかった。

しかしよく考えてみれば稔郎は業務上の雑談で知った秘書のプライベートをべらべら喋るような人ではないし、同期とはいえ七海と佳菜子は特別に仲がいいわけでもない。だからすぐに「それもそうよね」という結論に達する七海だったが、何気なく秘書課内を見回してみると、数人の女性秘書が憮然とした表情で佳菜子を見つめていることに気がついた。それが裕美、智子、晴香の三人であることに苦笑いするしかない七海だったが、本当の衝撃はこの後だった。

潮見が引き継ぎや今後の秘書課内の担当について説明していると、ふと入り口の扉がノックされた。七海を含めた室内の全員がそちらへ視線を向けると、ガチャ、と開いたドアの向こうから、他でもない社長の将斗が顔を出した。

にこりと微笑んだ将斗が、潮見に向かって軽く手を上げる。

「おはようございます、社長」

「おはよう。悪いな、朝礼中に。手短に済ませるから少しだけ時間をくれ。――新野さん」

「はい」

意外なことに乱入してきた将斗が呼びつけたのは七海ではなく、たった今課内に結婚の報告をした佳菜子だった。将斗の突然の呼び出しにその場にいたほぼ全員が驚いたが、佳菜子と潮見だけは将斗の要望にそれほど驚いた様子を見せない。

「会社への結婚報告、今日だって聞いたから」

「はい。支倉社長には本当にお世話になりました、ありがとうございます」

「いや。俺の方こそ拓臣(たくおみ)を引き取ってくれて感謝してるよ」

「たくおみ……？」

七海を含めたその場の全員が将斗と佳菜子の会話を見守っていたが、不意に差し込まれた名前に疑問を感じて、つい訝しげな声を発してしまう。それを聞いた将斗は佳菜子から視線を外すと、七海の顔を一瞥してにやりと笑った。

「そういえば、言ってなかったか？　新野さんの結婚相手、俺の友達なんだよ」

「えっ……？」

さらっと告げられた台詞に驚き、思わず大きめの声が出る。佳菜子の結婚自体を今初めて知ったのだから当然と言えば当然であるが、その相手と将斗が友人だとは微塵も想像していなかった。

そしてその『友人』という単語から思考を巡らせて気がつく。これでも三年以上彼の秘書をしている七海だ。完璧ではないにしろ、多少ならば将斗の交友関係も把握している。

「あの、拓臣さんって、もしかして天宮(あまみや)旅館グループの天宮拓臣常務でしょうか？」

「ああ」

将斗が頷くと同時に秘書課内にざわめきが広がる。

天宮旅館グループといえば、古き良き和の趣を取り入れた『天宮旅館』をはじめ、『天宮スパリゾート』『天宮温泉』『天宮観光ホール』などの温泉ホテルや温泉旅館を経営する大企業だ。天宮旅館グループの建物の建築・建設にも、もちろん支倉建設が携わっている。

その天宮の御曹司であり常務である天宮拓臣は、確かに三十代半ばの未婚男性だが——まさか将斗の友人だったなんて。しかもその友人と、佳菜子が結婚することになるなんて。

「実は柏木部長から、『秘書の新野さん、すごくいい子なんだが、誰かいい人いないだろうか』と相談を受けてたんだ」

将斗の告白に思わず「ええっ？」と怪訝な声が出る。人の結婚話に首を突っ込みたがるお見合いおばさまの存在はたまに見聞きするが、まさか自分の父がそれと同じことをしていたなんて……

「お父さん……！」

「あ、支倉さん、違うのよ！　柏木部長はお節介とかハラスメントとかじゃなくて、本当に私の心配をしてくださっていたの」

七海のげんなりした声に反応したのは、将斗ではなく佳菜子だった。あわあわと手を振る様子から、父が部下の恋愛に首を突っ込むお節介おじさんではないと知り、ほんの少しだけ安心する。

「拓臣からも『誰か紹介してくれ』って泣きつかれてな。あいつ毎日死ぬほど忙しいくせに、親から結婚せっつかれて一時期相当参ってたみたいだから」

「では、それで二人を……？」

「ああ、ぴったりだと思って。いい判断だろ？」

「……」

将斗ににこりと微笑まれても、七海には天宮御曹司の人柄やプライベートはわからないので、簡単に頷くことはできない。だがちらりと様子を窺った佳菜子がとても幸せそうな表情をしているのを見ると、それが答えなのだろうと思う。きっと、将斗の判断は間違っていなかったのだ。

「拓臣に『俺が祝う時間ぐらい作れ』と伝えておいてほしい。あとこれは、会社とは関係なく俺個人から新野さんに」

黙り込む七海をよそに、将斗が佳菜子に封筒のようなものを差し出す。それが結婚祝が入った『祝儀袋』で、見た目の厚さからそれなりの金額が包まれていることを知ると、七海だけではなく佳菜子もぎょっと目を見開いた。

「そんな！　頂けません……！」

「いいから、受け取ってくれ。七海と仲良くしてくれてありがとう。拓臣のこと、頼むな」

「は、はい……ありがとうございます」

将斗が『七海の夫として』佳菜子にお礼の言葉を告げる。その文言に何か微妙な引っ掛かりを覚えた七海は人知れず眉を顰めたが、違和感の正体に気づくと同時に将斗から声を掛けられた。

「柏木。朝礼が終わったら、早めに上がってきてくれ。親父から帝祥医大の緩和病棟増設の件で聞きたいことがあると言われたんだが、資料がどこにあるかわからないんだ。悪いが探してほしい」

「かしこまりました」

プライベートの用件は終わったとばかりに呼び方を『柏木』に戻され、しかも仕事の用事を言いつけられたので、七海もプライベートの用件と感情を引っ込めて返答する。

将斗が秘書課を出て行くと、一呼吸遅れて潮見がコホン、と咳払いをした。その合図を受けた全員の視線が、この場を取りまとめる上司の元へ移動する。

「新野さんの引継ぎは来週中に担当を振り分けて個別に指示を出しますので、各自で新野さんと連携を取ってください。柏木部長の次の担当秘書についてはこちらで選出して、決まり次第再度共有します。では質問がなければ、本日の業務を開始してください」

潮見が一気に指示を出して朝礼を終わらせる。怒涛のように告げられた伝達事項に混乱する七海だったが、朝礼が終了した直後に別の混乱がやってきた。

「柏木さん！　資料探すの、手伝いましょうか!?」

「え……え？」

まずは佳菜子に改めてお祝いを……と思っていた七海の行動を遮るように、先輩の裕美が七海の元へ駆け寄ってくる。裕美の剣幕に押されて思わずビクッと驚く七海だが、彼女の魂胆はすぐに理解した。思わず、顔が引きつる。

「あ、ありがとうございます……。でもおそらく社長室のどこかにあると思うので、まずはそちらを探してみますね」

「何か手伝えることあったら、遠慮なく言ってね！　いつでも協力するから！」

「は、はい……」

昨日まで、なんなら今朝まで七海に対して冷ややかな目線を向けてきた裕美の、この変わり身の早さ。表面上は穏やかに返答しながらも、内心では『ああ、やっぱり』と思う。さきほど感じた『違和感』の正体を――将斗の仕掛けた罠にあっさりと獲物がかかったことを、一瞬で理解する。

冷静に考えると、将斗の行動はかなりおかしい。本来なら上司から部下へのプライベートのお祝いを、わざわざ皆が見ている場所で渡す必要はない。しかももうすぐ仕事が始まる時間なのだ。秘書課の朝礼は他の部署より早い始業時間前とはいえ、どう考えても将斗の行動は不自然である。

確かに社長の将斗は忙しいから他に時間を作れない、改めて佳菜子に会う暇がない、と言われたらその通りかもしれない。だがこうやってこれ見よがしに佳菜子を祝うのは……佳菜子の結婚相手が自分の友人だとわざわざ明かすのは、それなりの理由があったのだ。

頼まれた資料を探し出して引き渡しと伝達を済ませると、頬杖をついて長い脚を組む将斗の目の前に立つ。彼は七海が聞きたいこと、そして七海が言いたいことをすでに予想しているらしく、七海を見据える目をそっと緩めた。

「さて――七海の推理を聞こうか？」

「……。推理、というほどではありませんけれど」

将斗が切り出した言葉に、ふう、とため息をつきながらつま先に視線を落とす。

推理というほどではない。頭を使わなくても理解できるほど、将斗の言動はわかりやすかった。

「ここ最近の秘書課内での出来事……私の身に起きていたこと、社長はご存知だったんですね」

「そうだな」

七海の質問をあっさりと肯定する。将斗も、もう隠す気はないようだ。

将斗と結婚して以来、七海は秘書課内の一部の女性社員から粗雑な扱いを受けてきた。どうやら彼女たちは、『たまたま』社長秘書に配属されていた七海が、『偶然』花婿に逃げられた場に居合わせた将斗の同情を買い、『図らずも』未婚でパートナーのいなかった将斗に『運良く』助けられたことで結婚できた、と感じているらしい。

七海自身も先輩たちに向けられる負の感情を理解していたが、それを将斗に知られれば不要な心配をかけてしまうと考えた。それにもし愛妻アピールに余念がない将斗が裕美たちの目に余る行為を叱責しようものなら、彼女たちの行動がさらにエスカレートすることも容易に想像できた。

だから七海は自分が耐えることで、面倒事を乗り越えようとしていた。辛くて苦しくてどうしようもないほどの苦痛ではないので、適当に受け流してあと半年を乗り切ろうとしていた。残りの期間さえ耐え忍べば、その後は確実に沈静化すると知っていたからだ。

だが目聡い将斗は七海が隠した異変にも気づいていた。同僚の態度に悩む七海の不安と困惑を敏感に読み取り、それを極力顔に出さないようにしていた七海の努力までちゃんと見抜いていた。

そしてその煩わしさを、ほんの少しのやりとりだけであっさりと解決してしまった。『七海と仲良くしておけば良縁に恵まれる、かもしれない』と認識させるという、驚きの荒業によって。

「……。新野さんと天宮常務を、利用したんですか？」

先輩秘書たちの認識を操るという発想と実行力に舌を巻く七海だが、それにしても舞台が都合よく整いすぎている。そう感じて率直に問いかけた七海の懸念は、即座に否定された。

「いや、逆だ。新野さんに聞けばわかるだろうが、柏木部長との雑談がきっかけで二人を引き合わせたのは、かなり前の話なんだ。もう一年ぐらい前になるか」

「一年も……？」

「ああ。新野さんは、俺に恩を感じてたんだろうな。俺としては忙しい拓臣を気遣ってくれるだけで十分ありがたかったが、自分に何かできることがあれば協力したい、と言ってくれてな。だからこの半年、七海の様子をこっそり報告してもらってたんだ」

なるほど、つまり将斗は七海の様子を探るために佳菜子をそそのかして協力させた訳ではない。実際は七海と将斗の偽装結婚が始まるよりも前から、二人の恋のキューピッドとなっていたのだ。

最初はただ、二人を引き合わせるだけのつもりだったに違いない。だが七海の異変を察知したことで状況が変わった。だから縁結びのお礼をしたいと申し出てくれていた佳菜子に協力を依頼して、七海の状況を探らせていたのだろう。

「では今日の朝礼に社長が乗り込んできたのも、タイミングを図っていたということですね？」

「ああ、まぁな」

七海の指摘を耳にした将斗が、苦笑いを浮かべて曖昧に頷く。

潮見と佳菜子に協力してもらい、あえて彼女の結婚報告の場に現れた。そこで『有名企業の御曹司との結婚に将斗が一役買っていること』と『良縁に恵まれるためには七海や稔郎を尊重することが大切だ』と印象づけた。そうすることで結婚に焦っている者や七海を蔑ろにする者の意識、七海を取り巻く面倒な状況を改善し、秘書課の環境や人間関係をまとめて整えようとしたのだ。

「ごめんな。七海に隠れて、様子を観察するようなことをして」

「……いえ」

将斗の強引かつ大胆なやり口に、怒りや驚きを通り越してただただ呆れる。そこまで必死に愛妻アピールをする必要はないと思ってしまう。

それに今回の件は周囲へのアピールというよりも、ただ七海自身を守るための行動のようだ。かりそめの偽装結婚妻をそこまで過保護に大切にしなくてもいいと思うのに。

「正直、あまり気分がいいものではありませんけど」

「わ、悪かった……」

将斗の謝罪の気持ちに偽りはないだろう。だが申し訳なさそうに眉尻を下げて反省する表情を見てもなお、やはりこの人に隠し事をすべきではない、と思う。結局、将斗には最初からすべてお見通しだったのだから。

「私が、落ち込んでいたからですよね？」

おそらく周囲の人々には伝わっていない。だが将斗の愛情表現を受ける七海にはわかる。

将斗は七海を『幸せな妻』にしたいのだ。愛情を与えた七海の幸福に満ちた姿を目にすることで、自ら始めた偽装溺愛婚計画が完璧に成し遂げられていると確認しているのだろう。

「妻が暗い顔をしていたら、偽装の努力が台無しですから」

ならば将斗の『愛妻アピール』に対し、七海は適度な『幸福アピール』をしなければならない。そのすべてが偽物だとしても、七海も将斗から受ける愛情に喜ぶフリをしなければならないのだ。

「申し訳ありません。もう少し、ちゃんと演技しますね」

しかし七海に愛妻アピールをすればいいだけの将斗と異なり、七海は『幸福ではあるが将斗の気持ちに応えるつもりはない』という態度を貫かなければならない。彼の演技に百パーセント合わせてしまうと、半年後の離婚が不自然になってしまうからだ。

さじ加減が難しいな……と唸る七海に、将斗が「そのことなんだが」と神妙な面持ちで話しかけてきた。真剣な声に反応した七海も顔を上げ、彼と視線を合わせる。

「七海に、話したいことがあるんだ。少しずるいことをしたと思うが、今朝の件も関係してる」

「……」

声だけではなく表情も真剣に……まるで七海に懇願するような宣言に、返答の言葉を失う。いつの間にか組んでいた足も解き、七海の心の内を探るように前のめりになっている。

「七海の憂いをすべて取り除いて、七海が安心できる環境を完璧に整えるまでは、言えなかった」

「？　社長……？」

「長かった。けどこれで俺も、ようやく前に進める」

将斗の独り言の意味がわからず、ほんの少しだけ首を横に傾けたまま眉を顰める。しかし七海の表情を見た将斗はすぐに話題を切り上げ、代わりにまた思いがけない提案をしてきた。

「七海。来週末、俺とデートに行こうか？」

「は、はい……？」

独り言を引っ込めた将斗からの、突然のデートの誘い。

意味がわからず思わず間抜けな声が零れると、将斗がにこりと楽しげに微笑んだ。

今の流れでどうしてデートに行く話に飛躍するのか見当もつかない七海は、いつもの『社長、仕事中ですよ』すら出てこない。だからだろうか、将斗は七海の戸惑いを無視して自分の言いたいことを捲し立てる。

「したことなかっただろ、デート」

「そうです……けど、でも……」

「俺が運転するし、行き先も考える。だから七海は一日、俺にエスコートされてほしい」

将斗の提案に、偽装結婚の相手にそこまでしなくても良いのでは？　と思う。それをそのまま口に出そうとした七海だったが、顔を上げてみると将斗の表情はやわらかく穏やかで——見たことがないほどに真剣だった。

「七海とゆっくり過ごしたい」

「まさと、さん……」

「一日でいい。その日だけは、俺のことを考えてほしいんだ」

だから七海は何も言えなくなってしまう。頷く以外の選択ができなくなる。

「……わかり、ました」

将斗の真剣な表情に誘われるように、こくりと顎を引いて同意を示す。

その表情を確認した将斗が、ほっとしたように深く長い息をついた。

「約束だからな。他の予定、絶対に入れるなよ？」

「わ、わかりました。あの……では、仕事に戻りますね」

「ああ」

いつになく必死な様子の将斗にどうにか頷くと、ぺこりと頭を下げて話を切り上げる。しかし彼の視線から何を感じ取ってしまったのか、七海はすぐに頭を上げられないほど、顔全体に強い火照りを感じていた。

◇　第五章

予定を合わせてどこかで待ち合わせて始まるデートもドキドキするが、同じ家から同じ車に乗ってでかけるのもまた緊張する。

将斗から『来週末、デートに』と誘われていたが、将斗の臨時出張と柏木家の親戚の法事が重なったことから、約束のデートは予定より一週間遅れとなった。だが将斗にとっては一週間ずれた方が好都合だったらしく、『せっかくだから泊まりで出かけよう』と宿泊準備も指示された。

一体どれほど遠くに出かけるのだろうと思う七海だったが、将斗が車を運転して回った場所は実はそれほど遠方ではない。一カ所だけ埼玉県にある複合商業施設を訪れたが、それ以外は都内にある水族館やイベントホール、ショッピングモールや複合オフィスビル内のカフェで、移動距離自体はそれほど長くなかった。

「俺が次に行こうとしてる場所、わかるか？」

夕暮れ刻になって太陽が傾き、コンクリートを照りつける日差しが幾分か和らいだ頃、有料パーキングから出て愛車のアクセルを踏んだ将斗にそう問いかけられた。

七海の顔を横目で一瞥してにやりと微笑む将斗に「はい」と短く返答する。

「ロイヤル・マリン・ヴェールホテル東京、ですよね」

「正解。さすが俺の秘書だな」

七海の回答に、将斗が楽しそうに頷く。

せっかく立てたデートプランを先に予想されてしまえば、普通ならつまらないと思うだろう。だが今回の将斗は違う。彼は七海が『気づいている』ことが嬉しいのだ。

それもそのはず。今日、将斗が七海を連れて回った場所は、将斗が『支倉建設の社長』として建設・建築に携わった建物ばかり。しかも、そのすべてが七海も秘書として一部、あるいは全部に関わった案件だった。

つまり彼は水族館やイベントホールで開催されている個展、ショッピングを楽しんでいるように思わせて、実はこの三年半で七海と作り上げてきた実績の『軌跡』を辿っていたのだ。七海がその事実に気がついたのは、たった今出発した有料パーキングの隣にある、オフィスビルに入った直後。ビルの竣工前後に、一階に入るカフェで日本初上陸となるチョコレートドリンクを扱うらしい、と聞いて『いつか飲みに来たい』と言った七海の言葉を、将斗は覚えていたのだろう。

その小さな願望を叶えてくれたことに気づくと同時に、今日これまで回ってきたデート先が、すべて支倉建設が建設・建築したものであると気がついた。

となると次に向かう場所も必然と絞られる。もうすぐディナーの時間であることと、将斗が『泊まりで』と指定してきたことを考えて導き出した七海の答えは、やはり正解だったようだ。

東京湾を臨む『ロイヤル・マリン・ヴェールホテル東京』は、まだオープンしてから一年未満という真新しいリゾートホテルだ。昼間は透き通るように真っ青、夕方は蜂蜜を零したような黄金色、夜は都心の夜景が水面に煌めく海を一望できる。

このホテルも社長の将斗が自ら携わり、七海も秘書として建設に尽力してきた案件だ。

とはいえ立派な高級リゾートホテル。宿泊はおろか最上階のレストランにすら足を踏み入れたことがない七海だったが、今日、突然その贅沢が叶ってしまった。

淡い光がきらきらとひしめく夜景を横目に、グラスを傾けて食後のデザートワインを流し込む。ほんのりと甘くて美味しい泡が喉の奥に流れていくと、目の前に座った将斗が七海の表情を眺めて楽しそうに笑った。

「七海と行きたかった場所、全部回れたな。けど、さすがに疲れただろ」

「いいえ。私はほとんど座ってるだけでしたし、歩くときは将斗さんがエスコートしてくださったので、それほどでは」

「そうか」

将斗に頼りっぱなしのデートになってしまったことを申し訳なく思って苦い笑みを浮かべるが、将斗はずっと楽しそうだ。今食べたコース料理が期待以上に美味しかったからご機嫌なのかもしれない。もしくは、客室のバスルームが設計図面の印象よりもかなり広く感じられたので、お風呂に入るのが楽しみなのかもしれない。

そう予想していた七海に、将斗が思いがけない言葉を告げてきた。

「俺も楽しかった。来年は別の場所にも行こうな」

ごく自然な口調と表情で誘われたので、七海も頷きそうになった。だがすぐに違和感に気づく。

「来年……？」

七海が顔を上げて首を傾げると、目が合った将斗の眉がピクリと動いた。

「ああ。少し早いが、誕生日プレゼントだ。来週だもんな」

「！　ご存知だったんですか……？」

「知らないわけないだろ。愛する妻の誕生日だぞ？」

精悍な顔立ちの将斗が見せる優美な微笑みに、一瞬見惚れてしまう。優しい笑顔にどきんと心臓を高鳴らせていると、将斗が自分のグラスの中身を飲み干した後で、

「前に七海が話してくれたからな」

と呟いた。

そういえば以前、七海は雑談のネタとして自分の誕生日について将斗に話したことがあった。

実は七海の名前は『七月の海の日』が由来である。七海が生まれた七月二十日は以前、『海の日』という国民の祝日だった。現在はハッピーマンデー制度の導入により『海の日は七月の第三月曜日』と定められているが、七海が生まれた当時は毎年同じ日に固定だった。だから海の日が七月二十日にならない年は稔郎が淋しそうな顔をする、と将斗に話したことがあったのだ。

「よく覚えてますね」

七海が感嘆すると将斗が当然だと言わんばかりに笑う。その笑顔にまた流されそうになる。

いや、だが違う。七海の違和感は『目前に迫った七海の誕生日を将斗が覚えていたこと』ではない。それを来年も――もう夫婦ではなくなっているはずの翌年の誕生日も、また一緒に祝おうとしていることに疑問を感じたのだ。

顔を上げると、また将斗と目が合う。だが今度は話を逸らすつもりはないようで、七海の顔をまっすぐに見据えた将斗が、意を決したように口を開いた。

「本当は去年も、こうして祝いたかった」

「将斗さん……？」

「でも去年の七海には、別の相手と過ごす予定があった。二週間も前からそわそわして、楽しみにしてるんだろうな、と思ったら……悔しくて悔しくてたまらなかった」

将斗の言う『別の相手』とは慎介のことだ。一年前の今頃、七海は慎介からデートに誘われてプロポーズを受けた。結婚しよう、と告げられ、当時は本当に嬉しかったのを覚えている。

あの愛の告白も偽物だったのだな、とぼんやり考えるが、自分の中でももう吹っ切れたのか、それほど深い悲しみは感じていない。否、七海が深く考え込む前に将斗の意外な台詞が介入してきたので、それ以上何かを考える余裕がなくなった。

「けど今は俺に優先権がある。それに来年も、再来年も、この先もずっと……七海の誕生日を一緒に過ごすのは俺だからな」

ぽつりぽつりと、けれどしっかりした口調で告げられたのは、思いもよらない宣言だった。将斗の意外な台詞に「えっと……？」と疑問の声が零れる。

そんな七海の困惑をしっかりと把握しているはずなのに、将斗に己の主張を引っ込める様子はない。それどころか、七海の頭上にふわふわと浮かんでいる疑問をすべてかき集めて正答に結びつけるように、今度は端的にはっきりと宣言された。

「俺は、一年で離婚するつもりはない」

将斗の一言に、思わずぱちぱちと瞬きする。

彼の言葉の意味がすぐには理解できず、首も少し傾げてしまう。

「あの……それでは、約束が違うのでは……？」

「……そうだな。悪い」

七海の疑問交じりの追及に、一応は謝罪の言葉をくれる。だが訂正する気はないらしい。七海の顔をじっと見つめた将斗が、秘めた想いを紡ぎ出すように――七海にもしっかりと伝わるように、そして拒否の道を少しずつ塞ぐように、自らの想いを丁寧に重ねてくる。

「けど俺は、七海と離れたくない。手放す気はない」

将斗の明確な宣言に思考が止まる。薄暗いレストランの中に流れているクラシックの音色だけが、遠くにぼんやりと響いている。

（離婚するつもりはない……？　手放す気はない、って……？）

そのメロディを頭の片隅で聴きながら、混乱する思考をどうにか働かせる。

離婚するつもりはない。離れたくない。手放す気はない。

それは、いざ生活をともにしてみると、家事の分担ができて互いに楽だと気づいたからだろうか。それとも、秘書が常に傍にいると意思の疎通が図りやすく、普段の仕事にもいい影響をもたらすと感じたからだろうか。あるいは、気持ちが昂ったときに肌を重ねられる相手がいつも傍にいる便利さを知ったからだろうか。

だがしかし、それではいけない。それだけの理由で七海が将斗の人生を縛ることはできない。

「ごめんなさい。それはできません」

「……七海」

「ご期待に添えず申し訳ございません。ですが将斗さんとの婚姻関係は、予定通り一年で終了させて頂きたいと思います」

七海がきっぱりと言い切ると、顔を上げた将斗の表情が悲しげに歪んだ。その表情を目の当たりにした瞬間、『こんなにはっきりと将斗の要求を拒んだのは、仕事でもプライベートでも初めてかもしれない』と気づいたが、それでも七海の意思は変わらなかった。

「……俺が嫌いか？」

「いえ、違います。そうではなく……」

『偽装結婚』という契約の継続を拒んだだけで、将斗がこんなにも傷ついた表情をするとは思っていなかった。その仕草を見ると七海の胸もチクリと痛むが、理由はもちろん将斗が嫌いだからではない。そうでは、なくて。

「私が、将斗さんの妻にはなれないのです」

七海は将斗の『本物』の妻にはなれない。支倉建設の社長夫人、ゆくゆくは支倉建設グループを率いていく将斗を支える存在に、七海ではどう頑張っても力不足だ。

秘書として、ビジネスパートナーとして、将斗の仕事の環境を調整してサポートすることは可能だろう。だが彼の仕事以外——たとえば社交の場での立ち振る舞い、支倉家の親戚や関係者との付き合い、さらに将斗の後継者となる彼の子を産んで育てることは、自分には到底不可能だと思う。

「将斗さんには本当に感謝しています。私や父の体裁、支倉建設の顔に泥を塗りかねない失態を、将斗さんの機転のおかげで無事に乗り越えることができました」

結婚式はもちろんのこと、そこからの半年間も七海や柏木家が将斗の世話になるばかりだった。その反面、七海が将斗や支倉家のために何か役立ってきたとは思えない。

たった半年で『こう』なのだ。なのにこの先、七海が将斗を幸せにできるはずがない。

「感謝しています。だからこそ、将斗さんにはしっかりとしたお相手と……本当に好きな人と、幸せになって頂きたいのです」

将斗にも彼の両親にも心の底から感謝している。けど、だからこそ、将斗には幸せになってほしい。彼が心の底から好きになった人と。もしくは彼を支えられるほどの家柄や美貌を持つ人と。あるいはその両方を兼ね備えた、将斗にもっとも相応しいだろう相手と結ばれてほしい。

将斗には幸せになる権利がある。ただ辞令を受けて秘書になっただけの部下にここまで心を配って優しくしてくれる彼は、誰よりも幸せになるべきだと思う。自分ではない、誰かと。

そう考えて目を伏せた瞬間、将斗の低い声が鼓膜に響いた。

「それならなおさら、俺は七海以外を選ばない」

「……え？」

「好きだ、七海」

俯いたままデザートプレートの模様を眺めていた七海が、ゆっくりと顔を上げる。ほぼ同時に将斗が放った一言に、静まり返っていた空気が震える。

「俺は七海が好きだ。……愛してるんだ」

否、震えたのは空気ではない。確かな言葉で、まっすぐな視線で、はっきりとした声で告げられた愛の言葉に震えたのは、七海の心だった。

「将斗さん……？」

真剣な告白に瞠目すると、将斗がふっと力を抜いて小さな笑顔を浮かべた。

「ずっと、七海だけを見てきた。振り向いてほしくて、笑いかけてほしくて……俺だけを見てほしくて。……今も必死なんだ」

将斗の切ない言葉と表情が七海の感情を刺激する。

心臓を掴まれたように胸の奥がきゅう、と軋むと、その表情を見た将斗が、

「演技に見えるか？」

と問いかけてきた。

将斗がそう尋ねる理由は、妻を愛おしむ台詞を聞いた七海がいつも『演技』『偽装』『嘘』と返すからだろう。実際、他者の目がある場で過剰に七海を褒めたり撫でたり触れたりしたがる理由は、愛妻アピールや溺愛アピールだと思っていた。

だがこうして七海をまっすぐに見つめて、真剣に恋慕の気持ちを打ち明ける将斗の声や表情、言葉や視線は、演技をしているようには見えない。からかって、嘘をついて、七海で遊んでいるようには思えないのだ。

「演技じゃないし、嘘でもないぞ」

七海の思考を読んだらしい将斗に言い切られ、ピク、と身体が反応する。彼の告白の数々に何と答えていいのかわからず固まる七海を見た将斗が、ふと小さなため息をついた。

「俺が七海についた嘘は、二つだけだ」

「……二つ？」

七海の問いかけに、将斗が短く頷く。

「一つは半年前に始めたこの結婚が『偽装』だということ。俺はあのとき七海に『ずっと片想いしてきた上司からの申し出を断れず、一方的な想いを受け止めざるを得なくなった秘書という設

定を受け入れろ』と言った。けど本当は『設定』なんかじゃない。そうなることが俺の『望み』だった」

淡々とした口調とは裏腹に、将斗の言葉の端々からは熱烈な想いが感じ取れた。だから七海は、途中で口を挟むこともできない。

「もし七海に俺の想いを受け入れる余裕があったら、あの場で告白してそのまま普通に結婚していた。偽装結婚なんて回りくどい提案なんかせず、そのままストレートにプロポーズしていた」

「……」

「けど七海は異性としての俺を好いてるわけじゃない。上司としての俺を嫌ってはいないが、明らかに恋愛対象じゃない。だから俺が『長年想ってきた』と言ったとき、七海は困った顔をした」

「それは……」

「七海の表情を見た瞬間、あの場で普通に『好きだから結婚してほしい』と告げたところで拒否されるだけだと思った。それならまずは、七海に意識してもらうきっかけを作るべきだと判断した」

「それで、あんな条件を……？」

「ああ、そうだ。離婚する余地もあると示すことで、七海が少しずつ俺を受け入れてくれる可能性に賭けたんだ」

将斗の予想は当たっていたかもしれない。確かに、慎介に置き去りにされて困惑と悲しみで途方に暮れていたところへ急に『本物の』求婚をされても、正常な判断ができなかったと思う。不測の事態に陥って脳内処理が間に合っていないところにさらなる追い打ちをかけられても、助けてくれたことへの感謝こそすれど、結婚までは受け入れられなかった気がする。将斗が言うように、異性として見ていなかった相手ならばなおさら。

「でもそれなら余計に、どうしてあんなに急に？　私や父は助かりましたが、将斗さんの気持ちが……その、本当だったとしても、あの場で急に結婚まで決めなくてもよかったのでは？」

「それが『二つ目の嘘』の理由だ」

七海の質問に答えた将斗が、少し長めのため息をつく。憂いを帯びた表情すら絵になるのだな、と他人事のように感心する七海だったが、次の将斗の台詞で、離れかけていた思考を元に戻された。

「七海、佐久と付き合う前に長く付き合ってた男がいただろ」

「！」

思いがけない存在を――自分でもすっかりと忘れていた苦い思い出を引き合いに出されたことで、一瞬呼吸を忘れる。

将斗の言う『長く付き合ってた男』というのは、七海が大学生の頃から慎介と付き合う直前まで、約五年間交際していた同い年の男性のことだ。大学時代は頻繁にデートに出かけてお互いの家を行き来していたが、社会人になると次第に会う時間を合わせられなくなった。

最後は相手が複数の女性に同時に手を出していたことが発覚し、七海の方から交際関係に終止符を打った。薄々他の女性の気配を感じていたこともあり、ある程度『黒』だと覚悟をした上で相手を問い質した結果なので、今となっては後悔はしていない。だからどうしてその存在が急に引っ張り出されるのかと疑問に思う。

息を詰めたまま数度瞬きすると、七海の表情を一瞥した将斗がつまらなさそうに肘掛けに頬杖をつき、視線を外の夜景へ移した。

「あいつと別れてから佐久と付き合うまで、一か月もなかった」

「え……そう、でしたっけ？」

頬に空気を溜めて嘆く少し子どもっぽい仕草を眺めて、なぜそんな細かい事まで覚えているのだろうかと疑問に思う。だが将斗が不服そうな表情を見せる理由も、その話が急な結婚に繋がる理由も、彼の一言ですぐに理解できた。

「長く付き合ってる恋人がいると聞いて諦めていた。だからそいつと別れたと知ったとき、俺にも口説くチャンスができたと思った。けど様子を見てるうちに、佐久と付き合うことになってた」

「！」

「間抜けだろ？　本当は前から惚れてたのに、大事にしすぎて他の男に奪われるなんて」

頬杖をついたまま自嘲気味に笑う姿を、なぜか無性に色っぽいと感じてしまう。その台詞と仕草が将斗の長い片想いの表れであり、愛する女性を大切に想ってきた何よりの証だと気がつく。それと同時に、その情熱を向ける相手が自分自身だという事実にも気がついてしまう。自分に呆れるような言動をとりながらも七海の反応をじっくりと窺う視線に、心臓がどきどきと高鳴り始める。

「情けない話だが、七海に意気地のない男だと思われたくなかった。後から『ずっと好きだった』なんて言っても信じてもらえないと思った。だから咄嗟に、片想いの期間に嘘をついたんだ」

「まさと……さん……」

「けどもうあんな思いはしたくない。七海が次の相手と出会う機会を一瞬も与えたくない。どうしても俺が先に、七海を手に入れたかった」

ドラマの中でしか見ないようなありえない状況の発生から挙式が終わるまでの時間は、本当にわずかだった。あの短時間でそんなことまで考えて行動していたとは、改めて将斗の思考回路と行動力に脱帽する。それが自分のためだということにもまた驚いてしまうのだけれど。

半年前の出来事を思い出して感心する七海だったが、そこでふと、ずっと不思議に思っていた疑問と将斗の話が繋がる。それは偽装溺愛婚を交わした夜から約一週間後、年が変わって将斗の実家を訪れたときに感じた、ある違和感のことだ。

「では将斗さんが会長と——お義父さまと喧嘩してまで結婚を望んでいた相手というのも……」

「もちろん、七海のことだ」

文倉邸で話を聞いたときから疑問に思っていた。将斗が家族に『好いた相手がいるから、その人以外とは結婚しない』と宣言していたのは、七海と慎介の結婚よりも前——それどころか、七海たちが交際を始めるよりもずっと前の出来事だった。将斗の話が事実ならば、仕込みがあまりにも早すぎる、と感じていたのだ。

「私、将斗さんには長年好きだった片想いの女性がいたのだと思っていました。その方を諦めるまでの時間に私との偽装結婚期間がちょうど良かったから、提案されたのだとばかり……」

「だろうな。そんなことだろうと思った」

七海の勘違いを聞いても将斗はさほど動じていない。

「まあ『諦めるまでの時間』じゃなくて『手に入れるための時間』ってこと以外は全部当たってるから、別に訂正もしなかったが」

どおりで将斗の父・将志が、七海との急な結婚を『それならいい』と一言で認め、披露宴の会場を訪れても文句の一つさえ言わなかったわけだ。彼は将斗の想い人が七海だとは知らなかったと言っていた。だがおそらく将斗本人に聞いたわけではないから『知らなかった』だけで、本当は『気づいていた』のだろう。

息子が長い間想ってきた相手が、己の秘書である七海だということに。

今夜結婚すると馬鹿みたいなことを言い出した将斗が、秘めた想いを実らせたことに。

「俺は七海に二つの嘘をついたが、周りには一切嘘はついてない。七海の両親にも、自分の親にも、仕事の関係者にも、本心しか伝えてないぞ」

「……将斗さん」

将斗の台詞で現実へ意識を引き戻される。彼の想いを聞くたびに驚いてばかりの七海は、もう将斗の口から紡がれる言葉にこれ以上は驚けないと思っていた。しかし将斗はまだ七海を追い込む手を緩めない。ここで『そうだったんですね』で話を終わらせてくれるつもりはないらしい。

「七海のことをずっと見てきた。だから七海が考えてることも、大体わかる」

「……」

「照れ隠しや遠慮じゃなく、七海は本心から俺を恋愛対象として見てないだろ？　七海が俺に興味がないことも、俺に脈がないことも、本当はわかってるんだ」

将斗の推測に、つい言葉に詰まる。

実際は将斗に一切の興味がないわけではないが、ならば『異性として興味があるか』と問われても、確かに困る。七海の中の将斗は、たまに仕事をサボるので手はかかるが優しくて頼りがいがある上司、なのだ。

一応、一緒に過ごしていて居心地のいい人、仕事でもプライベートでも相性がいい相手だとも感じている。しかしそれと同時に、いつか偽装結婚の契約が終わって他人になる人でもある。彼の幸福な人生を妨げることがないよう、あと半年で公私ともに傍から離れると思っていた相手なのだ。

それが突然『偽装溺愛』が偽装ではなく本物だ、と言われてもにわかに信じられない。

「まあ、だからといって諦めるわけじゃないけどな」

「え……えっと……」

「だから今は、一つ訂正させてくれるだけでいい。あのとき『一年経ったら離婚してやる』と言ったが、あれだけは取り消させてくれ。俺は半年後も、七海と離婚するつもりはない」

真剣な表情で追い縋られて言葉を失っていると、それまで攻めの手を緩めなかった将斗の態度が急に軟化した。

「焦って答えを出そうとしなくていいぞ。七海は今、ようやく俺だけに向ける感情を自覚したところだからな」

「……え？」

優しい言葉をくれる将斗は、今回もまた七海に時間を与えてくれる。

七海がゆっくりと考えて、自分の気持ちと向き合う時間をくれるのだ。

と思ったら、違った。目が合うとにこりと笑った将斗は、しっかり悪い顔をしていた。

「七海の『言い訳』は全部潰した。もう佐久に操を立てる必要はない。周りからやっかまれる心配もない。七海の親も俺の親もちゃんと祝福してくれる。俺の妻の役目を果たすことが不安だと言うが、俺は七海以外に家や生活を……俺の人生を預ける方が不安だ。俺のすべてを預けられる相手は七海以外に考えられない」

「……」

確かに、七海の前から慎介は完全に消え去った。将斗自ら、七海に嫌がらせをするよりも七海を大切にする方が利がある、と示したことで、迷惑行為が治まり職場の環境も改善した。

丁寧に、着実に、少しずつ外堀を埋めていたことを改めて思い知らされて、つい押し黙ってしまう。大雑把で豪快なイメージとも、話せば意外に優しい口調や笑顔とも違う。案外腹黒く策士家なところがあるのだと気がついてしまう。

だがそんな彼の言動は、すべて七海を想うがゆえ。七海を欲しているからこその策略なのだ。

「七海がいい。七海だけを愛してる」

将斗がそっと伸ばしてきた手のひらをじっと見つめる。

細長く骨張った男性らしい指先が、七海のぬくもりをこんなにも求めているとは知らなかった。これほどまでに強い感情を向けられていることに、七海はずっと気づけなかった。

「俺がおまえを『愛され花嫁』にしてやる。だから早く――いや、ゆっくりでいい。少しずつでいいから、俺に惚れてくれ」

「……私は――」

魅了の魔法にかかったように、将斗の温度に誘われるように、彼の手の上に自分の指先をそっと重ねる。食べ終わった皿が片付けられ、ワイングラス以外は何もなくなったテーブルの上で、七海の指先と将斗の手のひらがちょこんと触れ合う。

その指をぎゅっと握られた瞬間、彼が仕掛けた恋の罠に嵌って甘い檻へと囚われた気がした。

レストランを後にして客室に戻った七海は、『先に使っていいぞ』という将斗の言葉に甘えて広いバスルームの大きなお風呂にゆっくりと浸かった。その後、七海と代わるようにバスルームを使う将斗の鼻歌と湯の流れる音を遠くに聞きながらのんびり髪を乾かす——ところまでは良かった。

「ちょ……っと！　待って！　待ってください！」

「なんだよ」

ドライヤーとスキンケアを終え、一日中歩き回った足の疲れをほぐそうとベッドでふくらはぎをマッサージしていると、風呂上がりの将斗の手が伸びてきた。互いにバスローブ姿という無防備な状態で素肌に触れられた瞬間、能天気にラグジュアリーなホテルの贅沢な空気を満喫している場合ではないと気がついた。

「い、一緒に寝るんですか……!?」

ベッドに上がって七海の顔を覗き込んでくる将斗に大声かつ早口で問いかけると、彼がピタリと動きを止める。その後に続いた「はぁ？」という声と眉間に刻まれた皺から、将斗の機嫌を損ねてしまったと知る。だが問いかけそのものは引っ込めない。

「ダブルベッドルームなんだから一緒に寝るだろ」

ため息交じりに告げられると、うっ、と声を詰まらせてしまう。

確かに、ロイヤル・マリン・ヴェールホテル東京という特別な場所の、しかもエグゼクティブスイートルームに宿泊しておいて、寝るのがソファというのはあまりに物寂しいし、勿体ない。もちろん将斗をソファに寝かせて自分だけ広いベッドを独り占めするわけにもいかない。だが将斗から熱い告白を受けたさっきの今で、同じベッドに眠るのも気が引ける。

「毎日一緒に寝てるのに、なんで今さら挙動不審になるんだ？」

「だって……わっ！」

とりあえずさり気なさを装って将斗から距離を取り、少し冷静になって状況を整理しようと思った。しかし立ち上がる直前でベッドへ引き戻され、そのまま表情をじっと観察される。

目が合うだけで顔が火照る。顔だけではなく全身に熱が帯びる。けれど熱くて汗ばむような温度ではなくて、むしろ身体をぽかぽかと温めるような優しい温度。——のはずなのに、ひたすらいたたまれない。恥ずかしくて、もどかしくて、思わず目を逸らしてしまう。

「ぜんぜん……違います……」

「ん？」

七海が消えそうなほど小さな声で呟くと、将斗が短い疑問の音を発した。それに答えるように、少し乾いた口をもごもごと動かして言い訳を紡ぎ出す。

「い、今まで……将斗さんが、そういう風に考えてたなんて……思ってなくて……」

「そういう風？」

「私を、す……好き、とか」

もちろん、嫌われているとは思っていなかった。仕事や取引を円滑に進めやすいよう本音と建前を使い分けることはあるが、将斗は元々、喜怒哀楽がはっきりしているタイプだ。苦手な相手をパーソナルスペースに易々と踏み込ませるほど迂闊ではない。逆に好ましいと感じて気を許している相手には最大限に心を配って可愛がるという、兄貴肌な性分である。

だが将斗の好き嫌いのタイプや本人の性格を把握しているからこそ、自分は部下として……相性のいいビジネスパートナーとして大事に扱われているだけだと思っていた。当然、自分が彼の恋愛対象になるとは微塵も思ってもいなかった。七海がたまたま女性だったことから救済方法として結婚という形を選び、ついでに婚姻期間中は身体を重ねるのに都合がいい——ぐらいの認識でいると高を括っていたのだ。

なのにここにきて突然の、好きだ、愛してる、手放さない、という愛の言葉の数々。さらに自分の想いに応えてほしい、離婚する気はない、惚れてほしい、と執着を隠そうともしない溺愛ぶり。

こんなはずじゃなかったのに。七海にとっての将斗は『やればできる天才』で『手がかかるけど尊敬できる上司』のはずだったのに。

「意識しちゃうじゃないですか……！」

好きと言われたら、どうしても意識してしまう。甘い空気にあてられて流されるつもりなんてないのに、頭では将斗の妻が自分に務まるはずがないと理解しているのに。七海のためだけに並べられる真剣な言葉と、七海を見つめる熱い眼差しと、七海を優しく撫でる指先を意識してしまう。

恋の沼に引きずり込まれて、愛の蜜に足をとられて、溺れてしまいそうになる。

「だから一緒には寝れ……わ、ちょ……！　将斗さ……!?」

照れる表情を見られまいと両手で必死に顔を隠していると、その姿を見た将斗が七海を逃すまいと身体の上に跨ってきた。体格のいい将斗に逃げ道を塞がれ、指先で前髪を払うように額を撫でられ、ついびくっと過剰反応してしまう。

「何？　七海は俺の理性を試してんの？」

「ち、違います……！　なぜそうなるんですか!?」

くすくすと楽しそうな声で問いかけられ、思わず声が裏返る。ついでに将斗の顔を睨んでみるが、火照った顔と涙が滲んだ眼ではあまり効果がなかったらしく。

「せっかく今夜は添い寝だけにしようと思ってたのにな」

「え……？」

「七海が可愛く威嚇するから、抱きたくなった。……俺を煽った責任は取ってもらおうか」

「そんなことしてませんっ……！」

七海の腕を退けた将斗が、親指の腹で唇を撫でてくる。ふに、と唇を押してなぞる指先の動きがやけに官能的で、つい首を振ってそこから逃れようとしてしまう。

「ま、将斗さん、さっき少しずつでいいって……！　焦って答えを出そうとしなくていい、って言ってくれたじゃないですか！」

「もちろん、待ってやるよ。仕方ねぇから」

将斗が向ける感情に気づいた七海に、彼は『待つ』と言ってくれた。どうせ離婚はしない——辿り着く場所は一つしかないのだから、代わりにそこに向かう速度は七海に合わせると約束してくれたのに。

「けど、抱かないとは言ってない」

「そんなの、へりくつじゃないですか……ふぁっ⁉」

将斗に文句を言おうと顔を上げた瞬間、唇から離れた手に首筋をするっと撫でられたので、驚きのあまり思わず変な声が出た。しかし将斗は七海の反応を見てもにやりと笑うだけ。

「夫婦だからな。それは今までと同じだろ？」

先ほどまでのしおらしい態度はどこへやら。七海の気持ちが追いつくのは待ってくれるが、夫婦の営みはノンストップらしい。そんな理屈が通るものかと抗議しても、バスローブの布の上をすると滑るみだらな手つきは止まらない。

「それに、俺がどれほど七海を愛してるか……言葉だけじゃ伝わらないもんな」

「いえ、伝わってます！　十分伝わってますよ⁉」

七海が必死に肯定する声を聞いても、首を振って『必要ない』と伝えても、瞳の奥に熱い温度を宿した将斗の動きは止まらない。

ベッドサイドのパネルを操作して室内の照明を落とし、代わりに間接照明の灯りを頼りに七海のバスローブの結び目をほどく。身体を包んでいた白い布がはらりと乱れて身体が露わになると、それを見下ろした将斗がごくっと喉を鳴らした。

「ま、将斗さん……」

これまでだって将斗と肌を重ねている。それでも彼の想いを知った今夜はどうしても緊張するし、無意識のうちに気分が高揚してしまう。はぁ、と熱い吐息を漏らしながら潤む視界の中に将斗の姿を捉えると、自らバスローブの結び目を解いて肩から布を滑り落とした彼と静かに見つめ合う。

「心配しなくても大丈夫だ。ちゃんと『一箱』持ってきたから」

「不安しかないですっ！」

とんでもない宣言に驚いて叫ぶと同時に、微笑んだ将斗が首筋に噛みついてきた。

肌を吸われながら脚からショーツをするんと外され、正真正銘の丸裸にされる。手や腕を使ってどうにか身体を隠そうと試みたが、将斗の左手に両手首をまとめて掴まれ、七海の頭上の位置でシーツに押し付けるよう拘束された。

傍からは抵抗できないよう組み敷かれて押さえつけられているように見えるかもしれないが、意外にもそれほど強い力は込められていない。ただ恥ずかしがって身体を隠したり、刺激から逃れようと身を捩って将斗の愛撫を妨げたりしないよう、先に捕らえられたのだろう。

「ん……ん……っぅ」

左手で七海の動きを頭上に封じて、右手で七海の左胸を揉みしだく。時折胸の突起をきゅうっと摘ままれ、指先でくるくると撫でられる。その優しい愛撫の中に膨らんだ尖端を指でぴん、と弾く刺激を混ぜられるので、七海は声にならない声を必死に堪えるしかない。

「将斗さ……同じ場所、ばかり……っぁ」

しかも胸に与えられる快感は、左胸を指先で愛でるだけに留まらない。顔の位置を下げた将斗は七海の右胸の突起を口に含むと、ぷくんと膨らんだそこを丁寧に舌の先で舐め転がし始める。

「ここ好きだろ？　歯立てると気持ち良さそうにするもんな」

「やぁ……やめて、ください……っ」

将斗が胸の上で何かを話すたびに、肌の上に熱い吐息を感じる。その刺激に反応して身悶えると、乳首を口に含んだまま将斗がにやりと口角を上げた。

「止めねぇって。七海の顔が見たくて……感じる声が聞きたくて、してんのに」

「そんな……ぁん！」

性感帯を刺激される気持ち良さと恥ずかしさを誤魔化すべく、抗議の声をあげようとする。だが喉から溢れてきた声は途中で途切れてしまう。将斗が自ら濡らした突起にちゅ、と口づけつつ、股の間に滑り込ませた右手の指先で湿った花芽をすりすりと撫で始めたせいだ。

その可愛らしくてみだらな触れ合いに驚いて身体が跳ねても、彼の手の動きは止まらない。止まるどころか、ゆるゆると陰核を撫でる指先の動きは少しずつ激しく変化していく。

「んん、んぅ……ぁう、んっ……」

「腰にクるよなぁ、七海の声」

「や、ちが……ぁ、あん」

「可愛くて、ずっと聞いてたくなる」

「やぁ、ああ……っ！」

濡れた蜜芽を優しく丁寧に、けれど確実に性感を増すように扱かれると、喉の奥からは自然と甘えるような声が溢れる。その声を堪能するように、将斗がくすくすと笑みを零す。

楽しそうに七海をいじめる将斗と違い、七海にはまったく余裕がない。腕の拘束も解いてくれないので涙目のまま将斗を睨み、

「いじわるしないでください……っ」

と文句を言うと、

「七海ほどじゃない」

と返された。

「俺はもうずっと焦らされてるぞ。いじわるされて、そっぽ向かれて……」

「ふぁ、あ……ぁん」

将斗が笑いながら濡れた花芽を擦り続ける。しかもその指は徐々に深い場所へ潜り込み、中央の

秘所に到達している。

　蜜穴につぷ、と指を差し入れられて、濡れた縁を強めに撫でられる。さらに第二関節が埋まる場所まで指を挿入されて、ぐちゅぐちゅとかき回される。その変化を感じ取った七海の喉の奥からは、言葉にならない声が止め処なく溢れた。

「けど七海の表情も、声も、心も、身体も……ココも、全部」

「ひぁ、ぁっ⁉」

「いつか絶対俺のものにしてやる、って思ったら、燃えるな」

「あ、あぁ、ん……あ……っぁ」

　七海の乱れる声や姿を見ても将斗は動じないばかりか、より一層楽しそうに笑うだけだ。濡れた蜜壺をぬちゅぬちゅとかき混ぜて、さらに自分のものにする、と明確に宣言される。

　独占欲と支配欲が剥き出しになった願望を耳の中へ注がれるたびに、七海の身体がびくっと過剰に反応する。けれどそこに恐怖の感情はない。あるのはきっと、期待と歓喜だ。

　七海が将斗に一切の恐怖を抱かないのは、彼が向ける感情の本質が、七海の尊厳や個人の意思を奪うものではないと知っているから。ただ愛する人を独り占めしたいという、意外にも可愛らしい望みだと理解しているから。

　そして七海自身も、いつか『そう』なることを望んでいるから――……

「やぁ……あん……だめ、将斗さ……っぁん、手……離してっ……」

「ん？」

「あ、だめ、だめっ……！」

将斗の欲望と自分の秘めた欲望は一致しているかもしれない。そう感じると同時に、七海の膣内をかき混ぜる将斗の動きも急に激しくなった。きゅう、と疼く間もなくちゅこちゅこと淫らに愛撫され、驚きと快感のあまり無意識に首を振る。

しかし将斗は手の動きを止めるどころか、指を一本から二本に増やしてさらに激しく中をかき混ぜてくる。一気にわけがわからなくなった七海は、子宮の奥からせり上がってきた怒涛の快感を押し留めるため、下唇を噛んでぎゅっと目を閉じた。

「ん――っ――ッ～～ぁ……！　……んぅ～～っ」

だが腕を拘束されては口を覆えないし顔も隠せない。それが原因か、それとも将斗の指遣いが激しい割に丁寧だからか、やってきた快感の波をやり過ごすことはできなかった。

淫花がきゅう、きゅん、と激しく震えて内股が痙攣する。その直後に身体の自由を完全に奪うほどの強い快楽が全身にぶわりと広がる。

激しい感覚が過ぎ去るのを大人しく待っていた七海の表情や反応から、将斗も『気がついた』らしい。手の動きを止めた将斗が、指をちゅぷ、と引き抜いてまた楽しそうに笑う。

「軽くイッただろ」

「んぅ……あ……」

「唇噛まなくてもいいのに……ああ、さては俺が『声聞きたい』って言ったから、照れたな？」

将斗に図星を指されて沈黙する。様子を見て楽しそうに笑われると、余計に恥ずかしくなる。

「七海はそーゆーツンデレなとこ、ほんと可愛すぎてズルいな」

恥ずかしさのあまり顔を背けて将斗の指摘に耐えていると、将斗がようやく左手の拘束を解いてくれた。それほどきつく押さえつけられていたわけではないが、解放されて腕が自由に使えるようになるだけで安心感がある。

楽しそうな表情と自由を得たことに安堵する七海だったが、安寧の時間はそう長く続かない。腕は動かせるようになっても、七海の身体の上に跨る将斗が退いてくれたわけではないのだ。

「……っ」

将斗が小さな四角い袋を取り出して片手と歯だけで破く様子を見て、思わず息を呑む。

「挿入れるぞ――次は声出せよ」

「え……あ……」

「七海が感じるとこ、ちゃんと聞かせてほしい」

口では緊張する七海を優しく諭しつつ、手は猛った陰茎に薄膜を被せる行動に徹する。七海の目の前で行われる『準備』は、これから七海を愛すること、一つに繋がること、身体で愛を教えることの『宣言』にしか思えない。喉が震えてひくりと鳴る。

わざわざ見せつけなくてもいいのに、と思いながら目を背けていると、準備を終えた将斗が七海の両脚を掴んで掲げ、その中央を左右に割り開いた。十分に慣らして濡らされた場所に薄膜を被せた陰茎を宛がわれると、今度は喉ではなく秘部がひくん、と疼いた。

「あ、あ……ぅ」

「っ……七海……」

「はぁ……あ……あッ」

先端がぐぷ、と埋まると、将斗の雄竿をいつもより太く硬く感じる。それにいつもより熱も持っていて、何度か繋がっているはずなのに初めてのような、不思議な緊張感がある。

押し込まれた雁首が膣内に沈むと、太腿を掴んでいた手が離れて、代わりに屈んだ将斗にゆるく身体を抱きしめられた。身体をぴったりと重ねるように肌を合わせると、さらに緊張感が増す。

脚を開いて上から押し潰すように挿入されると圧迫感もあったが、それが嫌なわけではない。挿入の衝撃に耐えるために閉じていた瞼をうっすら開いてみると、将斗が真剣な表情で七海の顔を見つめていることに気がついた。

首の後ろから腕を差し込まれて、ベッドに肘をつくように頭を抱えられる。挿入されながら抱擁されるという体勢のせいで、視界には将斗の嬉しそうな表情以外は何も映らない。

「七海、好きだ」

その密着姿勢の中で、将斗がまた自分の感情を明確に口にする。

まるで飼い猫を可愛がるように、優しく抱きかかえられたまま頬も撫でられ、際限のない恋慕の情で埋めつくすほど何度も愛の言葉を刻まれる。

「七海が、好きなんだ」

「っ……まさと、さ」

まるで七海に『好き』と言えることそのものが嬉しいと示すように。これまでずっと胸の内に秘めてきて、けれど言葉に出しても七海に信じてもらえないばかりか、警戒されてしまうと思っていた言葉を——本当は言いたくて言いたくてたまらなかった告白を、一つずつ丁寧に重ねるように。

「好き……七海、好きだ」

「……っ〜〜ッ！」

七海の目をじっと見つめた後で右耳の中に、七海の頭を抱えた手の先で髪や頬を撫でながら左耳の中に。顔の角度を変えて繰り返されるのは、キスをされるよりもよっぽど深い献身的な求愛。

七海が好き――その言葉が胸の中にじわりと広がる。本物の愛を刻み込まれていると感じる。

「もう……恥ずかし、から……っ……やめてください……っ」

将斗の本気すぎる視線と告白がいたたまれなくなって、思わず彼の指を避ける。だが将斗は七海が本心から拒否して逃げているのではなく、それよりも照れる感情が強すぎて恥ずかしがっているだけだと気づいているらしい。くすくすと笑った将斗の唇が右耳の傍に近づいてくると、体重をかけられたせいで結合部の繋がりもずぶぶ、と深まった。

「好きな相手に『好き』って言いながらイくの、すげぇ気持ちいいだろ？」

将斗の恥ずかしい問いかけに、身体がひくっと震えて硬直する。どう反応すればいいのかわからず固まっていると、動きを止めた将斗が、ふっと笑みを零してさらに意外な質問をしてきた。

「七海、今までの相手に言ったことないのか？　好き、って言いながら気持ち良くなったことない？」

「な……ないですよ……っ」

「なんだ、そうなのか」

驚きと焦りが混ざった七海の返答に、将斗がほっと安堵したような表情を見せる。その将斗が、再び予想外の提案をしてきた。

「じゃあ、俺に言えよ」

命令のような口調で要求され、思わず「え？」と声が出る。至近距離で目が合ったのでぱちぱちと数度瞬きすると、将斗がにやりと意地悪な笑みを浮かべた。

「七海『お得意』の演技でもいいぞ？　俺に愛されて、その気になった演技してみろよ」

「え？　あ……あっ」

　言うや否や、それまで停止していた将斗の腰がゆったりと揺れ始めた。

　ぬぷぷ、と音を立てながら、緩慢な動作で蜜壺から陰茎が引き抜かれる。けれど最後まで抜けきらないうちに、少し勢いをつけて奥までじゅぷんっと熱棒を埋め込まれる。彼を受け入れることに慣れた身体はもう痛みを感じないが、それと引き換えに怖いほどの快感を覚えるようになった。

「んっ、ああ……ぅ」

　形と質量と温度を覚え込ませるように深く挿入され、そこで馴染ませるように小刻みに腰を揺らされる。喉から甘える声が零れると、陰茎の形に馴染んで蜜壁が痙攣する前にまた引き抜かれ、内壁の表面をごりごりと抉られる。

「ほら、七海――言えって。……気持ち良くしてやるから」

「やぁ……あぁ、あん」

　常に部下を大切に扱う将斗の口から、これほど明確な〝命令〟を受けることはない。言え、という語調の強い指示は己の職務を完遂したいと思う秘書・七海の心を揺さぶるが、恥ずかしい命令に照れる妻・七海としては素直に受け入れられない。

　ふるふると首を振って『言えない、恥ずかしい』と示すと、将斗がさらに攻勢を強めた。

「ひぅ……ぁ……んんっ」

「なーなみ？　別に、嘘でも冗談でも、いいんだ……難しく、ないだろ？」

腰を打つスピードがまた少し上がる。最奥を小刻みに叩く亀頭もさらに膨らんだようで、七海の性感も一段階高い場所に引き上げられる。

「こうやって……奥、突いたときに……っ」

「あ、あっ……！」

「『将斗さん、好き』って、言えば……それで気持ち、良く、なれる……」

「んあぁっ……あ」

抽挿のために腰を揺らしているせいか、将斗の言葉もいつになく途切れ途切れになっている。その台詞の端々に混ざる吐息と唸り声、雄々しい色香を感じるたび、結合部がさらにきつく収縮する。

「将斗さ……っ」

優しく抱きしめられると、互いの体温を直に感じることができる。熱くもあり温かくもある温度に包まれていると、七海の心の中にも温かな気持ちが生まれ始めた。

きっと最初は、できるだけ将斗の希望に応じたいという、使命感のような気持ちだった。けれど彼の熱を感じているうちに小さな感情が少しずつ変化し、やがて彼のすべてを受け入れたいという想いに変わり始める。

自分が気持ち良くなりたいからではない。ただ快感を得たいという理由ではなく、将斗の想いに触れたい、彼の熱をこの身体で知りたい、と考えたのだ。

「まさと、さ……」

「ん？」

そんな自分の感情の変化に気づく前に、七海は将斗に向かって両腕を差し伸べていた。

小さく首を傾げながらも、優しい笑顔を浮かべて身体の位置を下げてくれる。だから将斗の首に腕を絡ませて力を込めると、彼の耳元に唇を近づける。

そして感じるまま、思うまま、心の中にぽつりと浮かんだ言葉を音として紡ぎ出す。

「――き……」

「っ……！」

けれどそれが明確な台詞になる前に、将斗が腰をくんっ、と引いて七海の中から抜け出ていった。

「……え？　将斗さ……ん？」

「っとに……破壊力やばいな……」

ぼんやりと熱に浮かされたまま視線を上げる。すると身体を起こしてベッドの上に膝立ちになった将斗が、自分の手で口元を覆い隠しながら困ったようにそう呟いた。

突然の解放に驚く七海は言葉を失うばかりで、最初は何が起こったのかまったく理解ができなかった。きょとんとする七海の表情を確認した将斗が、はあ、とため息をついて少し汗を含んだ前髪をかき上げる。

「いや……やっぱりいい。七海が本心から俺を好きだと言ってくれる日まで、楽しみにとっておく」

夫の色っぽい姿を見上げて困惑する七海だったが、憂いを帯びた表情を引っ込めた将斗は、にやりと笑みを浮かべるだけ。とりあえずSっ気たっぷりに妻に『好きだ』と言わせる遊びは終了したらしい。

ほっとしたような、逆に大事なことを伝え損ねて消化不良を起こしたような微妙な気持ちに囚われていると、将斗が自分の腰に引っかかっていた七海の脚をそっと退かした。

だからもうえっちは終わりかな？　とぼんやり考えていると、七海の腰を掴んだ将斗が手にぐっと力を込めた。

「いつか絶対、七海の方から言わせてやる。けど今は……」

「えっ……え？」

「ほら、後ろ向け」

将斗の次の命令は、仰向けになっている七海が体勢を変えることだった。脚と腰を掴まれて身体をくるんとひっくり返されると、シーツの上に胸と腕をつけて這いつくばる姿勢にさせられる。

さらに膝を内側に折り畳むよう誘導されながら腰を斜め上に引っ張られたので、七海の顔にかぁっと熱が走った。将斗の誘導が後ろから深く愛するためのものだと気づいた直後、膨張した将斗の熱塊がじゅぷんっと一気に突き入れられた。

「ひあ、あっ……！」

濡れた秘部は将斗の剛直を簡単に受け入れることができたが、それよりも体勢が恥ずかしい。腰を掴まれて最奥を突き、そこから陰茎を抜けないぎりぎりのところまで引き抜かれると、もう一度奥深くまで腰を入れられる。

「ふぁ、あっ……あッ……！」

その緩やかな前後運動が少しずつ深さと速度を増すたびに、七海の喉からも発情した猫のような甘え声が溢れ出して、腰と背中も淫らにしなる。だが将斗は七海の恥ずかしい反応も堪能するように、七海が高い声を上げれば上げるほど肉棒の固さと質量を増していく。

「あ、あっ……だめ、まさとさ……ぁん」

じゅぷ、じゅぼ、ぐちゅん、と秘蜜の音が結合部から溢れ出す。腰を高く掲げた四つ這いで後ろから挿入される姿勢は、正常位よりも密着感が足りず膣内に空気が入るせいか、耳に届く音がやけに大きくて恥ずかしい。それに肌同士がぶつかる面積が広いせいか、深く突かれるたびに響く音も普段より大きく感じる。

ただ七海としては、将斗が甘く囁く台詞や表情の方がよほど恥ずかしく感じてしまう。

「好きだ」

「！」

「可愛い……愛してる、七海」

何度も告げられる愛の台詞から、過剰なまでに熱と羞恥を拾ってしまう。やっぱりいい、と言っていたのに止まる気配のない熱烈な告白に、獣の交尾のような姿勢よりもよっぽど照れて恥ずかしい気持ちを覚える。

「なんで……さっき、言わない……って」

「違う。七海に……無理強いして、言わせるつもりはない、ってだけだ……。っ俺は、何回でも言うぞ？　――本心だからな」

なるほど、先ほどの「やっぱりいい」は、七海に言わせるのを止める、という意味で、将斗自身が口にするのを止める、という意味ではないらしい。……なんて納得はできない。

将斗が背後から覆いかぶさってくると、七海の背中に筋肉質な腹や胸がぴたりと密着する。そのまま前後に揺さぶられると、逞しい身体に包み込まれて激しい愛撫を受けている気分になる。

「七海、好き」

「！」

いつか友人たちが口にしていた『支倉社長はイイ身体してる』との台詞を思い出している場合ではない。耳のすぐ後ろで囁かれたさらなる愛の告白に、七海の蜜穴がきゅうぅんと甘く収縮する。

「っ……愛してるよ、七海」

「やぁ……将斗さん、だめ……っ」

温かく優しい告白とは裏腹に、七海の腰を抱えて繰り返される抽挿は、あまりにも激しい。濡れた音と乾いた音が響くベッドルームに、将斗の強い願望も混ざり出す。

「早く、俺だけのものになってくれ」

「あっ……あっ、ひぁ、あぁ……っ」

ゆっくりと耳の中に注ぎ込まれる求愛に反応して、二人の結合部にも強い摩擦が生じる。力が入ってそこを締めつけてしまうと、刺激に耐えるように将斗が首の後ろにキスを落としてくる。じゃれつく、というよりもやや強めに噛みつかれている、という表現の方が近いかもしれない。

「離婚なんて、絶対にしない……このまま一生、俺の傍にいてもらう……」

「っや、ぁ……ぁあん！」

将斗に与えられる刺激のすべてが快感に変わる。腰を掴んでいた右手が七海の右胸を下から包み込んで先端を捏ね回す刺激も、小刻みに何度も奥を突く腰遣いも、七海の左手を上から押さえるようにがっちりと掴む強さも、すべてが快楽を極める材料になる。

「あ、あっ……ふぁ……ぁん」

将斗の陰茎に蜜壁をごりごりと擦りあげられているうちに、下腹部の奥から甘い熱がじわじわと広がってきた。その熱い感覚が散々擦られて膨らんだ陰核の内側で増幅すると、迫りくる絶頂の気配に背中を震わせる。

無意識に力んで生じた刺激が伝播したのか、背後から七海の身体を抱いていた将斗が一気に腰を打つスピードを上げた。深い抽挿に最奥を突かれ、全身がびく、びくんっと激しく収縮する。

「あ、ぁ、ああ……んっ……！」

「七海……っななみ……！」

「ああ、っぁ……あぁぁあ――っ」

このままだと達してしまう――そう思う間もなく、パンと弾けた快楽に溺れ、将斗の肉槍を締めつけるように絶頂を迎える。愉悦の渦に飲み込まれて快楽の頂を登りゆく最中、短いうめき声を噛み殺した将斗の腰も、後を追うようにビクビクッと震えた。

ドク、ドプ、と精を注がれた七海は、麻痺した淫花の中に濃い蜜液の気配を感じ取った。ただし七海の秘部と精蜜は薄い膜を介しているので、直接触れ合うわけではない。

将斗はいつか、この熱を七海の中に直接注ぎ込みたいと望んでいるのだろうか。――その恥ずかしい問いかけを口にすることはなかったが、聞かなくても答えは示された気がする。

「ああ、可愛い……好きだ、七海」

「まさとさ……」

脱力した身体の中央から将斗の熱棒がずるぅ、と抜け出ると、そのままころんと身体をひっくり返される。すっかりと力が抜けて指先を動かすことさえままならない七海の顎を持ち上げると、優しく微笑んだ将斗がそっと唇を重ねてきた。

七海が将斗へ向ける心はゆっくりと、けれど確実に尊敬や親愛とは別のものへ変わりつつある。上司と部下の間には――契約上の関係には芽生えない感情が生まれ始めている。

けれどまだ完全な形じゃない。自身の心境の変化に追いつけない。

しかし将斗はそれでいい、と言ってくれる。七海の心が落ち着くまで根気よく待ってくれるという。だから今は彼の優しさに甘えて、この穏やかな余韻と心地良い眠気に身を委ねようとしたのに。

将斗の身体が動いた気がしてぼんやり視線を上げてみると、吐精後の処理を終えた彼がベッドの隅に放置していた箱から次の小袋を取り出そうとしているところだった。その姿を見つけてしまった七海の身体がギクッと強張る。眠気も綺麗に吹き飛ぶ。

「え、将斗さん……？　まさか、まだ……？」

「？　当然だろ？」

恐る恐る訊ねると、逆に疑問の表情を向けられた。

「本当は今すぐにでも『本物の夫』にしてほしいと思ってる。そしたら七海と、もっと色んなことができる。……でもまあ、今はいい。それは追々教えてやる」

「追々。……」

「だから今は普通に……な？」

にこりと微笑んで七海の肩を再度シーツに押し付ける将斗の一言に、変な汗をかいてしまう。

自分の気持ちを打ち明けたら何をしていいわけでも、何回もしていいわけでもないのに。

これでは将斗の『好き』を受け止める七海の、身が持たない。

◇　幕間（将斗視点）

コンコンと扉をノックする音が聞こえたので返事をすると、すぐに七海が社長室へ入室してくる。将斗の姿を認めるとそっと微笑んで会釈をする七海の姿に、今日もまたどきりとする。

七海は身だしなみも姿勢も完璧に整っていて、いつ見ても惚れ惚れするほど美しい。この女性が自分の妻になった事実に気づくたびに、心の中で密かに舞い上がってしまう。

「お車の手配が整いました。十五分後にエントランス前と伝えてありますので、準備が済みましたら下に降りましょう」

「ああ、わかった」

「みのり不動産は駐車場がありませんので、運転手（紀本）さんには離れた場所で待機して頂きますね。商談が終わりましたら、紀本さんに直接連絡をお願いします」

「ん、了解」

七海から説明を受けながら自身のジャケットに腕を通す。

季節は九月初旬。実際はまだ上着が要らないほど暖かい気温だが、取引先に出向くのに上着を着ないわけにはいかない。しぶしぶネクタイを締め直していると、入り口に立ったままの七海が手にしていたタブレット端末を操作しながら別の用件を切り出してきた。

「晴凜（せいりん）大学建築学部の高倉（たかくら）教授から、年末に開催される講演会の案内が来ておりました」

「いつ?」

「十二月二十三日ですね。土曜日です」

「ならいいや。不参加の連絡しておいてくれ」

「かしこまりました」

七海の報告を聞いてすぐに己の意思を伝えると、彼女もタブレットを操作しながら淡々と返答してきた。が、その動きが途中で止まる。

「よろしいのですか? 高倉教授は、会長の親しいご友人なのでは?」

鏡の前で身だしなみをチェックしていた将斗の傍に近づいてきて、少し声量を落としながら問いかけてくる。この確認は『秘書』としてではなく、将斗の『妻』としての確認らしい。

その配慮を微笑ましく思うが、改めて訊ねられても将斗の返答は同じだった。

「クリスマス前だろ。七海と過ごしたい」

「!」

十二月二十三日が土曜日ということは、今年のクリスマスイブは日曜日だ。愛する妻と過ごすクリスマスの週末を、さほど興味のない長話に費やすつもりはない。

「それに、柏木家に挨拶に行かなきゃな」

しかも将斗には、ただ七海と聖夜を過ごすだけには留まらない大事な用件もある。去年、七海と結婚したときもクリスマスシーズンだった。ということは、もうすぐ七海の両親と約束した『期限』の時期がやってくる。

「約束の一年だ。七海の両親に、七海との結婚を継続するつもりだと伝えなきゃいけないだろ?」

将斗の明確な宣言に、七海の動きがぴたりと停止する。

「もし……そのときになっても、私があまり乗り気ではなかったら……？」

将斗に対してツンデレな態度をとることが多い七海だが、性格は意外と素直だ。考えていることは顔に出やすいし、疑問があれば率直にそれをぶつけてくる。ゆえに将斗は七海の表情や行動、言葉や仕草から、彼女の感情をある程度読み取ることができる。

だからこそ、その素直な問いかけに衝撃を受けた。

七海に明確に『好きだ』と伝えて以来、彼女が少しずつ将斗を意識し始めていることを——本当は七海も自分と同じ気持ちであることを、心のどこかで確信していた。七海の気持ちが自分に向いているという自信があった。

なのにここにきて突然、彼女の口から飛び出した『乗り気ではなかったら』という仮説。一応、言葉は選んでいるようだが、それは『嫌だ』という意思表示なのでは？　と思ってしまう。

（いや、違うな）

ふと将斗と目が合った七海が、一瞬だけ惚けたような顔をする。その後、我に返ってぱっと顔を背けて俯く。その一連の仕草を見ていた将斗は、自分の予覚が誤りではないことを確信する。

（自覚がない……のか）

どうやら七海には、自分が将斗を好きだという自覚がないようだ。これまで約三年半将斗の秘書を務めてきたせいか、『上司に恋愛感情を抱くこと』に普通の恋愛よりも高いハードルを感じているらしい。

無意識のうちに分厚く頑丈なバリケードを張って、ビジネスパートナーとしての関係が崩れないよう徹底している。だから将斗に対する恋愛感情を自覚できずにいる。七海が有能な秘書であるがゆえの弊害だ。

ならばまずは、七海の認識を改めるところからスタートしなければならない。

「七海。何度も言うが、俺は絶対に離婚するつもりはない」

「え？　……っと？」

「期限がきても七海が俺を好きになってくれていないなら、柏木家には延長を願い出るだけだ」

将斗が示す選択肢は『契約結婚の延長』か『本物の夫婦としてこのまま婚姻関係を継続する』の二つのみ。『終了』というカードはない。

将斗がはっきりとした口調でそう宣言した意味は、七海にもちゃんと伝わったらしい。頬を薄紅色に染めて俯く彼女の姿を目の当たりにすると、頭の中にあった考察がすべて弾け飛ぶ代わりに、脳内の九十九パーセントが『かわいい』の四文字に占拠された。

「ちょ、社長……！　まって、時間！　時間です！」

「少しだけだ、我慢しろ」

衝動のまま七海を捕まえてぎゅっと抱きしめると、腕の中の七海が焦ったように喚き出す。その抵抗すら威嚇する子猫のようで可愛い。もう取引先の訪問時間なんてどうでもいい、と思うほどに。

「もう！　将斗さんの言い分はわかりましたから、仕事中はやめてください！」

抵抗しつつも仕事中に『将斗さん』と呼んでくれる。その小さな変化が嬉しすぎて表情が緩む。正直もう仕事どころではない。

七海を抱きしめていて、ふと気がつく。七海を振り向かせるのは前途多難だと思っていたが、ここ最近、彼女は仕事中のじゃれあいを『愛妻アピール』と言わなくなった。

アピールではなく本気だと気づいたからだろう。それだけで将斗の気持ちが伝わっているようにも、二人の関係が大きく進歩したようにも思える。

だからあと少し。将斗の気持ちが伝わったのなら、もうすぐ自分の気持ちにも気づくはず。

「残り四か月……か」

七海に恋心を認めさせるまで。

将斗へ向ける感情を自覚してもらうまで。

七海を完全に手に入れるまで。

心から『好きだ』と伝え合える関係に……七海と本物の夫婦になれるまで、あと少しだ。

◇　第六章

支倉建設本社ビルの一階には、コンビニエンスストアの隣にカフェも併設されている。こちらもコンビニエンスストアと同じく屋外からの入店も可能だが、会社のエントランス側からも直接入店できるため、一日を通して支倉建設社員の利用客が多い。

しかし今日はランチタイムにもかかわらず珍しく空いていたので、七海は仲良しの同期二人とカフェで昼食をとることになった。

「七海ちゃん。もしかして妊娠してる……？」

「えっ？　う、っ……ごほ、げほっ……！」

ボックス席の向かいに座ったほのかが衝撃的な問いかけをしてきたので、思わず盛大にむせ込む。手のひらで胸を叩いて飲み込みかけていたパスタを喉の奥に落とすと、小百合が差し出してくれたグラスの水を一気に飲み干した。

「だっていつもより食べるのゆっくりだし、元気ないんだもん」

動揺が落ち着くのを待ってからそう告げてくるほのかに、紙ナフキンで口元を拭いながら反対の手を左右に振る。それは完全に、彼女の勘違いである。

「違うの。ただちょっと、食欲がないだけ」

「産婦人科、紹介しようか？」

「だから違うってばぁ」

ほのかだけではなく既に妊娠と出産を経験している小百合にまでいじられ、つい大きめの声をあげてしまう。そんな七海の様子を見たほのかと小百合が「嘘うそ、冗談だって」「からかってごめんね」と謝罪してきた。

「社長の溺愛ぶり見てたから、もしかして！　と思ったんだけどなぁ」

「そんなにすごいの？　支倉社長」

「すごいよ～。結婚した直後よりは落ち着いたけど、それでも七海ちゃん大好き！　目の中に入れても痛くないぐらい可愛い！　って全身で主張してる感じがするもん」

「あらあら、職場でいちゃついてるのね」

「いちゃついてません」

「だからてっきり、おめでたかなのかと」

「違います。三日前までちゃんとアレだったもの」

「なんだ、残念」

七海の否定に小百合がつまらなさそうな声で、けれど表情はどこか楽しそうにそう呟く。七海をからかってくるのはその隣に座るほのかも同じで、会話が止まるとニコニコと笑顔を浮かべた彼女も七海の顔をじっと覗き込んできた。

「赤ちゃんじゃないなら、なんでそんなに元気ないのー？」

「別に元気がないわけじゃないんだけど……」

元気がないわけではない。友人たちとのランチや会話も、仕事に対する意識も、家に帰ってからの将斗とのやりとりも、普段通りにしているつもり。

七海としては、ちゃんとしているつもりなのだ。気持ちの上では。

だが他人から見るとあまり元気がないように見えることにも、薄々感づいている。もちろんどこか怪我をしたり、病気になったり、具合が悪いということではない。

ただ戸惑っている。——悩んでいる。

将斗に告げられた『恋心』と『愛情』と『決意』。偽りだと思っていたものが実はすべて本当だったという偽装溺愛婚の真実。いつまでも待つ、いつになっても構わないから自分の想いを受け入れてほしい、という将斗の願い。そしてそれを知った七海の心の中に生まれた感情。どう表現していいのかわからない、困惑と悩みの種。

小さな種は七海が知らない間に芽を出し、根を張り、茎と葉を伸ばし、この胸の中でどんどん成長している。嬉しさと不安と困惑が複雑に入り組み、樹海のように七海の心を支配している。

この感情をどうすればいいのか——受け入れればいいのか、切り落とせばいいのか、上手く判断ができずここ最近ずっと悩んでいる。

小さな種から芽吹いた悩みがこんなにも急激に成長したのは、すべて将斗のせいだった。彼の明るい笑顔と優しい声が太陽のように七海に降り注ぎ、彼の淫らな指先が七海の心と身体を濡らして潤していく。光と水を得て膨らんだ芽はあっという間に成長し、もう軽い気持ちで摘み取れるような大きさではなくなっている。

「ほのかと小百合は、上司を好きになったことある？」

急成長した感情を持て余し続ける七海だが、きっと一人で悩んでいても迷いの森を彷徨うだけ。

だから親しい友人たちに、この迷路を抜け出る方法を尋ねてみる。

「あるわけないでしょ。私、大学のときから付き合ってる人と社会人一年目で結婚したのよ。上司と恋愛してたら大問題だわ」

「そ、そういえばそうだったね……。小百合はないか」

小百合は就職して一年目で以前から交際していた男性と授かり結婚し、現在はフルタイムで働きながら仕事と二児の子育てを両立している。小百合のパワフルな姿にいつも元気をもらっている七海だが、今回に関しては七海の参考にはならなかった。

「私もないかなぁ。っていうか、社内恋愛がだめかもしれない」

「え、そーなんだ？　ちょっと意外」

「誰かに見られてるかも、って思ったら気になって仕事にも恋愛にも集中できないもん。完全に分けたいと思っちゃう」

ほのかの台詞に、七海だけではなく小百合も「なるほど」と納得している。

どちらかというと惚れっぽくて恋愛をしていないと生きていけないタイプのように見えるほのかだが、ゆるふわ系の見た目に反して考え方は堅実で現実的だ。仕事とプライベートを分離することでメリハリをつけているらしい彼女の回答も、残念ながら今の七海の道しるべにはならない。

「七海ちゃんは難しいよね。家でも仕事でもずーっと一緒だもん」

「……うん」

そうなのだ。察しのいいほのかと小百合にはすべてお見通しらしいので素直に頷いて、自分の悩みの種が将斗との今の関係であると白状する。それから最近ゆっくりと話せていなかった二人にここ数か月の出来事をかいつまんで説明すると、二人が呆れたような表情で七海を凝視してきた。

「七海ちゃんは、支倉社長を好きになるのが嫌なの？」

ふと尋ねられたほのかの的確な問いかけに、身体がギクリと飛び跳ねる。一瞬、言葉も失った。

「嫌、ってわけじゃないんだけど……」

「けど？」

「わからないの……。ずっと『上司』だったから」

胸の中にあるモヤモヤを少しずつ噛み砕いて言葉にしていく。

将斗に『好きだ』と伝えられ、『離婚するつもりはない』『俺を好きになってほしい』と言われた。その気持ちはもちろん嬉しい。だが自分が感じている正直な気持ちを言葉にすると『ありがとうございます、私もです』でも『ごめんなさい、嫌です』でもない。

七海の感情を正確に表現するならば『わかりません』が最も正解に近い。

「いつもふざけてばかりだし、そのせいで仕事が進まないこともあるし。でも尊敬してるところもたくさんあって、すごいなって憧れる瞬間もいっぱいあって。……結局、私の中で社長はただの上司だったから、どうしていいのかわからないの」

将斗のことが嫌いなわけではない。むしろ人としては尊敬している。だが彼に対して恋愛感情を持ったことはなく、親でも兄弟でもないがごく近しい身内のような存在だと認識していた。けれどその一方で、住む世界が決定的に違う人であることも理解している。

「それに社長は、特別な感情を持てるような人じゃ……恋愛をする相手じゃなかったの。だから今まで、そんなに深く考えたことがなくて」

「結婚までしたのに？」

「そうだけど……。でもそれは、あくまで『契約』の結婚だったから」

結婚しても、身体を繋げても、彼の両親に歓迎されても、周りが自分たちを夫婦だと認めても、七海の中には常に『契約』の二文字が横たわっていた。一年後の『先』があるとは夢にも思っていなかった。いつか終わりがあるものだとばかり思っていたのだ。

七海の内心を聞いたほのかと小百合が、微笑ましさと苦笑いを織り交ぜたような表情を浮かべる。

「七海はそう思ってたんだ。でもさ、好きでもない相手と結婚まではしないでしょ？」

「それに社長、あんなに好き好きアピールしてるのにね」

「だって本当に『アピール』だと思ってたんだもん……！」

二人は「そんな馬鹿な～」と笑うが、七海は本当に『愛妻アピール』だと思っていた。契約書を交わしたわけではないけれど、最初に取り決めた約束が『そう』だったのだから、気がつくはずがない。それを途中から事実だと言われても、すぐには理解が追いつかない。蓋を開ければ『最初から真実だった』と言われて、ただ混乱するばかりだ。

「佐久係長のときにはなかった悩みだねぇ」

店員が食後のお皿を下げてくれた後のテーブルへ突っ伏していると、ほのかがくすくすと笑い出した。一年前まで交際していたはずなのにやけに懐かしい名前を出された気がして視線だけ上げると、ほのかが満面の笑みを浮かべていた。彼女も隣で頬杖をついて七海を眺める小百合も、なぜか嬉しそうだ。

「でも佐久係長のときより『恋する乙女』って感じがするよ」

「確かにねぇ」

「そう……？」

「うん。いっぱい悩んで、いっぱい考えて……でもゆっくり少しずつ支倉社長に恋していってる感じがして、佐久係長と付き合ってたときより自然だと思うんだ」

ほのかが紡いだ『自然』というワードに反応して身体を起こすと、顔を見合わせた二人が「ねー」と楽しそうに笑い出した。まったくタイプが違う二人だが、波長や考え方は意外と合うらしい。

どうやら二人は、七海がここ最近悩み続けてようやく導き出した『もしかしたら自分も将斗を好きなのかもしれない』という可能性に、以前から気づいていたようだ。七海にしてみれば未だにしっくりきていないというのに、二人はその気持ちを大事にして、まだまだ悩んで考えろという。

種が芽吹いて生まれた感情を大切に育ててみたらいい。むくむくと増え続ける『恋心』と向き合っている今の七海の姿の方が、一年前より自然だと言うのだ。

「それに最近の七海ちゃん、ちょっと色っぽいもんね」

「ど、どこが……？」

「全体的に。表情とか、身体とか、メイクとか？」

「え……メイクは変わってないけど？」

「あ、そうだ。七海にいいものあげるよ。ほのかにも」

まだまだ七海をからかいたそうなほのかだったが、そこで小百合が話題を切り替えてくれた。カフェテーブルの下に置いたバスケットからバッグを取り出した小百合が、中に入っていた二つの紙袋を七海とほのかに一つずつ渡してくれる。

「お姉さんの新商品？」

「そう」

綾川小百合は上の姉が化粧品やメイク用品を製造・販売する会社に勤め、真ん中の姉がファッションやインテリア雑誌を取り扱う出版社で編集の仕事をしているという、美人三姉妹の末っ子だ。流行に敏感な真ん中の姉が上の姉が勤める会社の新商品情報を知りたがる流れから、小百合の元にもよくデモ製品が回ってくるらしい。

しかし新商品の色違いを全種類与えられても困るらしく、こうして余った商品や試供品を七海とほのかにも分け与えてくれる。お金を払うと言ってもいつも「要らないわよ」と返されるのでありがたく頂戴している二人だが、紙袋の中身を見た七海は少しだけ驚いてしまった。

（キスしたくなるつやぷる唇に……）

今回の新商品はリップスティックだった。買うと数千円はする人気シリーズの最新作は、水分と保湿成分が多く含まれていることから、塗れば唇がつやつやでぷるぷるになるらしい。秋冬には丁度良さそうなので、色さえ肌に合えば使い勝手がいいかもしれない。

「わ～、ありがと小百合ちゃん！　実はリップ、なくなりかけだったんだ～」

「そう？　じゃあ丁度よかった」

パッケージのプラスチックケースからぱこっと中身を外しているほのかの向かいで、『そのうち使ってみよう』と考えつつ自分のバッグへしまおうとする。が、その動きを斜め向かいから伸びてきた小百合の手にガッと掴まれて阻止された。

え、何……？　と驚いて顔を上げてみると、ほのかと小百合が極悪人のような笑みを浮かべて七海を見つめている。――さっき自分たちが口にした『自然で』は、一体どこへ行ったというの。

＊　＊　＊

「社長、こちらお下げしてもよろしいですか？」

「ああ、悪いな。食いっぱなしにして」

午後の業務開始と同時に社長室へ入室して、将斗のランチの後片付けをする。

いつもは社員食堂を利用するか会社の周辺に自ら足を運んで好きなものを食べることが多い将斗だが、今日は会議の参加者に用意された豪華な仕出し弁当がいくつか余ったので、将斗の元にも同じものが届けられた。書類の確認作業がやや押していたので食事をどうしようか、と考えていた将斗にとっては、渡りに船だったらしい。

「柏木」

「はい？」

使い捨てなのにやたらと立派な弁当箱を片付けていると、プレジデントチェアの背もたれから背中を浮かせて立ち上がった将斗が、そのまま七海の傍へ近づいてきた。名前を呼ばれたので返答しながら顔を上げると、すぐ傍に将斗の顔があると気がつく。

思わずびくっと身体が跳ねて硬直する。つい先ほどまで上司である将斗を好きだのなんだのと友人たちと会話していたせいか、変に動揺して緊張してしまう。

七海の内心を知ってか知らずか、至近距離で目が合った将斗が不思議そうに首を傾げた。

「どうした？」

「え……？」

「午前より可愛くなってる」

社長であり上司であり夫である将斗から不意打ちで褒められ、七海の身体が一層固まる。

サバンナのど真ん中でライオンと遭遇してしまった草食動物の気分だ。目が合っただけなのに、瞬間的に『あ、これはだめなやつだ』と直感する。

「ああ、唇だな。いつもより色もツヤもいい」

将斗が七海の頬を大きな手で包み込み、親指の腹で唇をゆっくりと撫で始める。それが獲物を品定めする猛獣のようにも、七海を口説いて可愛がろうとする溺愛夫のようにも見えて、混乱する。

（な、なんで気づくの……!?）

不思議で仕方がない。どうして将斗は、七海の変化に敏感に気がつくのだろう。小百合にもらったリップはそこまで色も濃くないし、うるうるつやつやと言っても油を塗りたくっているわけじゃない。普通なら気にも留めないか、気づいてもリップクリームを塗り直したのだろうと思う程度の微々たる違いなのに、七海の変化を敏感に察知して完全に把握しているようだ。

そんな将斗を『すごい』を通り越して『こわい』とすら思ってしまう。

「急に色っぽくなるのは止めてくれ。仕事に集中できないだろ」

「！」

そう呟いたかと思うと、唇を撫でていた手が後頭部にするっと回り、そこを支えられたまま唇を重ねられる。しかも突然の口づけはただの触れ合いではなく、唇の上をぺろっと舐められるという恥ずかしすぎるキスだ。

職場で、しかも仕事中にキスをされたことなど今まで一度もなく、動揺のあまり咄嗟に身体を縮こめて将斗を回避してしまう。しゃがみ込んで下に逃げたので将斗の手からは逃れられたが、驚きと焦りのあまり防御姿勢から立ち上がれない。

身体が熱くなっている。驚きと恥ずかしさから顔を上げられない。

「今はこれだけにしとく。続きは家に帰ってからのお楽しみだな」

「し、しませんっ……！」

動揺で声が震えると、将斗の大きな手が七海の頭をぽんぽんと撫でる。その触れ合いにおそるおそる顔を上げてみると、舌の先を出した将斗がにやりと不敵な笑みを浮かべていた。

「最近の七海はどんどん可愛くなるから、全然安心できないな。また誰かに盗られるんじゃないかと思うと、秘書課に戻すのも気が引ける」

「……っ」

七海をからかう意地悪な笑顔を見て、突然のキスがせっかく塗ったリップを舐め取るためのものだと気がついた。七海としては大きな変化ではないと思うのに、そうまでして七海が『キスしたくなる唇』になるのを止めたいらしい。

——将斗の独占欲と愛情表現は、妻を恋の奈落に突き落とす凶暴な罠のようにしか思えない。

＊　＊　＊

「明日は一緒に出勤するか」

テレビから流れてくる天気予報を聞いた将斗が、ふとそう提案してくる。夕食の焼き魚の身から小骨を取り除いていた七海が顔を上げると、ダイニングテーブルの向かいに座った将斗がテレビのリモコンを操作して音量を上げているところだった。

ジャケットを脱いでネクタイを外しワイシャツ一枚だけになった仕事終わりのこの格好は、職場では見ることができないラフな姿だ。上司であり夫でもある将斗の姿にぼんやり見惚れていると、テレビから視線を外した将斗と目が合う。

「朝から結構降るらしいぞ。雨で濡れないように、俺の車で行こう」

にこりと笑いながらそう提案され、七海の意識が現実に戻ってくる。

「だ、大丈夫ですよ。外の移動、それほど多くないので」

同じ職場に勤めてはいるが、将斗は経営者で社長、一方の七海はただの会社員だ。

もちろん将斗が自分で運転する車に同乗することはそれほど問題にならない。だが社長専用車となると話は別だ。将斗は『妻で秘書なら問題ないだろ』と言ってくれるが、スケジュールの都合上将斗が社長専用車で出退勤することはあっても、七海は絶対にそこには同乗しないよう徹底している。そしてその延長から、さほど問題にはならない将斗の自家用車出勤にも極力同乗しないようにしている。将斗もそれを知っているはずだが。

「いいから。大事な妻に、風邪を引いてほしくないんだ」

将斗に屈託のない笑顔を向けられ、う、と言葉に詰まる。将斗の想いが嫌なわけでも、迷惑だと思っているわけでもない。ただ臆することなく『大事な妻』と口にする将斗の愛情深さと眩しさに、照れて言葉が紡げなくなってしまう。

（私、将斗さんのこの笑顔が……将斗さんが好き――）

優しい表情を向けられた七海の胸の中に、不意に一つの『答え』が生まれる。それはここ数週間『きっと』『おそらく』『たぶん』という仮定が付随してばかりで、自分でも自信がなかった感情が明確になった瞬間――七海が自分の恋心にようやく気がついた瞬間だった。

（そっか……。私……好き、なんだ）

一度認めてしまえば案外ストンと腑に落ちる。一緒に出勤しよう、と言われて夫への恋心に気づくなんて、ロマンティックさの欠片もないし、色気も素っ気も味気もないと思う。だがその反面、ほんの些細なきっかけで自覚するところが自分らしいとも思う。

小百合とほのかの助言の意味をようやく理解する。

愛情深く慈しんでくれる将斗の気持ちを『偽り』だと信じ込んでいたせいで、自分の中に芽生えた感情の扱いに困っていた。これまでの恋愛との違いや急すぎる展開の数々、それまで築いてきた将斗との関係の変化に困惑と不安を抱いて、自分でもどうしていいのかわからなくなっていた。

だが友人たちはその感情と将斗に向けられる想いを享受し、大事に育てて、たくさん悩んで考えろと言ってくれた。太陽のように眩しい笑顔を向け、恵みの雨のように濡れた指先で心も身体も優しく撫でてくれる将斗と真剣に向き合ってみたい、という感情に気づかせてくれた。

悩みの種はいつの間にかこんなにも大きく成長していた。友人たちの助言を頼りに自分の気持ちや将斗の気持ちと向き合って、自然と答えが出るまで待ち続けた七海の中に——小さな芽から大きな樹へ成長した恋心に、彩りに満ちた花が咲く。

（私は、将斗さんが好き）

答えが出てしまえばそれほど難しいことではない。驚くほど単純でわかりやすい感情だ。

もちろんお互いの立場とか、自分に支倉建設の社長夫人が務まるのだろうかとか、両親になんて説明すればいいのだろうかとか、悩みや不安のすべてが完全になくなったわけではない。けれど自分の感情を正確に把握して気持ちを認めることは、七海の心をふわりと軽くした。

「あの……質問をしてもいいですか？」

七海がぼんやりしている間に天気予報が終わったらしい。天候の確認を終えてテレビの電源を落とした将斗に声をかけると、こちらを向いた彼が「ん？」と首を傾げた。

「何？　やらしーこと？」

「ちがいます」

七海がすかさず否定すると、将斗が「じゃあ、なんだ？」と笑顔を向けてくれる。七海は食べかけの茶碗をテーブルに、箸を箸置きにのせると、姿勢を正して質問を切り出した。

「来月、将斗さんの誕生日ですよね？」

「？　ああ、そうだな。そういえば」

「何か欲しいもの、ないですか？」

来月、十月十日は将斗の誕生日である。元々上司の誕生日は正確に記憶していた七海だったが、以前『将斗（俺）の誕生日は十が並んだ、〝まさ〟に〝十〟の日』と親父ギャグみたいなことを言われたせいで、忘れようにも忘れられなくなった。

とはいえ、欲しいものは自分でなんでも手に入れられる将斗だ。例年秘書として祝いの言葉を口にするだけで、あえて何か贈り物をしたことはなかった。

今にして思えば、将斗の『下のコンビニで買ったクッキーでもいいから、何かくれよ』という台詞も、七海に祝ってほしいという感情の表れだったのだろう。そうとは知らず『プレゼントなら、お付き合いしている女性からもらった方が嬉しいのでは？』と適当に返していた七海だからこそ、今年は将斗の望むものを用意したいと思う。

そしてそれを渡すときに、七海の今の気持ちもちゃんと伝えたいと思う。

「私サプライズとか苦手なので、欲しいものがあれば教えて頂けるとありがたいのですが……」

ただし慣れないことはするものではない。贈り物を選ぶこと自体は嫌いではないが、将斗の好みに合わなかったら困るので、そこは素直に聞いておきたい。

七海の問いかけがよほど意外だったのだろう。茶碗と箸を持ったまま氷のように固まる将斗を見て『やはり本人に聞かない方が良かっただろうか』と感じ、七海も動きを止めてしまう。

お互いに石化の魔法を使い合っているように、見つめ合ったまま硬直する。

その停止状態から先に抜け出したのは将斗だった。ハッと我に返った将斗が、

「七海が祝ってくれるなら、なんでもいい」

と呟いたので、やや遅れて七海の魔法も無事に解ける。

「なんでも？　本当に、なんでもいいんですか？」

「ああ、もちろん」

「でも私、将斗さんみたいに車でどこかへデートに行くとかはできません。将斗さんがそれほど欲しくないものを用意してしまうかもしれませんよ?」

「いいよ」

我に返った七海の念押しに、将斗が笑みを浮かべて頷く。

「七海が祝ってくれるだけで嬉しい。なんならプレゼントはなくてもいい」

「なしってことはないですよ。ちゃんと用意しますから」

「わかった。じゃあ、楽しみにしてる」

嬉しそうに微笑んだ将斗が食べかけだった食事を再開する。もぐもぐと口を動かしながらも実は少しだけソワソワする様子に、なぜか七海まで照れてしまう。

プレゼントはなんでもいいらしい。ならば七海が用意したいものは決まっている。もちろん将斗に何か欲しいものがあるならそれを優先するつもりだったが、特に希望がないのなら七海の自由にさせてもらう。

サプライズは苦手だし、喜んでくれないかもしれない。けれど七海も将斗の気持ちに応えたい。今の自分の気持ちを、彼に届けたいと思うから。

この雨が上がったら——きっと次は、二人のための花が咲く。

＊　＊　＊

「まさか七海の手作りケーキを食える日が来るとは」

ソファの隣に座った将斗が嬉しそうな表情をするので、七海もそっと笑顔を返す。

今日は絶対に残業をしないよう怒涛の勢いで仕事を終わらせ、定時になると将斗よりも先に帰宅した。そこからいつもより豪華な夕食を作りつつ、昨日のうちに生地を焼いておいたスポンジケーキにデコレーションを施した。

将斗は七海が作った夕食だけでなく、甘めの生クリームと甘酸っぱいいちごをたっぷりのせた定番のバースデーケーキも喜んでくれる。

「お誕生日おめでとうございます」

「ああ、ありがとう」

目の前のテーブルでケーキを切り分けて将斗に手渡すと、すぐにフォークで一口分を掬いあげ、口に運ぶ。もぐもぐと口を動かす将斗の顔をじっと見上げながら、

「どうですか？　レシピ通りに作ったので、味は問題ないと思うのですが」

と尋ねると、ごくんと飲み込んだ将斗がまたすぐに笑顔を見せてくれた。

「美味い。売ってるやつより俺好みだ」

「本当ですか？　良かった」

将斗が手作りケーキを絶賛してくれるので、ホッと胸を撫で下ろす。正直スイーツを作った経験はそこまで多くないので成功するか心配だったが、将斗がちゃんと喜んでくれてよかったと思う。

誕生日プレゼントはなんでもいい、と言ってはくれたが、作ったケーキがまったく美味しくなかったらさすがに申し訳ない。

エスプレッソマシンで淹れた濃いめのアメリカーノと一緒にケーキを楽しむ将斗の隣で、七海も自分の分を皿に盛る。彼と同じようにケーキを味わった七海は、ふむふむ、と小さく鼻を鳴らした。

「食感はもうちょっとフワフワしてる方が良かったですね」

「いや？　俺はこっちの方が好きだぞ？」

本当は百点満点のケーキを用意したかったが、これなら八十点ぐらいだろうか。まあ味は悪くないかも？　と評価する七海に、将斗が食べ終わった皿を差し出してきた。

「もう一切れくれ」

「えっ？　ご飯もいっぱい食べたじゃないですか。食べすぎると太りますよ……？」

「大丈夫だ。そのぶん週末ジムに行ったときに、筋トレとランニングの量増やすから」

七海の手作りケーキをよほど気に入ってくれたらしい。いちごと生クリームを挟んだスポンジケーキの周囲にさらにクリームを塗り、上にいちごを並べただけのありきたりなケーキだが、将斗がここまで喜んでくれるとは思わなかった。手渡した二切れ目のケーキを嬉しそうに食べる将斗の笑顔と豪快な食べっぷりに、また密かにきゅんとする。

「七海が俺のためにケーキを作ってくれて、一緒に食えるなんて。一年前は想像もしてなかったな」

しみじみと呟く言葉を聞いて、マグカップに伸ばしかけた手が止まる。将斗の切ない心情の吐露は、七海の胸を静かに締めつけた。

「去年のこの時期だと、七海を帰したくなくて残業させまくってた頃か」

「え……職権乱用じゃないですか」

「もう時効だろ」

七海の指摘に将斗がにやりと笑みを零す。

ちなみに全然時効ではない。現在の法律では、時間外労働に対する残業代請求の期限は三年となっている。もちろん正規の残業代を支給されているので法律上は問題ないが、将斗の行為は部下に不要な労働をさせるという紛れもない悪行だ。

だが悪行を言い出せばきりがない。将斗はすぐに仕事をサボってだらけるし、社長室から姿を消す人なのだ。だからその皺寄せで七海が残業をするのも、仕方がないことだと思っていたのだが。

そこまで考えて、ふと気づく。一年前と打って変わって、今の将斗はいつも真面目に仕事をこなしている。最近はサボっている姿もほとんど見ていない。

「そういえば、結婚してからは本当に真面目になりましたよね」

「当然だろ。残業したら七海と過ごす時間がなくなる」

七海が何気なく問いかけた言葉に、将斗が長めの吐息を零す。

「言っただろ？　七海は俺のいじらしい努力に気づいてない、って」

「……冗談だと思ってました」

「だろうな」

以前も聞いた主張にぽつりと返答すると、苦笑いを浮かべた将斗がフォークと皿をテーブルに戻す。気がつけば二切れ目のケーキも皿から綺麗になくなっていた。

「でも俺は、七海以外に迷惑をかけたことは一度もないぞ。七海に探されたくてどこかに行くのも、会議や来客の予定があるときはやらなかった。やったとしても見つかりやすいところまでしか行かない。ソファでだらけるのも七海に触れるきっかけが欲しかったから。残業だって『遅くなったから一緒に飯でも行こう』と誘うためだ。ま、結局一回もいい返事をもらったことはなかったけどな」

将斗が連ねる計算し尽くされたサボりの真実に、つい言葉を失う。だが確かにすぐサボるし、だらけるし、姿も消すが、それにより七海以外の者に迷惑をかけたことはない。それどころか将斗に怠惰な一面があることすら、七海以外は誰も気づいていないかもしれない。

「そんなことでしか気を引けないなんて、ガキの初恋と一緒だよな。けど恋人がいた七海には、それが精一杯の主張だった」

将斗の切ない告白にどう返答すればいいのかと狼狽する。しかし彼は七海に答えを求めているわけではないらしく、マグカップの中身を一口飲むと「あ」と短い声をあげた。

「今は違うからな？　帰ったらいくらでも触れ合えるから、最近はちゃんとしてるぞ？」

「仕事はいつでもちゃんとしてください」

慌てて言い訳をする将斗に、そういうことではない、と頬を膨らませる。そんな七海の姿を見て満足したのか、将斗がふっと表情を綻ばせた。

将斗の屈託のない笑顔を見つけて、また胸が高鳴る。

将斗は自分の恋心を決して言葉に出さなかった。本心では気づかれたいと思っていても、七海に気を遣わせて気まずい関係にならないよう、ひっそりと七海を想い続けてくれていた。報われないと知りつつも諦められず、ずっと気持ちを募らせていたという。

鳴かぬ蛍が身を焦がす、という表現がぴったりかもしれない。声にも言葉にも出さない代わりに秘めた想いを行動で示す将斗の恋は、宵闇に淡く揺蕩う光のように美しい。

七海はずっと、そんな将斗の想いを見逃していた。大切にされていたことさえ気づけなかった。

だが今は違う。将斗の想いを知った今――彼の気持ちと自分の気持ちが少しずつ近づいて重なっていると自覚した今はもう、将斗の感情を見落とさない。

今ならこの気持ちを伝えられる。将斗の想いに応えられる。

「実はもう一つ、お渡ししたいものがあるんです」

「ん？」

顔を上げた七海がそう告げると、将斗が一瞬目を丸くした。彼は七海が用意した誕生日プレゼントは豪華な夕食とケーキだけだと思っていたようで、他にもプレゼントがあることを想定していなかったらしい。

少し驚いた顔をされたが、すぐに優しく微笑んでくれる。だから七海も将斗からは見えない場所――ソファの後ろに隠しておいた紙袋を手にすると、それを将斗へ差し出した。

「プレゼントもあるのか。嬉しいな」

紙袋から出てきた小さな箱を手にした将斗は、きっと時計やネクタイピンといった普段使いできる装飾品が入っていると思ったのだろう。嬉しそうな様子で長方形の小箱の蓋を開けた将斗の動きがピタリと停止する。ちらりと将斗の顔を覗き見ると、表情も見事に固まっていた。

「七海……？　これ、まさか……！」

七海が用意した小箱の中身を見た将斗は、すぐに正解に辿り着いたようだ。

「結婚指輪か……!?」

「……はい」

それはそうだろう。台座にはめ込まれた大きめのものと小さめのものが一対に並んだプラチナのリングは、よく見るとデザインがまったく同じ。ストレートラインの指輪には工芸品のように細やかな模様が刻まれ、大きな方にはブラックダイヤモンド、小さな方にはホワイトダイヤモンドが埋め込まれている。

よほど勘が悪い人じゃなければ気がつくだろう。

これが二つで一つの意味を成す『結婚指輪』であることを。

「ちょ、待て待て！　なんで七海が結婚指輪を用意してるんだ!?」

プレゼントの正体には気がついたが、その結婚指輪を七海が贈る理由まではわからなかったらしい。焦りと困惑のまま勢いよく尋ねられた七海は一瞬怯みそうになったが、将斗の表情から、彼が嫌だと感じているわけではないと察する。

むしろ彼の顔には『嬉しさのあまりどんな表情をしていいのかわからない』との感情が滲み出ている。年上の男性相手に失礼かもしれないが、慌てる姿がちょっと可愛いと思ってしまう七海だ。

「将斗さん、プレゼントは何でもいいとおっしゃったので」

「いや、確かに言ったが……予想外すぎるだろ！」

将斗の困惑の声を聞いた七海は、つい「ふふふ」と笑ってしまう。いつも七海にちょっかいをかけたりからかったり悪戯をしてくる将斗に、最高のタイミングでやり返した気分だ。

だが将斗をからかってばかりもいられない。

七海も素直な気持ちを将斗に伝えたい――伝えなければいけなかった。

「ずっと『偽装溺愛婚』なのに指輪がないことを不思議に思っていたんです。お互い金属アレルギーではないのに指輪がないってことは、もしかして将斗さん、指輪は要らない主義なのかな、と」

「そんなわけないだろ」

七海の予想を耳にした将斗が、焦ったように首を振る。一応、単純に『結婚指輪というものの存在を忘れている』可能性も考えていたが、どうやらそれも違うらしい。

二つの指輪が並んだ小箱を左手でしっかり掴まえた将斗が、右手で七海の頬に触れる。そのまま七海の顔を包み込んで、少し後悔したように眉根を寄せる。

「七海が俺のすべてを受け入れてくれたときに渡すつもりだった。七海から好きだと言ってもらえたら、その証明にしたいって、ずっと……」

「じゃあちょうど良いですね」

将斗の表情から『確信』を得た七海は、将斗の右手に自分の左手を重ねてそっと微笑んだ。

「貴方が好きです、将斗さん」

「！　七海……」

「私に手を差し伸べてくれたこと、両親と真剣に向き合ってくれたこと、慎介さんから守ってくれたこと、職場での問題を穏便に解決することで私を助けてくれたこと――私を愛してくれること」

将斗が七海に向けてくれる愛情の一つひとつを思い出しながら、ゆっくりと想いを重ねていく。

黙っていては伝わらないと、丁寧に言葉として紡いでいく。

「すごく大切にされていたのに、私、ずっと気づけていませんでした。でも将斗さんに助けられて、守られて、優しさに触れて、たくさん愛されて……将斗さんの気持ちを嬉しいと思うようになりました。私も、将斗さんを好きになっていたんです」

知らないうちに芽吹いた恋はいつの間にか成長して、あっという間に大きくなった。七海にぬくもりと彩りをくれたのは——あの日チャペルで捨てられた七海を拾って、恋の種を握らせ、光と水を与えて大切に育ててくれたのは、目の前にいる将斗だった。

重ねた手に力を込めて自らの想いを丁寧に伝える。

たくさん待たせてごめんなさい、と謝罪の気持ちも乗せて。

「遅くなって、申し訳ありません」

「七海……」

「将斗さん。私と、結婚してくださいませんか」

もしかしたら緊張してしまうかもしれない、大事な場面で噛んでしまうかもしれない、と不安だった。だが口にしてみれば案外するりと言葉になる。それが自分でも意外だったが、すぐに友人たちの言葉を思い出す。

仮に緊張しても、噛んで言い間違えても、将斗にはちゃんと伝わるはずだ。

なぜならこれが、七海にとっての『自然』なのだから。

「将斗さんと、ずっと一緒にいたい。本物の夫婦になりたいです」

「七海……っ」

頬から離れた将斗の手が背中に回る。指輪の箱を握ったまま思いきり抱きしめられる。胸いっぱいに広がっていく将斗の匂いを感じながら、七海も彼の背中にそっと手を回す。

七海の身体を抱きしめたまま、将斗が少し掠れた声を零した。

「嬉しい、七海……嬉しくて……泣きそうだ」

「将斗さん……」

「誕生日に、世界で一番愛しい妻からプロポーズされるとは、思ってなかった」

そんな大げさな、と気恥ずかしさを感じつつ、七海も嬉しい気持ちで満たされる。

気持ちを伝え合って、心を通わせて、想いが重なり合うと、心も身体も自然と温かくなるみたいだ。将斗の抱擁に息苦しいほどの圧力を感じているはずなのに、その温度が心地よい。

「私たちは始まりから普通とは違ったので……それならこういう形でもいいのかな、って」

将斗の存在を全身で感じながら、自分の胸の内にある気持ちを少しずつ言葉にしていく。好きという気持ちと同じぐらい、今の七海が感じている不安や心配も伝えるように。

「女性としても、秘書としても、将斗さんの妻としても、私は未熟で半人前です。支倉建設社長である将斗さんを生涯支え続けていくにはまだまだ力不足で、きっとご迷惑をおかけしてしまうこともいっぱいあると思います」

「そんなわけないだろ。俺の妻は七海じゃなきゃ務まらない。……俺が、七海以外愛せないからな」

けれどその感情を否定するように——否、七海の心配や不安をしっかり受け入れた上で、七海だけを欲していると伝えてくれる。

他は要らない。七海だけがいい。病める時も健やかなる時も、富める時も貧しき時も、七海を愛し敬い慈しむと誓いを立てられる。

先のことはわからない。でも将斗の言葉は信じられる。だから七海はその誓いを受け入れ、返答の代わりに背中に回した手にもう一度ぎゅっと力を込めた。

「ありがとうございます。私、少しでも将斗さんに相応しい人になれるように、頑張りますね」

「七海」

「ふつつかな妻ですが、この先もよろし……わっ……!?」

将斗の想いに応えるように精一杯の気持ちを伝えていたのに。妻としてこの先の人生をともに歩む決意を、夫である将斗にちゃんと示していたのに。

「七海の恋が始まったばかりでも、俺は止まらないからな。七海が『その気』になってくれたなら、もう遠慮しない」

「いえ、あの……。……。……お手やわらかにお願いします」

熱く獰猛な視線と真剣すぎる宣言に文句を言うのは、もう諦める。気持ちを伝えて想いを重ね合った今、きっと何を言っても変わらない。二人の間にはどんな言葉も必要ないほど、甘すぎる香りと高すぎる熱が迸っているのだから。


「なんでこんなにサイズぴったりなんだ？」

七海の上に跨ってシャツを脱ぎ捨てた将斗は、衣服の着脱時にどこにも引っかからず、けれど指にしっかりと馴染む真新しい『結婚指輪』に疑問を抱いたらしい。不思議そうに自分の左手を眺める将斗に、ふふふ、と勝ち誇ったような笑みを零す。

「実は将斗さんが寝た後に、こっそり測ったんです」

衣服を剥ぎ取られてベッドに押し倒された七海の身体に残っているのは、上下の下着のみ。この防御力が低い状態で得意げな顔をするのはおかしいかもしれないが、慣れないはずの指輪がやけに肌に馴染む理由を将斗に教えてあげたい気持ちが勝る。

「色々と試してみたんですけど、将斗さんは私が背中を向けて寝てるときに後ろから抱きしめて眠る体勢が、一番ぐっすり眠っていて」

「そうなのか？　まあ確かに、七海を抱いて寝ると落ち着くが……」

「その状態だと将斗さんの手が私の顔の前に来るので、指のサイズを測るのにうってつけなんです」

ぴったりと合う指輪をオーダーするには指のサイズの確認が必須だ。将斗に内緒で結婚指輪を用意しようと考えていた七海は、彼の指のサイズをどう把握すればいいのかと密かに悩んだ。

自分一人で悩んでも答えが出なかったので素直にジュエリーショップの店員へ相談したところ、紐や紙を巻きつけてその長さを測ればおおよそのサイズがわかる、細かいサイズは後から直すこともできる、と教えてくれた。だからその方法で将斗が寝ている間にサイズを測ろうと計画した七海だったが、実際は予想よりもずっと簡単に指のサイズを計測できた。

なぜなら将斗は、七海が背を向けて寝ると必ず後ろから身体を抱きしめてくる。しかも七海の身体を抱いていると入眠が早く眠りも深くなるようで、手を握ったり爪を撫でたり、指を絡めてみたりしてもまったく起きない。手に触れたまま振り返って名前を呼んでも起きないので、七海を抱っこしている間の将斗が相当リラックスして眠れているのだとわかった。

「だから将斗さんが眠ったことを確認したあとに、ゆっくり動いて、こっそり測りました」

「俺が寝た後に、そんな可愛いことしてたのか」

「あ……え、えっと」

将斗に真顔で尋ねられ、言葉に詰まる。七海の顔と左手薬指の指輪を交互に見比べてくる将斗の仕草に、なんとなく墓穴を掘った気がして目が泳ぐ。それをどうにか誤魔化そうと、さり気なさを装って話題のすり替えを試みた。

「で、デザイン……気に入らなかったですか？」

「いや？　気に入ったよ」

ジュエリーブランドや指輪のデザイン、石の種類や数も、七海が自ら吟味し熟考したうえで決定したもの。どちらかというと即断即決タイプの七海にしては珍しく、かなり時間をかけて真剣に悩み、自分の希望と将斗の指に似合いそうなデザインを兼ね備えたものを選んだつもりだ。

けど将斗が気に入らなかったらどうしよう、と不安を感じたが、七海の心配は即座に否定された。

「ただ俺が贈るつもりだったのに先を越されて悔しいというか、負けた気がするのに嬉しいというか……不思議な気分だな」

将斗が悔しさと喜びを織り交ぜたように呟くので、してやったりという気持ちで微笑む。

すると手を伸ばしてきた将斗が七海の身体に突然触れて、胸の前にあった下着の留め具をぷつりと外してしまった。

「七海、欲しいものないのか？」

「ありません」

「即答かよ」

「聞かれるだろうと思っていたので……んっ」

恥ずかしい部分が丸見えにならないよう腕を抱いて胸を隠しながら将斗の質問に答えたが、大きな手に手首を掴まえられて退かされると、返答の語尾が少しだけ揺れる。

「っ……ぁ」

それでもどうにか平常心を保つつもりだったのに、身を屈めた将斗が鎖骨の上に口づけてきたのでつい甘えるような声が零れてしまった。

「あ、で、でも……旅行には、行きたいです」

「旅行って、新婚旅行か？」

「はい、えっと……将斗さんと行けるなら、どこでもいいので……っゃ、ん……ぅ」

将斗のさらなる質問に答える七海だったが、指先で顎をくいっと持ち上げられて丁寧に口づけられたせいか、返答の台詞が甘え声に途切れる。そのまま深くなっていくキスに、徐々に思考が奪われていく。恥ずかしさを紛らわせる言葉さえ紡げなくなる。

「はぁ……七海がデレてる。普段は警戒されてるから、甘えられるとほんと破壊力やばいな……」

「は、破壊力、って」

「ツンデレの猫がようやく心を開いてくれた気分だ」

「や、あの……私、猫ちゃんじゃない、ので……喉撫でるの、やめてください！」

将斗が嬉しそうに語る言葉を途中まではちゃんと聞いていた七海だが、恥ずかしさのあまりつい大きな声を出してしまう。だが将斗に動じる様子はなく、「じゃあ、どこなら撫でていい？」と七海の顔を覗き込んでくるだけだ。

何も言えずに口籠もっていると、にやりと笑った将斗に脱げかけのブラを剥ぎ取られる。その下から現れた膨らみを横から持ち上げ、頂点にそっと口づけられた。七海の胸を支える将斗の手にはプラチナの輝きが煌めいている。七海の左手を彩る煌めきと同じ色だ。

「将斗さ……ん」

「ああ——俺の七海が、今夜も可愛い」

そう呟いて再度唇を奪われると、今度こそ本当に何も言えなくなってしまう。

「んぅ……ふ、ぁ……あ」

将斗のキスはいつも情熱的だ。もちろんキスだけではなく七海を優しく撫でる指先も、七海の心を射貫くような視線も、七海に語る言葉も、すべてが愛情深く思いやりに溢れていて、いつも彼のすべてに満たされている。

しかも自分の想いを明確に口にするようになってからは、なおさら情熱的になったような気がする。もしくは七海が将斗の想いを知り気持ちを重ね合わせるようになったことで、相乗効果的に彼の愛と欲を感じやすくなったのかもしれない。と、ここ最近の二人の関係や自分の気持ちの変化について考察できているうちは、まだ余裕があった。

その余裕は将斗の舌が口内を蹂躙し、互いの舌の表面が擦れて淫らに絡み合うようになると、あっという間にどこかへ消え去った。

「ふぁ、ぁ……っん、ぅ……ん」

熱い塊がぬるぬると滑って絡むたびに、全身が敏感に反応する。互いに裸になり、七海の顔の横に腕をついて逃げ道を塞ぐように覆い被さられそのまま深く口づけられると、将斗のこと以外何も考えられなくなっていく。

口の中まで性感帯になったように錯覚する。優しいキスに甘く蕩けると、理性も感情も身体の自由も奪われて、すべてがとろとろにぐずぐずにほどけていくみたいだ。

「ひぁ……ぁ……っ」

舌先で優しく丁寧に口内を探られ、貪るような深いキスを繰り返される。唇の隙間からくちゅ、ちゅるる、と水の音が漏れるたびに性感が高まって、口の中がさらに濡れていくことを自覚する。

二人の熱が混ざり合うと、その蜜液が全身の感度をさらに引き上げていく。まるで二人で作った新種の媚薬に酔い痴れていくように。

「ん……ぅん……？　将斗さ……？」

甘い秘薬を二人で分け合っていると、頭を撫でてくれていた将斗の指先が動き出した。

七海の髪、頬、輪郭を優しく辿っていたと思ったのに、突然顎の先を捕らえられ、首が動かないよう輪郭のラインを指先で固定される。

急に強い力で顔を押さえられ、しかも気持ち良かったキスまで止まってしまったことに疑問を抱く。不思議に思った七海が将斗の意図を確認しようと視線を上げる直前、七海の耳にふぅ、と息が吹きかけられた。

「ふぁ⁉　あ……っぅ」

「ん。やっぱりな」

七海の身体がびくんと強張ると、それを見た将斗が満足げに笑う。顔の向きを固定されて耳元で喋られているので表情までわからないが、彼が七海の反応を楽しんでいることはすぐに理解できた。

「っ……ぁ、ん……ぅ」

「七海、実はすげぇ耳弱いだろ？」

「だめ、みみ……っぃあ、あ」

「ここ舐めたらどういう反応するか、前から気になってたんだよな」

将斗が呟いた驚きの悪戯に、首から背中、腰の間にざわりと甘い電流が走る。

彼の言う通り、実は七海は耳が弱い。自分で手で触れるぶんには問題ないし、今までそこが弱いと思ったこともなかった。だが将斗の低く甘い声を至近距離で感じると、いつも全身が反応する。

将斗が七海に秘密の話を耳打ちするとき、『惚れてくれ』『好きだ』『愛している』と低い声で囁かれたとき――七海の身体はいつも緊張して、首の後ろや背中がぞくぞくと痺れていた。

これまでは上手に隠してきたつもりだった。だが将斗に知られていたなんて。恥ずかしい身体の反応を、実は見抜かれていたなんて。

「ふゃぁ、あぁっ……!?」

顎を固定されて顔を動かせないままドキドキと緊張していると、宣言通り将斗が耳にキスを落としてきた。彼の低い声を耳元で感じるだけでも背筋が震えるのに、唇で耳朶に直接触れられるともうたまらない。

ぞくぞくっ……と背筋に電流が走ると同時に甘え声が零れたが、その過剰な反応が将斗の悪戯心に余計に火をつけた。

「好きだ、七海。……可愛い俺の妻」

「あぁぁ、あっ……だめ……しゃべっ、っゃ、ぁあっ」

わざと耳の中へ愛の言葉を囁かれると、それだけで身体が大きく跳ねる。まだ触れられていない胸や秘部にまでぴりぴりと電流が伝わり、あっという間に七海の身体を濡らして蕩けさせていく。

「まさとさ……まさと、さぁ……んっ」

「ん……可愛い反応。もっといじめて、啼かせてやりたくなるな」

「や、やぁ……っぁん」

キスや囁きだけでは飽き足らず、今度は耳の中を舌で舐られる。さほどざらついているわけでもないのに、舌の表面と耳殻が擦れ合って鼓膜を直接震わせる音は、ざわざわ、ぞるる、と低い振動音を含んでいる。

本来なら不快に思ってもおかしくないはずなのに、今の七海の身体はその音も快感に変換するらしい。耳朶や耳尖を将斗の熱い舌で恥ずかしく責められるたびに、どうしようもなく全身で感じて気持ち良くなってしまう。

「ああ、もうトロットロだな……すげぇ濡れてる……」

「や、ぁあ……ちが……ぅん」

強い刺激に聴覚と理性を奪われていた七海は、将斗の手がいつの間にか顎先を離れていたことに——首筋から鎖骨、胸の膨らみ、脇腹から腰のラインを撫でられていたことに気づけなかった。

ようやく顔を離してくれた将斗の感嘆を耳にしたとき、七海は熱を含んだ息を零して呼吸をするだけで精いっぱいだった。酸素を求めてはふはふと浅い呼吸を繰り返していると、弛緩した身体をぐっと開いて暴かれる。脚を左右に大きく拡げられた瞬間、秘裂にぬとりと濡れた気配を感じた。

「これだけ濡れてたらそのままでも……。……七海？」

七海の反応を見て楽しそうに微笑む将斗だが、七海だってただ弄ばれているわけにはいかない。今夜の七海は将斗の誕生日を祝うことで、これまで彼の愛情に気づけなかったことへの謝罪と、たくさん甘やかしてくれていることへの恩返しがしたいと思っていた。一途に愛してもらっているぶん、自分の気持ちも返したかった。

だから身体を起こして将斗の肩を押すと、彼をシーツの上へ座らせる。それから大きな肩に手を添えて、顔をそっと近づける。

「……仕返し、です」

驚きの表情のまま固まっている将斗の頬にちゅ、とキスする。仕返し、というのは半分本当だが、半分は照れ隠しだ。言葉にする代わりの小さな戯れに、将斗が幸せそうな笑顔を綻ばせる。

「頬にキスなんて、ずいぶん可愛い仕返しだな」

口では七海をからかうが、表情はこれ以上ないほど嬉しそうである。だからその後に続いた、

「このまま上に乗ってみるか？」

という提案には、七海も素直に頷いた。

いつもと同じ場所から避妊具を取り出して準備を終えた将斗の上に跨り、ゆっくりと腰を下ろす。直前で少し膣内をほぐして慣らされたが、挿入の瞬間はやはりどうしても緊張する。それでも固く膨張した自らの屹立を軽く握り、反対の手で七海の身体が倒れないように支えてくれる将斗の優しさがあるから、七海も頑張れる。

「あっ……あ、う……」

ちゅく、と先端が触れ合うと、将斗の存在を直に感じた蜜口がひくんと収縮する。だが最初の接

触による反応が収まるのを待てばあとは案外スムーズで、将斗を受け入れたい気持ちが勝ると、腰を落としていく躊躇いはすぐに立ち消えた。

「ん、んっ……」

ずぷぷっ、ぬぷ、と湿った音が響く。その音色をかき分けながら、ぬかるみの奥へ熱棒を受け入れる。少しずつ腰を落としていくと自らの陰茎を支える将斗の手が離れ、七海の膣壁を圧迫するようにさらに挿入が深まっていく。

「あ、ん……ん」

「大丈夫か、七海？」

「へ、ぃき……です……。将斗さんは……？」

「最高にイイ。すげぇ気持ちよくて……今、動きたいの一生懸命我慢してる」

額に小さな雫を浮かべながら口角を上げる様子を見るに、彼は本心から気持ち良いと感じているのだろう。ならば雄の本能のままに腰を振って果てたい欲望もあるはずなのに、将斗は今日も七海のペースに合わせてくれる。優しく丁寧に愛してくれる。夫の愛情が強すぎて、深い繋がりの中でまた恋の罠に嵌まった気分を味わう。

（これ、深い……。抜かなきゃ、いっちゃう……）

最奥に到達したことを感じ取ると、少しずつ腰を浮かせて陰茎を引き抜いていく。

「あっ……んんぅ……」

屹立を奥へ押し込むときの圧迫感からも快感を得られるが、それと同じぐらいこの引き抜く動きにも感じてしまう。将斗の雄々しい陰茎は膨らんだ雁部も大きく、引き抜くときに蜜壁をごりごり削られると新たな刺激と快感を得てしまうのだ。

「はぁ……ん……んぁ、ぅ」

いつもは将斗に身を任せるしかないが、彼の股の上に向かい合って座った今の体勢ならば七海に主導権がある。股を大きく開いて自ら挿入するのは恥ずかしいが、自分の思い通りに動けるので少しは余裕がある。はずだったのに。

「ふあっ!? あ、ぁあああっ……!」

自ら腰を浮かせて落とすゆったりとした律動は数往復で終わりを迎える。七海の腰を掴んだ将斗が突然下から腰を突き上げ、抽挿のスピードを速めたからだ。

「ああっ……ん、んっ……!」

どうやら将斗はゆるい快感に痺れを切らしたらしい。突然激しくなったスピードに驚いて顔を上げると、目が合った将斗の瞳の奥にはぎらついた強い光が宿っていた。

口の端を舐めて微笑む表情から、余裕が消え去っている。代わりに彼の全身からは強すぎて目眩を覚えるほどの色香が溢れ出していて、見つめ合うだけで思わず背中がぞくんっと痺れる。

「ひぁ、あっ……あ……!」

「頑張る、七海も、可愛いぞ? けど、悪いな……もう、限界だ……!」

「ああ、あぁぁっ……ん」

快感を堪えているせいか、将斗の確認と宣言も途切れ途切れだ。その言葉に同意を示すように将斗の首へ腕を絡めて、激しい律動と衝撃に耐える。

腰を支えられていても彼の身体にもたれて密着していなければ、後ろに倒れてしまう気がする。

だがその行動が、七海の身体に新たな刺激をもたらした。

「あっ……だめっ……胸、擦れちゃ……っ！」

「ああ……七海の胸……やわらかい、な」

「ふ、ぁん……や、ぁ……あぁっ」

「これだけで、出そうだ」

ジムに通って鍛えた将斗の硬い胸板と七海の胸が触れ合うと、膨らんだ突起同士も自然と強く擦れ合う。先ほど耳を責められながら愛撫されていたせいか、肌が触れて乳首が刺激されると、ぱちゅぱちゅ、じゅぷじゅぷと淫らな音を響かせる結合部がさらにきつく収縮する。

「あ、だめ……まさと、さ…っ」

「七海……っ」

「ああ、ぁ、ああっ……」

その刺激が将斗の腰の速度をさらに上昇させると、巡り巡って七海の身体に快感をもたらす。

将斗の首にぎゅっと掴まって耐えようとした七海だったが、最奥を潰すようにどちゅ、ぐちゅ、ずちゅっ、と突き上げられているうちに、身体はあっさりと限界を迎えた。

子宮の中央から噴き出た深い快感が全身を駆け巡る。血液が沸騰しているのかと思うほどの熱い温度を感じた瞬間、秘部がきゅうっと縮こまって腰がびく、びくんっと震え出した。

「ふぁ、あっ……あぁ、あッ……あ、ん」

「っく、ぅ……」

「ひぁ、あっ……あぁあっ――！」

七海が深い快楽を得て絶頂を迎えた瞬間、将斗の唇からも短いうめき声が零れた。その直後に淫花に収まっていた剛直がぶるるっ……と震え、薄い膜の中で激しく暴れ回る。

「はぁ、は……ぁ」

七海の絶頂と将斗の絶頂がほぼ同時だったことを知ると、気恥ずかしさと嬉しさが押し寄せてくる。けれど感情とは裏腹に身体はまったく言うことをきかない。激しく果てた反動で全身がくたりと弛緩する。上手く動かせない身体を将斗が抱きしめてくれたので、されるがままになる。

将斗の温度に包まれたまま、七海はいつか彼が口にした『俺たちは相性がいい』との言葉を思い出していた。確かにそうかもしれない。こんな風に同時に果てて、こんな風に気持ち良くなれるなら、きっと二人の相性は最高なのだ。

「わっ⁉」

将斗の過去の台詞に照れていると、七海の背中に手を回した将斗が、上に乗っていた七海の身体をゆっくりと横たえてくれた。急に視界が反転したので思わず声を上げてしまったが、実際はそれほど急な動作だったわけではない。むしろシーツに体重を預け、ぼんやりと視線を動かして見つけた将斗の下半身の方が、よほど驚くべき状態だった。

（出し……た、よね……？）

精を吐き出した避妊具を陰茎から外し、口をくるりと回して丁寧に縛っている。見れば薄膜の中にも白濁の液がたっぷりと含まれていて、彼もちゃんと出したのだと……気持ち良くなれたのだと理解できる。だが。

（なんで大きいままなの……⁉）

さらに視線を下げてみると、将斗の屹立はまだまだ元気なまま。それどころか横たわる七海が絶頂の余韻を味わう表情を見てさらに興奮を覚えたように、一瞬で回復したそこは尖端が腹につきそうなほど凶悪にそそり立っている。

「七海……」

「や、ま……って……？」

「俺、今日、誕生日だよな？」

「誕生日は、何をしても許される日じゃないです……っ」

にやりと微笑みながら訊ねられたので文句を言ってみるが、次の避妊具を取り出して袋の端を犬歯で噛んで破く将斗を止めることはできない。七海の足を開く将斗は「このままの体位でいいぞ」と笑顔を向けてくるが、違う。そうじゃないのに。

「待って、ま、将斗さっ……っぁああん」

せめて休息したいと訴える前に、一度達した膣内へ先端を埋められる。

すでに一度彼の雄竿を受け入れているため挿入がスムーズなのか、今度は一気に最奥まで押し込まれる。ごちゅん、と激しすぎる音が響くと、鋼鉄で全身を貫かれたように錯覚した。

「あ……っ、ああっ……！」

「ああ、中うねって、気持ちいいな……少し、痙攣してる」

「ふぁ、あっ……ああ、あっ」

将斗の感嘆に首を振ることも頷くこともできない。ゆったりと動き出して腰を動かし始める将斗に驚きを感じていたはずなのに――気づけばまたその気にさせられて、彼の欲望を受け入れるよう仕向けられている。深すぎる愛欲を受け止めるように、心も身体も仕込まれていく。

「だめぇ……そこ、深……っぃ、ぁああっ」

「ああ、ここ……好きだろ？」

「ふぁ、あっ……あぁっ……ん」

七海の腰を浮かせて、濡れた蜜花に何度も何度も抽挿を繰り返す。微妙に角度を変えて腰を突き込まれるたびに新たな快楽に溺れるのに、将斗は七海をさらなる恋と快楽の淵に突き落とそうと強く激しく責め立てる。

「だめ、まさと、さ……！　奥、突いちゃ……」

「無理だ、って……止まるわけ、ないだろ……っ」

「あ、ああっ……ああ」

再び迫りくる快感の波にどうにか抗って首を振るが、本当はそれが無駄な努力だと理解している。何せ『相性が良い二人』なのだ。重ねた肌から伝わる温度も、見つめ合った視線から溢れる感情も、すべてが最高の状態で一致する二人なら、もう止まれるはずがない。

「七海……七海……っ」

「あ、あんっ……将斗さ……ぁあん」

将斗が身体を傾けて七海の身体をぎゅっと抱きしめてくれる。だから七海も震える内股から足先までの力をあえて抜かず、将斗の腰に絡めるよう脚を組む。

（気持ちいい……いっぱい……）

隙間がないようにぴったりと抱き合うと、それだけで気持ちいい。将斗が頭を撫でながら、激しく腰を振りつつ重ねてくるキスも心地いい。

こんなにも満たされて気持ち良くなれる相手は――七海が夢中になれる相手は、きっと文倉将斗以外にあり得ない。七海の胸の中にあるこの感情は、まごうことなき『愛情』だ。

「将斗さ……すきっ……」

「っ、七海……」

身体の芯から生まれる言葉を、キスの合間に自然と口にする。

将斗が好き。彼だけを愛している。

それを感じるまま言葉にしてみると、七海の胸の奥がぽわっと温かくなった。

(好きって、言いながら……いく、の……)

そうだ。以前将斗に言われていた。

好きな人に好き、と伝えながら達することが気持ちいい、と。

自分の感情をありのまま伝えながら愛し合ったことはないのか、と。

今ならわかる。将斗の言っていることは正しかった。この感情を隠すなんて、この想いを飲み込むなんて、もったいない。溢れる想いをそのまま伝えたら、互いの気持ちを重ね合わせたら、きっと二人はもっと深くまで愛し合える。もっともっと、好きになる。

「好き……将斗さ……ぁん、すき……好きです……っ」

「っ七海……なな……――っ!」

「好き……愛し、て……っ、あ、あぁぁ――っ……!」

あるがままに感情を吐露すると、それまで小さな渦としてわだかまっていた恋心がぱん、と花火のように弾けた。それが今の素直な感情なのだと理解する前に、次の波が麻痺した身体を襲う。嵐のように増幅する快感に飲み込まれると、再び同時に絶頂を迎える。下腹部がびく、びくんっと激しく震えた直後、将斗に唇を奪われた。

そのまま何度も口づけ合う。貪り合って、熱を絡め合って、愛し合う。それがこんなにも幸福なことだと、こんなにも満たされることだと、七海はずっと知らなかった。知らないままの人生だったかもしれない。『本物』を味わうことがない運命だったかもしれない。けれど将斗が見つけてくれた。七海に恋をしていたという将斗が、すべてを教えてくれた。七海の手から萎れた枯葉を取り払い、新しい種と光と水を与えてくれた。

胸の奥に咲いた花のほんわりと優しい香りや色を感じていると、ふ、と唇を離した将斗がにこりと微笑んだ。愛情深く優しい夫は、今夜も七海を可愛がって撫でてくれる。

愛おしい、と伝えるように。

「っとに……七海は、可愛いな」

「え、そんなことは……」

「あるよ。七海は俺をダメにする天才だ」

「……だめになったら、困ります」

「もう手遅れだって」

未だ身体を繋げたまま、ぎゅっと強く抱きしめられる。行為後の処理よりも七海と触れ合うこの時間が大切で、何よりも愛おしいと示してくれる姿に、またきゅんとときめいてしまう。

「だから次は、七海にダメになってもらおうか」

「!?」

「俺に愛されて、ぐずぐずになって、とろっとろになって……俺に溺れてもらう」

「……それこそ、手遅れだと思いますけど」

む、と頬を膨らませながら小さな不満を口にする。

その頬にキスを落とす将斗の指先は、気づけばまた七海の肌を撫で始めていた。

数えきれないほどの快楽と絶頂で体力が限界を迎えると、ようやく身体を解放された。

七海の腰を引き抱き寄せた将斗が首や頬にキスをくれるので、七海も彼の腕の中へもぞもぞと移動する。すると汗ばんだ横髪を耳にかけてくれた将斗が、幸福に満ちた笑みを向けてきた。

「七海。俺のお願い、もう一つ聞いてくれるか？」

穏やかな声音で告げられた問いに、小さく首を傾げる。誕生日を盾にしたお願いは十分叶えたつもりだったが、まだ七海に何かさせたいのだろうか。

「もうえっちなお願いは聞きませんよ」

「それは明日でいい。今夜はそろそろやめておく」

「……明日」

一瞬、七海の主張を全面的に受け入れてくれたように感じた。だが実際は日付が変わったので持ち越したというだけで、七海の希望は完全に通っていないらしい。明日もする気なんですか……？と驚愕する七海の感情を一旦横に置き、将斗が真剣な表情で頬に触れてくる。

頭の右側は将斗の左腕にのせた腕枕状態になっているので、彼が触れるのは七海の左頬のみ。そこをふわりと包み込み、ゆっくりと、優しく、丁寧に撫でられる。

大切な妻を愛でるように。指先から愛おしいと伝えるように。

「七海が俺の妻であると正式に公表して、少しずつ関係者に周知していきたい」

頬に触れながら将斗が告げてきたのは、『偽装溺愛婚』のその後についてだった。

二人の結婚に一定の期限が設けられていることは、当事者である七海と将斗、七海の両親、そして今はもう連絡をとることもない慎介の両親しか知らない事情だ。対外的には将斗が片想いを成就させて七海を手に入れたことになっている現在の関係だが、そういった『恋愛事情』とは別に、支倉建設グループの御曹司である将斗には『会社の事情』も考慮する必要がある。

つまりいつまで経っても結婚した『らしい』という状態のままでは不都合が生じることもあるので、いずれは二人の結婚を正式に公表すべき。伴侶を得て家庭を持った身であることを、関連する業界全体へ示すべきなのだ。

将斗としては揺るがない決意だったようだが、稔郎に『一年後に判断して欲しい』と宣言した以上、二人が確固たる絆で結ばれたと証明できるまでは——将斗の想いを受け入れて、七海の両親に認められるまでは『公表できない結婚』だった。しかし想いが通じ合って本物の夫婦になったのなら、それを周囲に周知したい……というのが将斗の『お願い』らしい。

「もう一度、俺と結婚式を挙げてほしい」

誰の目にもわかりやすい形で二人の関係を示す方法を提案され、静かに目を見開く。てっきり定型文を書面に記したものを関係各所に送ることで、正式な夫婦になったと宣言する程度だと思っていたのに——まさか再び結婚式をしたいと言い出すなんて。

「他の奴とのために用意したものに乗っかるんじゃない。七海と俺のためだけに最初から考えて準備した式をしたい。七海が俺の最愛だと示す機会がほしいんだ」

「……将斗さん」

「俺が七海を、誰よりも幸福な『愛され花嫁』にする。だから七海を愛していると……七海だけを永遠に愛し抜くと、ちゃんと誓わせてほしい」

将斗の真剣な言葉に、また涙が溢れそうになる。

支倉将斗という人は、どれほど強く七海を想ってくれるのだろう。こんなにも懸命に、力強く、何よりも大切にすると誓って慈しんでくれる人はきっと他には存在しない。本気の愛を教えてくれる人は、七海の前にはきっともう二度と現れない。

「もし思い出しそうで嫌だと言うなら、神前式でもいい。なんなら披露宴だけで、挙式はしなくてもいい。だから……！」

将斗は七海が嫌な記憶を思い出して傷つくことを危惧しているらしい。あの日、あの時、あの場所で深く傷つけられたことを思い出してしまうのなら、無理して同じ状況に合わせなくてもいい。

将斗はそう言ってくれるが、七海は何も心配していない。将斗がこの手を離すとは——離れてほしいと懇願しても決して離してくれないことは十分に理解しているし、教え込まれているから。

「平気ですよ」

将斗の腕の中で身体を起こすと、彼の胸に手を添えてそっと唇を重ねる。七海から唇にキスをするのはきっとこれが初めてで、だからこそ将斗の表情も衝撃で固まっているのだろうけれど。

「私も将斗さんと結婚式、したいです」

「！　七海……！」

七海の答えに対する将斗の返答は、少しだけ強引なキスだった。首の後ろに回った大きな手に頭を支えられ、噛みつくような激しいキスを受けると、同意の言葉さえ互いの唇の狭間に溶ける。

けれど息継ぎもできないほどの深い口づけだけで、互いの想いを感じ取れる。将斗の想いを嬉しいと思う七海の気持ちも、きっと伝わっているはず。

なぜならあの日始まった二人の『偽装溺愛婚』は、互いを強く求め合って、恋焦がれて、愛し合う、『永久溺愛婚』へと生まれ変わったのだから。

◇　エピローグ

ステンドグラスから降り注ぐ爽やかな陽光が、空色に揺れて煌めいている。チャペルの中央に伸びるバージンロードの両サイドには白薔薇が添えられ、間を繋ぐシルクのドレープが美しい流線を描いている。

視線の先には初夏の波光が美しい東京湾。ロイヤル・マリン・ヴェールホテル東京のチャペルは奥の壁が一面ガラス張りになっていて、美しい海を背景に結婚式を挙げられるのだ。

よく晴れた空と青い海に少しずつ近づくよう、支倉七海は父・柏木稔郎の腕に掴まり一歩ずつバージンロードを進んでいく。

青い絨毯の最終地点に辿り着くと、そこにはいつもの黒やグレーのスーツとは異なる、真っ白いタキシードに身を包んだ夫の支倉将斗が待っていた。彼が差し出した手に、白いグローブを嵌めた指先をそっと乗せる。

稔郎の手から七海を引き受けた将斗が、決して離すまいと指先を強く握ってやわらかく微笑む。

誰もが羨む美貌と体躯を兼ね備えた将斗は、幸福に満ちたこの笑顔を七海だけに向けてくれる。だから七海も、安心してその手をぎゅっと握り返せる。

顔を上げて将斗と見つめ合う。

あの日と同じシチュエーションのはずなのに、あのときとは何もかもが異なる。今の七海はあの日の何倍も強く結婚を実感し、何倍も強く夫に惹かれていた。

二人の元を離れた稔郎が親族席の一番手前に移動すると、チャペルの中に祝福の鐘の音が響き渡る。その音が胸の中に落ちてくると、七海の目にじんわりと涙が滲んだ。

「泣くの早いだろ」

「……だって」

「夜まで待ってくれ。いま七海の泣き顔を見たら、このあとの披露宴全部中止にすることになる」

聖書の一部を読み上げる神父の邪魔にならないほどの小さな声で叱られたので、え、そっち？ と将斗の顔を凝視してしまう。

だが目だけを動かして七海の表情を確認した将斗からそれ以上の言葉はなく、ただくすっと微笑むだけ。すぐに視線を前方に移すので、七海も将斗から視線を外して前を見るしかなかった。

もちろん七海もわかっている。将斗が挙式や披露宴を途中で止めることは絶対にない。七海を世界で一番幸せな愛され花嫁にすると宣言した将斗は、愛を誓うと同時にすべての招待客に愛する妻を自慢したいらしい。何も自慢するところなんてないのに、と呆れた気持ちになる七海だが、将斗は至って本気だった。

七海の逆プロポーズから約二か月後、約束の期限よりも少し早い十二月の初頭、七海と将斗は二人揃って柏木夫妻に『お願い』をした。

一年の猶予期間で、将斗が七海の夫に相応しいか判断してほしい——その答えがどうあっても、七海と将斗は今後も一緒にいたいし、本当の夫婦になりたいと思っている。

そう伝えるべく七海の実家を訪ねた二人だったが、逆に両親から『お願い』をされてしまった。

『七海を幸せにしてやってほしい』そして『七海に絶対に幸せになってほしい』……と。

晴れて本物の夫婦として両親に認められた七海と将斗だったが、そこからは怒涛の結婚準備の日々が始まった。何せ将斗は支倉建設グループの御曹司であり、ゆくゆくは一大企業を背負っていく後継者だ。一言で結婚と言っても、最初のときとは比べ物にならないほど準備することが多い。

しかも将斗に美味しいものばかり食べさせられるせいで確実にふくよかになっていた七海は、最初の結婚式よりも過酷な肉体改造に取り組んだ。だが七海が真剣にダイエットをしていても将斗は『全然太ってねぇだろ』『むしろもっとちゃんと食え』と言って七海を甘やかそうとするし、挙句『運動ならベッドの上ですればいい』と七海の邪魔ばかりする。

そんなじゃれあいを繰り返しているうちにあっという間に季節は巡り、どうせならジューンブライドを選ぼうと相談して決めた、六月吉日の結婚式を迎えた。

ちなみに午後一番の時間帯でごく親しい人たちのみを集った結婚式を挙げ、その後は互いの親戚や友人をメインゲストとしたオープンガーデンでの立食式ウェディングパーティーを行い、夕方以降の時間で仕事関係者をメインゲストとした披露宴を催す予定となっている。

仕事関係の招待客があまりにも多いので披露宴を二回行うという状況になったが、この辺りも最初のときは経験しなかった大変な部分だ。

「それではご新郎様とご新婦様は、向かい合ってください」

準備のあれこれを思い出しているうちにプログラムが進み、あっという間に誓いのキスのタイミングが訪れる。

神父の指示に従って将斗の方へ振り向き、彼に身体の正面を向ける。そのまま少し膝を曲げて将斗にベールアップしてもらえば、あとは誓いのキスをするだけ。——そのはずなのに、ふと嫌な記憶が脳裏を過り、その場で硬直して動けなくなる。中腰の状態から、顔を上げられなくなる。

嫌な記憶といっても、慎介や愛華の顔がちらつくわけではない。今日までの間に将斗から数え切れないほどの愛を与えられ、大切に丁寧に慈しまれてきた七海は、もう過去となった人物の顔など思い出さない。

だが手ひどい仕打ちを受けた記憶だけが、頭の片隅にぽつんと取り残されている。顔を上げた瞬間、将斗と見つめ合う直前に、誰かがチャペルの後方から声をかけてくるかもしれない。式を中断しようとするかもしれない。そんなありもしない展開や米の粒ほどの不安が、七海の気持ちをわずかに揺さぶる。顔を上げることを躊躇わせる。

「……七海」

七海がぴたりと停止したことに気づいたのだろう。将斗に小さな声で名前を呼ばれると、ドレスの中で身体が震えて本格的に顔を上げられなくなる。

もちろん将斗が与えてくれる愛情を疑っているわけではない。仮にそんな相手が現れたとしても、将斗は絶対に七海の手を取ってくれると信じている。

将斗を疑っているわけではない。なのに——

「七海」

硬直したまま固まっていると、目の前にいた将斗が一歩前へ進み出た。視界の端に将斗の靴の先が見えたので慌てて顔を上げようとしたが、七海が顔を上げる必要はなかった。

気がつけば動けなくなった七海の前に、将斗が片膝を立てて跪いていた。そして誓いを立てる騎士のように七海の震える手を取り、優しい声で語りかけてくる。

「可愛い七海。俺の七海。君だけを愛しているんだ。俺が必ず幸せにするから、どうか永遠に傍にいることを誓わせてほしい」

リハーサルにはなかった将斗の口上に「え」と小さな声が出る——そのほんの少し前に、掴んだ指先を軽く引っ張られる。

元々中腰で前屈みになっていた七海は、手を引っ張られるとそのまま前につんのめるのではないかと大いに焦った。だが七海の腕を軽く引いた将斗に跪いた状態で下から唇を奪われたせいで、実際は無様に転ぶことはなかった。

転びはしなかったが、予定にない流れで将斗と誓いのキスをすることになり、別の意味で焦る。

騎士のようだと思ったのは七海の大きな勘違いだった。規律と正義を貴ぶ騎士には絶対にありえない——勝手に誓いを立てて、勝手にキスするなんて。七海のせいとはいえ、そして七海を安心させるためとはいえ、止まりかけた挙式の進行をこんな形で元の流れに戻すなんて。

(は、恥ずかしい……)

ふ、と離れた唇の隙間で、思わず声をあげそうになった。だが見つめ合った将斗はにこりと笑みを浮かべると、そのまま何事もなかったかのように立ち上がって何事もなかったかのように式を先へ進めていく。

対する七海はずっと心臓がばくばく鳴り続けている。もはや苦い記憶を思い出している余裕すらない。しかも羞恥心で顔から湯気が出そうになっているうちに残りの予定を終えてしまったせいで、誓いの言葉にもちゃんと頷いたのかどうかすら曖昧だ。

しかし将斗は照れる七海の姿に大層ご満悦なようで、神父に退場を促されても、七海が将斗の腕に掴まって懸命に歩く様子を見ても、楽しそうな笑みを一切崩さない。七海はずっと顔から火が出そうなほど恥ずかしい気持ちで、ただ将斗についていくことしかできないというのに。

「くくっ、ふ、あはは……！」

「笑わないでくださいません……!?」

バージンロードを歩き切ってチャペルの扉が閉まると、将斗が身体をくの字に曲げて盛大に笑いだした。なんだか既視感のある姿だったが、将斗はあの日の何倍も楽しそうだ。

「顔に出すぎだぞ、七海」

「びっくりするじゃないですか……。いきなり予定にないことしないでください」

「いやー、ほら、七海の緊張を解そうと思って？」

「それは……ありがとうございました。でも余計に変な汗かきましたよ？」

危うい状況を招きかけたことに申し訳なさを感じて項垂れると、「ごめんごめん」と笑った将斗が頭をぽんぽんと撫でてくれる。

将斗の優しい指遣いに顔を上げてみると、将斗が七海の顔を覗き込んで優しく微笑んでいる。まるで七海の反応の一つ一つが愛おしいと言わんばかりに。

予想外の状況やそれに驚く七海の反応すら、無条件で可愛がるように。

将斗の幸せな表情を見つけた七海は、ふと実感する。

支倉将斗は支倉七海を何よりも大切に慈しんで愛しているし、支倉七海も支倉将斗を誰よりも尊敬して愛している。——きっとこれが、将斗の言う『愛され花嫁』の証なのだ。

ただ一方的に想うだけではない。愛した人に愛され、愛してくれる分だけ愛情を返せる存在がいることが、幸福の証明なのだろう。

長い歳月を経てようやく気がついた七海に、将斗がそっと手を差し出す。上司であり愛しい夫でもある彼の手は、七海にとっては何よりも頼りがいのある道しるべだ。

「行こうか、七海。次はウェディングパーティーと披露宴だ」

「……はい、将斗さん」

差し出された手に指先を乗せると、ぎゅっと強く握られる。

もう二度とこの手を離さない。

そう教えてくれる将斗の温度に寄り添うと、七海の心の中もまた少し温かくなった気がした。

愛され乱される、オトナの恋。溺愛主義の恋愛レーベル

BOOKS Eternity

BOOKS Eternity エタニティ

忘れられない彼と二度目の恋を——

エリート社長の一途な求愛から逃れられません

流月るる

装丁イラスト／三廼

海外のリゾート企業に勤める美琴は、五歳の子どもを持つシングルマザー。学生時代の彼・優斗の子どもを妊娠したが、別れた後だったので海外で極秘出産したのだ。もう二度と彼と関わらないと思っていたのに、仕事で久々に日本に戻った美琴は、勤め先のホテルで優斗と再会！　変わらず紳士的な態度で接してくる優斗に、美琴は戸惑いつつも忘れていた恋心が揺さぶられて……？

詳しくは公式サイトにてご確認ください。
https://eternity.alphapolis.co.jp/

この作品に対する皆様のご意見・ご感想をお待ちしております。

おハガキ・お手紙は以下の宛先にお送りください。

【宛先】

〒150-6019 東京都渋谷区恵比寿4-20-3 恵比寿ｶﾞｰﾃﾞﾝﾌﾟﾚｲｽﾀﾜｰ19F
（株）アルファポリス　書籍感想係

メールフォームでのご意見・ご感想は右のＱＲコードから、
あるいは以下のワードで検索をかけてください。

アルファポリス　書籍の感想　検索

ご感想はこちらから

本書は、「アルファポリス」（https://www.alphapolis.co.jp/）に掲載されていたものを、
改題、改稿、加筆のうえ、書籍化したものです。

捨てられた花嫁ですが、一途な若社長に溺愛されています

紺乃藍（こんの あい）

2025年1月31日初版発行

編集－本丸菜々
編集長－倉持真理
発行者－梶本雄介
発行所－株式会社アルファポリス
〒150-6019 東京都渋谷区恵比寿4-20-3 恵比寿ｶﾞｰﾃﾞﾝﾌﾟﾚｲｽﾀﾜｰ19F
TEL 03-6277-1601（営業） 03-6277-1602（編集）
URL https://www.alphapolis.co.jp/
発売元－株式会社星雲社（共同出版社・流通責任出版社）
〒112-0005 東京都文京区水道1-3-30
TEL 03-3868-3275
装丁イラスト－御子柴トミィ
装丁デザイン－AFTERGLOW
（レーベルフォーマットデザイン－hive&co.,ltd.）
印刷－中央精版印刷株式会社

価格はカバーに表示されてあります。

落丁乱丁の場合はアルファポリスまでご連絡ください。

送料は小社負担でお取り替えします。


ISBN978-4-434-35146-4 C0093